ZOU CHU KA LI GANG

走出卡力岗

化隆拉面人的三十年创业史

赛炳文 —— 著

青海人民出版社

图书在版编目（CIP）数据

走出卡力岗：化隆拉面人的三十年创业史 / 赛炳文
著 . -- 西宁 : 青海人民出版社 , 2024. 11. -- ISBN
978-7-225-06769-8

Ⅰ . I25

中国国家版本馆 CIP 数据核字第 2024R19Y74 号

走出卡力岗
——化隆拉面人的三十年创业史

赛炳文　著

出　版　人	樊原成	
出版发行	青海人民出版社有限责任公司	

西宁市五四西路 71 号　邮政编码：810023　电话：（0971）6143426（总编室）

发行热线	（0971）6143516 / 6137730
网　　址	http://www.qhrmcbs.com
印　　刷	深圳华新彩印制版有限公司
经　　销	新华书店
开　　本	890 mm × 1240 mm 1/32
印　　张	10.625
字　　数	220 千
版　　次	2024 年 11 月第 1 版　2024 年 11 月第 1 次印刷
书　　号	ISBN 978-7-225-06769-8
定　　价	59.80 元

目　录
CONTENTS

序章　化隆现象

黄河回旋之地，群科。

我一次次走进这个新兴城镇，在它似乎还散发着柏油味的街道上漫步，寻觅一种被我命名为化隆气质的东西。我相信那种东西就弥漫在这里的空气中，隐藏在那些动态的和静态的风景中，特别是在那些举止从容的身影中。我与不同的人交谈，倾听他们的故事，参观他们的房舍，感受他们对生活的态度。一切都显得那样安详、舒缓，没有焦躁，没有怨愤，仿佛是在时光的尽头，在河流的末端。

无论在哪条街道上向东远望，那屏障般横亘着的卡力岗山峦都会挡住视线，让人感觉坚实而神秘，天空澄澈的时候，总有轻云飘浮其上，似有歌谣从山后传来。来到山脚下，仰望卡力岗，这应该是这个小城的人们最惯常的姿势——即使不用肢体，也会用心灵——走出卡力岗，他们用了三十年的时间，书写了一代代人自我奋斗的故事，从而在中国大地上标示出了一个独特的存在。

化隆气质就潜伏在这样的河滨城镇和那片苍茫大山之中，那么缥缈又这么真切——我知道，走进化隆，寻找这种气质，是上天对我的一次眷顾。

2023 年 5 月 9 日，我又一次来到群科。这天没有阳光，天气阴冷，卡力岗的群山似乎近在眼前。在城市的另一边，黄河自西北向东南静流而过，目力所及的远方水天一色，长空浩渺。此岸，宽阔平坦的黄河滩地托举着正在崛起的这座新兴城镇，岸边的每一棵草木都显示出精心栽植的痕迹。宽阔的河面对岸则草木稀疏，但绿意渐醒，更远处是尖扎县的丹霞山峦。一河之隔，风光不同，气质迥异，大自然的安排也造就了两岸截然不同的人文特征，这边内敛温厚，那边清凉悠远——性相近，习相远，这可能是演化的常道。

清澈碧绿的黄河畔，一个精巧别致的会议中心，"2023 拉面产业发展论坛"在此举行，这是"2023 青海拉面产业职工技能大赛"的预热。据说，这样的论坛在青海尚属首次。显然，化隆是其最合适的举办地。

来自全国多个城市的青海拉面人齐集于这个黄河回旋之地。人们在各地的化隆驻外办事处的带领下回到家乡，准备参加第二天举行的拉面技能大赛。这样的大赛此前已经举办过三届，第一届在 2019 年，那是疫情前的最后一年，官方当时发布的数据是，青海人在全国 337 个城市开办拉面店已达 3.1 万家，在海外 68 个国家和地区开店 500 多家，从业人员 18.7 万人，"拉面经济"年经营性收入 180 亿元。其中化隆县在全国 270 个大中城市开办各类餐饮店 1.5 万余家，从业人员达 10 万多人，收入近 100 亿元。（据《青海日报》2023 年 8 月 15 日更新的数据：截至 2023 年 6 月 30 日，青海开办拉面店总数达到 2.91 万家。）

曾在化隆县多个驻外办事处担任过主任的马友仁，2019 年接受采访时告诉我，官方的数据还是保守的，化隆人在外开办的拉面店至少有 1.6 万家，从业人数在 13 万人以上。至于收入，真实的数字肯定比上报的要高一些。

270 个城市 1.6 万家，意味着平均每个城市 60 家。而在三十多年的时间里，许多拉面人成功转型，或退出了拉面行业，或转场拉面产业链的上游；许多拉面人因家庭命运的改变而离开了拉面行业，奔赴更为宽敞的人生旅途；许多拉面人因子女们接受了高等教育进入体制或白领阶层，全家离开拉面行业。因此，简单地推算，三十多年来，仅在化隆，被拉面彻底改变的家庭可能达数万之多，而受益人群可能覆盖了整个化隆县的山区和川区。

"在化隆，有没有不从事拉面行业的家庭？"在认识马真近十年的时间里，这个问题我向他提出过不下三次。

"没有。"这位有着二十年从业资历的拉面人每次都肯定地回答说，"除了极个别——我是说极个别啊——干部家庭，所有的回族农民家庭中，没有一个家庭没有人开过拉面店或者在拉面店干过，准确地说，没有一个回族农民，没有享受过拉面带来的红利。"

马真对青海拉面行业的了解超过了大多数同行，他是唯一一个每年投入 20 多万元参加各类商业课程学习的拉面人，为此前后投入 100 多万元。他也是第一个尝试拉面连锁经营的人，为此他成立了一家名为"杭州伊滋味"的餐饮管理公司。按他的话说，他把前期赚到的钱投入到一次次的折腾中了，所以，他不算是一个成功的拉面人。但他肯定地说："一个拉面人，只要老老实实地开店，不瞎折腾，二十年赚一两千万元没一点问题。"

在马真看来，这样的人在化隆和海东比比皆是。

马真的好友，化隆人马黎轩自青海医学院毕业后曾做过几年拉面人，先在苏州打工，后到上海开店，八个月时间赚了 13 万元，然后在家人的要求下回西宁上班了。马黎轩举他邻居的例子说："他们家三代人开拉面馆，一直在南通开店，开了十几年了，家里现在盖有二层楼房两栋，还在群科新区买了铺面，三个儿子三辆车，都是宝马。"

从 2015 年开始，为了采写《大碗传奇：牛肉面传》，我接触了许许多多的拉面人，马黎轩所讲的故事具有普遍性，这些故事也构成了我对青海拉面人总体印象中的重要部分，正是这些平凡而生动的个体，让我看到了青海海东这一片沟壑纵深的焦苦土地所迸发出的无限活力。所以，多年来，我一直以仰望的姿势走近这个群体中的每一个鲜活的个体。

"拉面让所有的人都致富了，所谓的失败者可能就是没有赚到大钱的人，没赚到钱的人应该没有吧？"这个问题是抛给马青云的，他曾是青海拉面行业协会会长。

"没有。只要是个人，只要四肢健全，基本都挣到钱了。以前，家里孩子多的，负担重的，吃不上饭的，村里最穷的，现在反而是最富有的，因为什么？家里六个孩子六个饭馆嘛。”

马青云进一步说：“拉面对于我们少数民族来说是个风口，就像雷军说的，你只要站在风口上就能飞起来。站在拉面这个风口上，你只要是个人，基本上都脱贫致富了。”

这就是化隆人，或者说海东人独特的脱贫模式，怎么评价它呢？

“这是个奇迹！”马青云以他化隆新一代知识分子商人的坚定语气说，“我们觉得是个奇迹。”

作为多年跟踪“化隆奇迹”的写作者，我受邀参加了 5 月 9 日的这个论坛。

坐在那个精巧的会议中心，听着台上嘉宾热情洋溢的絮叨，扫视身边一张张熟悉而陌生的面孔，我想，谈到拉面，化隆人总是如此的激情高涨，哪怕那些内容与他们的关切毫不相关，是什么样的动力让他们三十多年后还能如此纯真？是不衰的梦想，是不竭的感恩，还是“苟日新，日日新，又日新”的追求？也许都是，也许都不是。

在这个信息喧嚣的时代，当专家和学者手执话筒口若悬河地兜售各种模式、理念、经验的时候，当他们明里暗里地嘲讽拉面人保守、僵化、痴傻、不思进取的时候，有多少人用心触摸过拉面人的脉搏、倾听过拉面人的心声？又有多少人真正关心，大时代的绚烂投射在一个个具体而平实的面孔上，是一抹怎样的色彩？

化隆奇迹建立在化隆模式的基础之上，创造这种模式的是至今还被划在痴傻一边的沉默的泛泛之辈，他们难道不是群体梦想的真正守护者、实践者？他们难道不是一部伟大史诗的具体书写者？他们所积累的经验、知识和思想难道不是这个时代最宝贵的财富之一？

在攒动的人头中，我试图寻找韩录、周义仁、马有忠的身影，但没找到。

他们在哪儿呢？

此时，韩录正在他位于西宁东关大街震亚牛肉面馆所在的三楼上，那个装修简单而洁净的家里，和他的妻子享受着悠闲自在的退休生活。而楼下的二楼和一楼正在火热经营中，经营业务的是他的女儿，震亚牛肉面那特有的散发着胡椒和当归味的清香正飘散在周边的空气中。还不到古稀之年的韩录脚上穿着耐克运动鞋，手里拿着苹果手机，在半辈的人生中，他就这样一直把自己放置在潮流的前沿，现在虽然满头华发，可他走起路来还是健步如飞。青海拉面已经走过了三十四个年头了，如今的拉三代、拉四代在享受着与城市人同步同轨的生活方式时，有多少人还会想起他，这个为化隆人和海东人的生存开山辟路的人。

而周义仁退休得更加彻底，他的"老东关周哥家宴"在疫情期间关张了，他所传承的市级非遗"青海回族老八盘"似乎就要失传了。现在，他偶尔会到凤凰山上侄儿开的山庄去指导一番，大部分时间是在把玩他心爱的相机。有多少人知道，二十年前，正是通过手里的相机，周义仁重新定义了化隆拉面馆，当他拍摄的照片雪片般地飞到全国各地的时候，化隆拉面人的眼界被突然打开，瓶颈被突然疏通。如果说韩录奠定了化隆拉面馆1.0，周义仁则把它抬升到了2.0。化隆人正是看着他的美食照片，通过一次次的模仿、实践，学会了盖浇饭、盖浇面及各色炒菜，所有的拉面馆很快转身为一个个小型的餐饮综合体，化隆拉面由此打开了一个新世界。

而大胡子马有忠，此时正在会议中心不远的向东村清真寺里，和他的乡老们谈笑风生。这是一个幽默而有趣的人，也是个思维简洁、话语爽朗的人。曾几何时，在武汉三镇，拉面人中间流传着一个"群科大胡子"的名号，鲜有人知道他的本名，但所有人都知道，是他把化隆拉面引到武汉，并使武汉成为青海拉面辐射全国的中心。当他功成名遂、退居群科的时候，一波接一波的海东人潮涌向大江南北，让一种叫"兰州牛肉拉面"的快餐迅速成长为"中华第一面"，化隆模式和化隆奇迹由此而成为这个时代最可歌可颂的社会现象之一。

一代代青海拉面人沿着拉面先驱者们开辟的道路风雨无阻地走来，成就了一个中国西部贫困山区经济发展的独特现象——化隆现象。

"作为这一现象的基本模式，化隆模式是可以被复制的，事实上它已经被复制到循化、民和、平安等地区，甚至甘肃的张家川、临夏县，但同时它又不可能被完全复制。因为它独特的地理、人文背景，和明显的群体人格特征，化隆现象不仅是一部地区性脱贫致富、小康建设的经典叙事，而且是一个跨越时代、超越当下的关于地域性群体如何突破自我的经典文本。"这是我原打算在论坛中要发表的一个观点。

应承办方要求，我事先为论坛准备了一个简短的发言稿，后来被通知这是一个误会，发言稿没用上。这让我面对台下那么多波光粼粼的眼睛，感到有点抱歉，我失去了一次向他们表达崇敬的机会。

而在这次论坛举办的三天之前，阳光炽热的上午，我沿着陡峻蜿蜒的群沙公路，乘车攀上卡力岗群山的高处，在一面连一面的丹霞地貌间探访化隆人出发的地方。

已经破败的乡间水泥公路上，不时有小汽车驰过，车牌多是青 A，还有苏 B、川 A、豫 A 等，这可能是卡力岗特色。我对同行的朋友说：一定是拉面人。

这样的车辆在群科的街道上更是常见。

此时的卡力岗山区迎来了春耕，刚刚翻新的碎片状土地零星分布在绵延起伏的山坳之间，部分土地已经下种，泥土下埋伏着小麦和油菜的种子。放眼望去，连绵的大山挤压着零星的村庄，在枯瘦的树木点缀下寂静无声。这是一片正在被遗忘的山区，它所背负的历史也正在悄然退去。退耕还林的成果也显而易见，片片成型的林地分布在不同的山坡，那是瘦弱的耕地逐渐退让的结果。

马黑买曾在他的微信朋友圈中发过一张照片，一株树冠高大、枝叶茂密的巨树后面是一座废弃的老屋，前景是颓圮的院墙和蓬勃张扬的草丛。这位只有小学文化程度的拉面人为之配了一首小诗：

村无烟火只剩房，
满院长草好凄凉。

昔日勤农已不在，
离乡打工买楼房。

这是在沙一村，马黑买家的老房子。凄凉的院子交给野鸡和野狐，交给野草和野花，这不正是这片土地的幸运？

沙一村藏在沙连堡乡政府所在街道后面一个深深的山坳里，有村级硬化公路通往。村子的底部只有一小片平整的地方，坐落着村委会的白色小楼，楼前是彩砖铺地的广场，与散布在山坡上的村舍形成强烈的反差。只有一户人家的院门敞开，院里是水泥打过的地面，有一根水管肆意流淌着自来水。年轻的女主人说：掌柜的去外地拉面馆打工了，她因为要照顾孩子和老人留在了村里。

我想寻找马黑买的老屋，但他此时正在国外，微信好半天没回。

放眼连绵起伏的层峦，环视着辽阔的天空下那熠熠闪光的土地，和稀疏的林木间宁静的村庄，我想象着采访过的一个个拉面人，他们当初是以怎样的姿势、怎样的心情走过当时还很崎岖的山路，走到群山之外，从此再也无需回来。他们就像按下了灰白土墙上的一个锈迹斑斑的机关，打开了一扇隐藏已久的暗门，从此走向一个早已欣欣向荣的世界，这个世界叫改革开放中的中国。

我突然想到，"化隆拉面"其实是一个词性复杂的词组，许多人可能将其看作一个偏正词组：化隆人的拉面；可我看到的是一个主谓词组：化隆人在拉面。这个词组描述着这个群体一系列的行为模式：奔波、忍受、突破、实现、跨越，其光芒明净锃亮，无远弗届。不论它叫兰州拉面、西北拉面、牛肉拉面还是现在又被叫作青海拉面，它的核心含义是：人在奋斗。

在《大碗传奇：牛肉面传》的腰封上，我写下了这样的句子："百年沧桑历史烹制的一碗传奇，千万追梦蝼蚁书写的壮丽史诗。"前一句概括的是百年牛肉面的传承发展，后一句概括的是化隆人三十年的创业历程。在这里，蝼蚁也是一个闪亮的词汇，它代表着我对来自青海海东这一群体由衷的敬仰。

在那个废弃的讲稿中，我还激动地写下了这样的句子：

> 化隆人从 1990 年代开启的这场一路褴褛一路凯歌的创业史，是千百万追梦蝼蚁书写的一部壮丽史诗。在我们这个时代，它实现了一次史诗级的劳动力大转移，一次史诗级的群体性生活方式大转换，是在伟大的改革开放背景下，一个群体自发自主地进行的一场史诗级的自我跨越。在海东，在青海，甚至放在整个中国西部的辽阔时空下观察，这不仅是一部地区性脱贫致富、小康建设的经典文本，更是一个超越当下、跨越时代的关于人类如何突破自我的经典范本。

化隆现象是一个复杂的文本，它的结构和内容是独一无二的，它的叙事方式更是难以模仿。它貌似一个群体在接近极端生存条件下的应激反应，但它的内核构成却是地理和人文的交缠。

它不只是一个个体的成功引发的群体效应，更是一个群体在温厚的历史中锤炼出的集体品格使然。简而言之，化隆人（甚至海东人）独特的心理气质是这个文本庞大结构的黏合剂，这也正是我在寻找的东西。

在《大碗传奇：牛肉面传》中我曾说：

> 化隆人的快速扩张靠的是千百年来在河湟民间传承不绝的一种互助模式，它根植于深厚的民族文化土壤，是农业经济和小商品经济下人情社会的产物。在前市场经济时代，这种互助模式表现为两种形式：一种是代生意，一个条件不足或能力不济的人可以把钱交给一个可信赖的生意人，然后从他的生意中分成。与市场经济社会的资金入股不同的是，代生意更多的是强者对弱者的帮扶，是富人对穷人的救济，有一定的慈善色彩；一种是伙生意，两个或多个人凭着各自的资源和优势合伙经营某一项生意，用契约规范各自的权利和义务，契约需有多个证人签署，这与市场经济时代的合伙人制别无二致。到了拉面时代，原本粗糙而松散的传统互助模式被不断更新。从厦门开始，这种模式最初表现为亲戚之间的传帮带，由前行者对后来者进行技术、资金、寻铺面、装修、招工各个方面的帮扶，使后者快速实现开店赚钱。第二阶段，大概从1998年前后开始，一些受过一定教育的年轻人闯入拉面行业，合作便

由亲戚圈扩展到了朋友圈，几个意气相投的伙伴共同出资，合伙经营，成功之后迅速扩张，开设分店，大大地降低了投资风险和扩张成本。第三个阶段，大概在 2003 年之后，由于地方政府的介入，化隆拉面行业加速了内部秩序的重建，开始出现了专业分工，有人专门寻租铺面，有人负责装修，有人负责试营业，经营成熟之后转让出去。这种模式便由熟人圈子扩展到了陌生人圈子。

在这段叙述中，我刻意隐藏了更深层的思考（受那本书的主题所限），那就是由这种现象所揭示的化隆品格。它来自一种古老的共同体意识，在这个半封闭的地理和人文环境中坚韧地留存了下来，又在这个时代产生出了强大的黏合力，进而爆发出强大的集体创造力——我相信，在这本书中，你将会慢慢发现这些。

项飙在其名著《跨越边界的社区：北京"浙江村"的生活史》中谈到自己的研究时说："温州给人的印象是可以在体制之外，在没有被赋予正式资源的条件下，能够自己发展出来，'浙江村'就是它空间上的放大。这本书核心的想法是，市场交易可以把原来紧紧附着在土地上的村子里的亲属关系、社区关系放大为一个很大的社会网络。通过这个社会网络，大家能够在不同的地方互相呼应，在不同的地方跟不同的地方政府互动，从而形成一个相对自主的空间——在资源调配上，甚至在应对政府政策上。"

看到这段话，我心敞亮：如出一辙！这不正是我在《大碗传奇：牛肉面传》中对化隆拉面共同体的评点吗？只是在那本书中，这样的观点并未展开，远不足以抵近核心。于是，怀着一份从未淡去的崇敬之情，我再次走进化隆，走近化隆人，探索化隆现象背后深藏的机密。

第一章　化隆！卡力岗！

1989 年 9 月的一天，有六个青海化隆人悄无声息地坐上了西宁开往上海的火车，他们是非常普通的乘客，与其他人没有什么不同，同样是大包小包，同样跻身在拥挤的硬座车厢里。

唯一不同的是，他们的行程要长得多，要先到南京下车，再转车去往厦门，一路全是硬座。从清凉的夏都到酷热的南方，他们似乎并没有感到特别难受，或者对这六个人来说，吃苦本不在话下。

化隆人都是在苦中长大的，只不过面对困苦的日子，不同的人会作出不同的反应。

这六个人是两对夫妻加两个小孩。成年人是韩录夫妇和马贵福夫妇，孩子是韩录的儿子和女儿。韩录当时已经 33 岁，马贵福 17 岁，两人是在海西挖金子时结识的伙伴。那时候，化隆和海东的好多农民都跑到海西挖金子，但很少有人挣到钱，他们二人也不例外。

为了准备这次厦门之行，韩录卖掉了家里的所有家当，包括桌椅板凳，怀里揣着7000元上路了。马贵福怀里揣着3000元，这也差不多是他的全部资产。

经过四天四夜闷热难熬的旅程，一行六人来到了厦门。

这是韩录第二次来厦门。前一次是路过，他去福建石狮批发布料到西宁贩卖，厦门是中转站。当时他对这个城市的印象是"这么好的城市居然没有一家清真饭馆"。这一次，他要和马贵福在这个中国改革开放的前沿城市开一家清真饭馆。这不算什么野心，他们只是想在这远离家乡却遍地黄金的地方讨一份生计。

地点在上一次路过厦门时已经看好，就在火车站附近的梧村，一出火车站就能看到的一片繁华区域，由于城市边缘人和外来民工居多，这里有许多石棉瓦搭建的简易房。不费吹灰之力，他们很快租下了一间铺面，20多平方米，砌一个锅头后就只能放下三张桌子。

韩录早就有开饭馆的经验，此前他曾在拉萨经营过两年饭馆。在拉萨，他学会了用蓬灰水和面，通过反复的揉捶摔打制作出一种叫拉面的面条，但那时他浇的是卤子。

几天后，一家被命名为"西北拉面"的饭馆在厦门开张了，这一次他组合了牛肉汤。他本想把自己的面也称作牛肉面，但又缺乏底气，因为他在兰州吃过牛肉面，那是一种让他思之就心生敬畏的面食。

这件事情是如此细小而平凡，以至于三十年以后，韩录对当时的记忆已经不太精确。重要的是，他们这一看似微不足道的行动为一个广大的群体开启了一个新的时代——化隆拉面时代。

在接下来的三十多年里，携带着青藏高原丰沛势能的化隆人沿着韩录开创的道路，前赴后继地涌向东中部地区的繁华都市，硬是让不喜面食的南方人接受了这种由牛肉汤和拉面组合而成的面食。他的追随者们将这种与兰州牛肉面大同小异的面食命名为"牛肉拉面"。其时，兰州牛肉面已名扬四海，但兰州人还未摆脱"牛肉面一出兰州就变味"的桎梏，一些聪明的化隆创业者为自己的拉面贴上了"兰州"标签，进而将之命名为"兰州牛肉拉面"或"兰州拉面"。

化隆人在推广这碗面的同时，也将一座西北偏北的城市名字推向了全国，一些地理知识匮乏的南方人由此知道了一个叫"兰州"的城市，以至于在前互联网时代，许多南方人对于兰州的印象刻板于一个简单的表象：戴白帽的男人，戴头巾的女人，店里窜出窜进的孩子，一碗加着几粒肉丁几片萝卜并点缀着一撮香菜、蒜苗的清汤牛肉拉面。

直到很多年以后，由于互联网的普及，许多南方人才知道，这样的典型形象及其捧上的那碗面其实代表的是另一个离兰州并不遥远的地方——化隆。

化隆·卡力岗

化隆虽居河湟谷地深处，被一条黄河隔离于历史上的大部分烽火烟云之外，但也不是名不见经传的地方。据有关资料记载，化隆地名始自公元553年（西魏废帝二年），由原石城县改名而来，因境内有化隆谷而被赋名，而"化隆"一词转音自藏语"哇隆"，意为沟、谷。见名知义，这是一片以山谷纵横、岭脉绵延为地理特征的地区。

《化隆县志》记载：化隆地形复杂，高山地带占全县总面积的18.86%，中山地带占17.24%，沟壑丘陵占60.08%，黄河谷地占4.82%。属高原大陆性气候，年平均气温2.2℃，无霜期89天，年平均降水量465毫米，境内冬季多风，春旱频繁，冰雹霜常见。这里十年九旱，大风、暴雨、山洪、连阴雨、泥石流、滑坡等自然灾害不断……

今天的化隆地貌多被描述为"八分山一分河一分川"，其中所指的山为拉脊山东段的高海拔山区，河为境内绕山而过的黄河干流，川为黄河岸边的狭窄谷地。这里的河和川都瘦小到让人忽视，而连绵起伏的大地皱褶里则隐藏着太多贫苦山民的忧伤。

在青海，对这样的群山深处有一个称呼：脑山。

脑，在西北方言里是最深处、最里面、最边缘的意思。脑山，是指青海东部拉脊山脉所在的海拔2800米以上的广大农业区，与之相对的就是浅山。

青海广播电视台曾经拍摄过一部纪录片《脑山》，记录的是仅仅十年前的青海东部山区人的生存状态。片中是这样描述脑山的：

> 这里是中国海拔最高的农业区，也是中国农业区的西部最边缘，这里的农业生产是人类对大自然严酷法则的悲壮挑战，这里的人们年复一年地经历着大自然的暴戾和无常，但从未放弃过收获的渴望和梦想。这里是一块有高度的地方，这里叫作脑山。
>
> 脑山，是青海人对偏远农业区的一种特殊称呼，其气候恶劣，自然环境很差。脑山，也是偏远贫困的代名词。靠天吃饭，是所有脑山人不可抗拒的宿命。

当青海人用"脑"来定义这样的山区的时候，更多地指向它难以到达的深远和与世隔绝的偏僻，也指向它被人遗忘的孤独、寂寥，是从出生到死亡之间那段千古未变的荒凉。纪录片在其中一集《天年》中，这样描述人与自然的关系：

> 脑山的农业生产是脑山人与自然环境之间根本没有胜算的一场对决和博弈。在这场较量中，大自然占据着主动，脑山人只是凭借着千百年来积累沉淀的生存经验和不断磨砺的百倍坚韧，获取大自然的一点点恩赐和收成。这点收成，脑山人要用一整年的时间去争取；这点恩赐，不管多少还是有无，脑山人都称作天年。

天年就是年成，是对一年收成的一种苍凉的简称。

在 2020 年，决胜脱贫攻坚、全面建成小康社会取得历史性成就之前，脑山就是一个个干渴的唇齿间发出的一声声叹息，是一次次张望温饱而不得的苦楚。

在黄河和湟水之间的拉脊山东段山区，海拔 2800 米以上的高山峡谷地带就是典型的脑山，这里是河湟流域支流的源头，是涓涓细流出发的地方，地形复杂，地质结构脆弱；这些支流中下段的丘陵沟壑地带多为荒山秃岭、沟壑纵横，被称为浅山。

占化隆县面积 17.24% 的中山地带属于脑山地区，占其面积 60.08% 的沟壑丘陵地带属于浅山地区。

化隆县在 1986 年时就被国务院确定为国家贫困县，2001 年又被国务院确定为国家扶贫开发工作重点县。

根据 2001 年的官方资料，当时化隆全县 21.6 万农村人口占有耕地仅有 54.2 万亩，这些耕地集中在脑山和浅山地区。全县贫困人口 15.4 万人，占全县农村人口的 71.3%；全县 366 个行政村，其中 276 个为贫困村，149 个为绝对贫困村。

这是改革开放二十三年之后的化隆，也是第一代拉面人已经创造出了可观财富十二年之后的化隆。

而在更早的 1980 年代末，当全国大部分农村地区已经解决了温饱的时期，化隆人还在年复一年地与大自然进行着完全没有胜算的搏斗。这样的搏斗又是他们从祖先们的迁徙行为中继承下来的宿命。出走，是抗拒这种宿命的唯一选择。

韩录在回顾自己的童年时说："我小的时候很能干活儿，能下苦，八九岁时干着两个劳力的活儿。那时候我就想，我要走出去。也不知道别的什么地方，就想着去新疆。"

海尼尔餐饮公司的董事长马黑买在他13岁时做出了一生中最重要的选择："每年打下来的粮食连半年都不够吃。好的话能吃半年，不好的话一年有三分之二的时间都在挨饿。说实话，饿得受不了啦，就往外跑。"

马黑买是第一代拉面人，是最早追随韩录到厦门讨生活的化隆人之一，他的家乡在卡力岗。

化隆境内西南，被黄河半环绕过的卡力岗山区，海拔2800~3600米，是比较典型的脑山地区，被一些学者描述为"自然条件差，十年九旱，山大沟深，交通不便，水土流失严重，灾害频发，是农村贫困人口集中分布的地区，也是农民增收难度最大的地区"。

"最大"，对习惯于谨慎地使用形容词的学术文章来说，这样的用词足以击穿外人对这里人们贫困状态的想象。

卡力岗，在河湟人的意识中，一直就是极度荒凉、极度贫困、极度边缘，有时候也是极度落后的代名词。

"卡力岗"是藏语，又被音译作"恰力岗""卡日岗""卡里岗"，意为高山、山、起伏不平的山区，是由尕加山、尕吾山、路曼山、尕加昂山等诸山组成的山系。卡力岗原是藏族聚居地，山里的地名还保留着大量的藏语译音名，如"阿什努"（宽广之地）、"沙连堡"（潮湿之地）、"德恒隆"（老虎沟）、"曲迈"（红水）、"先群"（大鹏）、"牙曲"（涧水），等等，而位于卡力岗山下黄河臂弯里的群科，其意为绿水回旋的地方。

德恒隆、沙连堡、阿什努三个行政乡就分布在卡力岗山区。

在断断续续采访化隆拉面人的七八年时间里，我的耳中听到最多的就是这三个地名。在第一代拉面人的口中，它们被夹杂在浓浓的海东方言中，听起来奇怪而含糊，透露着一种不可想象的焦苦味，而在第二代第三代拉面人口中，它们从近乎标准的普通话中流淌出来，听起来像阳光般跳跃。

从这三个地名被不断叙述的过程中，一代代拉面人成长起来了。在他们的身形由佝偻逐渐挺拔的过程中，他们的口音也被城市和现代生活悄然改变——真正被改变的是他们的生命状态、生活方式，特别是他们与这个社会的关系。

今天，"卡力岗"已经不再是一个谈之令人羞怯的名词，它成为一个群体中勇于突破自然桎梏、靠艰苦奋斗改变自身命运的一代人的原乡和出发地，它与这个大时代的许多光辉的名词——改革开放、脱贫攻坚、小康建设——一道成为一部史诗的关键词之一。

这部史诗的创造者和他们的后代，如今在谈论卡力岗的时候，他们的语调明快了许多，言辞之间透露着一种自豪和自足，令人欣然。

卡力岗依然是贫瘠的代名词，但卡力岗人不再是贫困的代名词。在新一代的自我叙述中，卡力岗成了某种精神力量的源泉。

2022年8月13日《海东日报》发表了一篇化隆县德恒隆乡卡什代村党支部书记兼村委会主任马军祥的自述性文章，题为"我要做征服卡力岗的那个人"。这篇小文看起来欲说还休，许多真实的信息似乎被隐藏了起来，但还是很简洁地沟通了卡力岗人三十年的心路历程——遥远的那头是贫穷的苦，眼下的这头是致富后的甜，而中间漫长的一段就是奋斗：

> 你不走一走挂在悬崖峭壁上的德群公路，你就
> 不知道卡力岗山有多高、有多险；你不登上卡力岗
> 山，就不知道这里的日子曾经有多苦、现在有多甜；
> 你不看一看卡力岗的人，你就不知道什么叫奋斗，
> 什么叫征服者。我就愿做卡力岗的征服者，不向命
> 运低头，不向贫穷弯腰！
>
> 小时候就听父辈们讲，卡力岗是一座很难征服
> 的大山，这里的沟沟壑壑，这里的层层山峦，是阻
> 挡我们外出的障碍，也是深深埋下的贫困的种子。
> 这里的老百姓走出大山难，靠天吃饭致富难，征服
> 卡力岗更难。因此，我从小就有一个梦想，那就是
> 一定要走出大山，远离卡力岗，寻找自己的幸福生
> 活。所以，我刻苦学习，顺利考入西安外国语大学，
> 随后又在陕西师范大学求学，并于2015年毕业。

显然，马军祥是父辈们的拉面馆养育成长起来的一代乡村新人，和大多数同伴们不同，他选择了相反的方向，回到了家乡，决心做一个"征服卡力岗"的人。"征服"一词用得可能并不得当，我理解他的意思应该是要改变卡力岗，使其适宜居住。他要征服的可能是卡力岗的自然环境对人的蛮横，也许，他只是在表达今天一部分卡力岗人面对这片皱褶深深的土地的态度。

一位叫马乙拉四的卡力岗诗人，被一些自媒体亲昵地称为

拉面诗人。他的诗歌《仰望卡力岗》在网上流传很广，因为在河南新郑、江苏太仓等城市代表拉面人发起过为环卫工提供免费餐饮活动，受到多家媒体关注。央广总台在报道这位 37 岁的拉面人时说，他们曾"在一月大雪封山的化隆看马乙拉四参加拉面大赛，也在十二月江南的冬夜到访过他开在异乡的拉面馆"。央广的报道不止一次，记者到访的马乙拉四的拉面馆开在江苏苏州。在 2022 年 1 月 2 日的报道中，马乙拉四的家是阿什努乡易地搬迁——整体迁往群科镇——的受益户。

在《仰望卡力岗》这首诗中，卡力岗作为一代代拉面人的精神原乡被赞颂。这首诗之所以被广泛流传，大概是它写出了今天卡力岗人的自足感，因此打动了千千万万的化隆人甚至青海人——

> 卡力岗是一座山，也是我的一座精神丰碑。
> 东西相距百里，南北也是。
> 无论我走到哪里
> 我都说，我是卡力岗人。
> ……
> 卡力岗很瘦弱，
> 日出，犬吠深巷，鸡鸣墙头。
> 二牛抬杠
> 背篼和粪叉交响。
> 四周围拢的大山像锅，
> ……

还有卡力岗人

特别能吃苦，

特别能忍耐，

特别能谦让的品相。

今天的卡力岗，

姑娘出嫁，陪钱，陪车，也陪房。

姑娘们把月光

涂在自己的脸上，

眼睛里激荡着

爱情的光芒。

今天的卡力岗，

男人们开的都是宝马香车，价值一栋房。

冬天住城市，夏天住村庄，

不再为吃喝奔忙，表面鲜亮。

还努力地往肚子里装知识，

玩出气质和涵养。

卡力岗是我的家乡，

是离天最近的地方。

如果你想晒太阳，

请来卡力岗。

这里的紫外线

能消灭世俗的病毒，

恢复你健康的模样。

"不敢高声语，恐惊天上人。"

说的就是卡力岗。

……

这样的诗句自然天成，滚烫灼热，让人心动。

马乙拉四在一篇《热爱生命》的散文中说："由于家境贫寒，我只上过小学。而且上学期间，少不了帮父母亲干农活儿。当时我虽然年龄小，但仍然是家里不可或缺的劳力之一。16岁的我，就因为生活极度困难，不得不背井离乡去内地谋生。而现在，我16岁的孩子住在小城镇的楼房里，享受着'风雨不动安如山'的舒适，享受着锦衣玉食的幸福，整天除了学习，还是学习。屈指一数，我的少年时代和孩子们的少年时代相距还不到二十年，但彼此之间的生活质量竟有天壤之别。"

二十年！天壤之别！

推算一下，马乙拉四是2001年走出化隆，加入拉面人行列的。

那一年的国庆假期，我在北京寻找清真饭馆，在朝阳区一个繁华小区旁的巷道里找到一家"兰州西关第一碗"的拉面馆，虽然我知道兰州西关并没有名为"第一碗"的面馆，还是欣欣然走进去。正值吃饭高峰，店内热气腾腾，弥漫着温醇的调料味，大半座位都被占据。我要了一碗牛肉面，一吃，与兰州味道"天壤之别"，我想我吃到了传说中的"兰州拉面"，于是忍不住多问了一句："老板，你是兰州人？"戴黑头巾的妇女轻飘飘地递过来一句："我们是化隆的。"

几天之后的傍晚，在北京通州地铁站不远的一处车水马龙的街面旁一栋住宅楼的底楼，没饭可吃的我不得不再次走进一家兰州拉面馆，还是要了一碗拉面，味道居然不错，印象最深的是，碗里的大片嫩黄的煮白菜格外好吃。那时候，我对这些来自青海的乡亲充满了好奇，又多问了一句："老板，你们是循化的还是化隆的？"还是一位戴黑头巾的妇女，她似乎对这样的问题很是诧异："化隆的！"

那一年，韩录把他于三年前在西宁东关购置的三层楼房的底下两层改造装修为牛肉面馆，沿用了他在厦门的"震亚牛肉面"的名号，此举震撼了他的家乡下卧力尕村的村人；这一年，距同为第一代拉面人的冶二买从厦门返回西宁，与同伴合伙投资 1000 多万元启动大西门餐饮城过去了四年；这一年，距同为第一代拉面人的韩东在西宁投资 4000 多万元启动中发源饭店项目过去了五年。但对大多数化隆人来说，这一年，拉面的致富效应还只是一个美丽的传说，真正有勇气跑到大都市开饭馆的还是少数，当时最不安于现状的化隆人眼睛盯着的多是赚小钱的行当，比如挖金子、跑运输、倒卖小商品，还有一个秘而不宣却广为人知的行当：造枪。

"化隆造"

"化隆造"是一定要讲的故事，因为它曾经代表了外地人对化隆的最为普遍的刻板印象，当时刚刚兴起的互联网又固化了这一印象。这个故事和化隆拉面这一叙事拥有共同的背景：

贫穷。

贫穷会让人发奋图强，也会让人铤而走险。不同的人在那个时代做出了不同的选择，因为他们所拥有的最为趁手的资源不同。

化隆县公安局下设有一个缉枪大队，这样的编制为全国县级公安系统的独例。

为了缉枪，化隆县公安局又专门成立了一个公安分局——群科公安分局，这在全国也是绝无仅有。

从群科往东，攀上分布着丹霞地貌的群山秃岭，就进入了莽莽苍苍的卡力岗山区。这里很少有外人进去，也鲜有外人愿意进去，但枪管却被大肆运进，造枪用的各种设备、工具和零部件沿着若干条神秘的运输线无阻挡地进入。一旦进入，这些中性的原材料和零部件就会被分散到德恒隆、沙连堡、群科等乡镇的隐秘角落——最盛时期，涉及5个乡镇37个村——经过一双双粗糙而灵巧的手的加工、组装，变成一支支嗜血的枪支，回流到了全国各地。这些枪支有一个标识性的名字：化隆造。

"化隆造"起始于1990年代初，直到2015年被彻底根绝，其间可谓名噪一时。在枪支交易的黑市上，"化隆造"因精密度高杀伤力强，几乎是高质量黑枪的代名词。国内其他地区制造的黑枪为了卖个好价钱，甚至会假冒"化隆造"。

和其他仿制黑枪不同，"化隆造"使用的是制式子弹。

有网友说："在中国这个严格控枪的国家，化隆这个地方让人有点匪夷所思。"

真的让人匪夷所思！

1991 年，化隆县公安局侦破了第一起制造、贩卖枪支案件。据媒体报道，枪支出自一位原马步芳部队军械师的儿子之手。

有民间说法称，马步芳部队当年在化隆设有兵工厂。这一说法并未得到官方的证实。

媒体称，一开始，由于附近少数民族村民的打猎需要，"化隆造"只是限于猎枪或小口径手枪，但随着一个个利益链条的形成，小口径手枪的制造工艺被改造，仿五四式、仿六四手枪也被化隆人轻易地造了出来。

1996 年 10 月 1 日，《中华人民共和国枪支管理法》开始实施，但化隆的制枪贩枪活动并未就此禁绝，反而有愈演愈烈之势。

2001 年 4 月，化隆县公安局缉枪大队成立，这是全国仅有的两个缉枪大队之一，另一个是西宁市公安局缉枪大队，成立于 2006 年 8 月。

此后，涉及"化隆造"的刑事案件在媒体上突然多了起来。这一方面可能来自互联网的传播效力，另一方面可能得力于警方打击力度的加大。

德恒隆乡村民马海花一度被媒体称为"枪王"，因为他指挥着一个在当时已破获的案子中最大的制枪窝点。2003 年 2 月底，警方接到线报，马海花纠集 20 余人组成一个制贩枪团伙，地点就在德恒隆乡哇家滩村。警方突袭了马海花家，发现机床、车床、打磨机等设备一应俱全，在一张巨大的木桌上，摆放着仿五四式、仿六四式、仿微冲等整枪 87 支，各种子弹4500 余发。

按马海花及同伙供述，警方随后抓获了当地贩枪黑市头目马克以沙，两名前来交易的外省枪贩也随之被捕。

这次行动，警方共查获枪支逾百支，并摧毁了一个从制造、组装到贩卖的完整制贩枪链条。

另一起案件——

> 2003年11月中旬，被告人马由布、韩乙布拉、马乙四夫3人经事先预谋非法制造枪支，后共同购置了大量的制枪工具及材料，并运至化隆沙连堡乡沙二村韩尕西木（在逃）家一地窖内非法制造枪支。同年11月19日该县公安局民警在依法进行搜查时，将3人当场抓获，同时查获仿五四式自制手枪3支、非成套枪支散件200余件，五四式子弹10发，电钻、电焊机等制枪工具数百件。
>
> 法院经审理认为，被告马由布、韩乙布拉、马乙四夫无视国法，非法制造枪支，严重危害公共安全，且情节严重，其行为已构成非法制造枪支罪，故判处马由布有期徒刑14年、剥夺政治权利4年，判处韩乙布拉有期徒刑12年、剥夺政治权利2年，判处马乙四夫有期徒刑11年、剥夺政治权利1年。
>
> ——新华社2004年7月5日《青海省"化隆造"特大非法制造枪支案近日宣判》

据央视新闻调查，2003年和2004年，青海省西宁市连续发生了三起持枪杀人抢劫虫草案，造成七死六伤。经侦查，案犯作案时使用的均为化隆造的仿六四式手枪。2005 年 8 月 30 日，乌鲁木齐市公安局破获了一起特大持枪抢劫、强奸案件，涉案枪支多达九支，均产自青海化隆。

2006 年 9 月 12 日央视新闻调查讲述了一个抽丝剥茧探秘"化隆造"的故事：

　　2005 年 6 月 12 日，星期天，中国银行沧州分行门前像平日一样繁忙。突然，从一辆轿车内传出的两声枪响打破了沧州的平静。沧州市公安局 110 指挥中心接警后，迅速赶赴事发现场。

　　经现场勘查，被害人头部中枪，死在其所乘坐的车里，同时车顶也被枪弹击穿了，车里有大量的血迹。

　　银行的监控录像完整地记录了案发过程：被害人段某是沧州市市民，当天上午 9 点 45 分左右，他从银行取完钱准备驾车离开，早已等候在一旁的一名男青年走过来将他强行按进车里，几秒钟后，另一名男青年从另一个方向走来，直接坐进轿车的后排；录像清楚地显示，大约十秒钟后，车内响起两声枪响，两名男青年随后迅速逃离段某的轿车。

　　犯罪嫌疑人在现场击发两枪，一枪使被害人头部贯通，另一枪使汽车顶棚被打穿，而且是带有角度的。

　　警方初步判断凶手使用的应该是经过加工制作的、性能比较稳定的枪支，但是它有别于军警部门使用的制式枪支。从枪的几个主要特征看材料是非制式枪，是一种仿制式枪，初步确定是青海"化隆造"。

　　案件被侦破之后，警方分别在犯罪嫌疑人高猛和桑忠波的身上缴获了两支作案用的仿六四式手枪。

　　通过犯罪嫌疑人的交代，进一步确定：这是青海"化隆造"，因为枪支的购买来源就在青海，贩卖枪支的人员有几个是化隆人。

　　根据公安部门当时已经侦破的案件，在西北五省区和北京、辽宁、河北、湖北、安徽、四川、西藏、福建、重庆、山东、广东等省区均发生过贩卖化隆自制枪支的案件和用化隆流出的自制枪支作为工具进行抢劫、杀人等犯罪活动。

　　就在河北沧州"6·12"持枪抢劫杀人案发生的同时，青海省警方开展了专项打击制贩枪支的"利剑行动"，仅仅三个月时间就抓获涉案犯罪嫌疑人49人，缴获各类枪支330支，子弹近2万发，枪支零部件2013件，所有的制枪窝点都被爆破捣毁。

　　根据警方分析，购枪者动机包括防身、倒卖牟利、报复他人、保镖和作案等。

"化隆造"到底有多厉害，其危险程度到底有多大呢？
青海省公安厅刑警总队刑事技术科科长马永明给央视展开的

试验证明：化隆造的仿五四、仿六四式手枪都能发射制式子弹。"不像土造的枪，只能发射火药或者其他的金属颗粒和钢砂，所以'化隆造'的危害性相当大。"马永明说。

这种在警方看来危害性相当大的仿制枪支，它的制造工艺一定是极其神秘且困难的，但化隆人对此轻描淡写。"造枪很简单，一把锉刀就行。"一位知情人告诉媒体，"就好比不种地的人对种麦子感到复杂一样，造枪也是一门手艺，和种麦子没什么不同。"

2006年3月6日，警方在群科镇乙沙二村韩乙沙盖家发现一制枪窝点。在讯问笔录中，韩乙沙盖称造枪的起因是经济困难，他找到妻舅马尕西木，说："我想造枪，赚点钱，但我手艺不好，你教教我。"

不久，二人便在家中开始制造枪支。

乙沙二村离群科镇古城街道只有几百米远。由于韩乙沙盖家的造枪窝点十分隐蔽，警方搜查行动很是费了一番功夫。因为造枪要用电，警方首先找到一处电闸，由此入手，找到了埋在土墙里的电线，这根电线绕了半个院子通到地窖。地窖在地下2米的深处。

这个造枪窝点设计得很巧妙，从狭小的窖口下去要穿过4米长的过道才能到达，地窖里空荡荡的，除了几张制枪图纸外别无他物。警方通过进一步的搜查，终于找到了制枪工具的藏身之处，电焊机、砂轮机等设备、工具就放在一个被板子隔开又在外抹泥的空间里。

这次行动共缴获制枪工具207件，枪支零部件93件，制枪图纸 1 份。这些工具是这么简陋，如果不是摆放到一起，如果不是先入为主的判断，谁也想不到这些东西能做出枪来。

韩乙沙盖和妻舅马尕西木交代，他们二人就是用这样简陋的工具造出了 6 支仿六四式手枪，而且全部卖了出去。

　　记者：造一把枪用了多长时间？

　　韩乙沙盖（犯罪嫌疑人）：大概六七天吧。

　　记者：什么时候挖的地窖？就是为了造枪挖的吗？

　　韩乙沙盖（犯罪嫌疑人）：不是，原来是谷窖，一个谷子没放，就在谷窖里面做枪了。

　　记者：改造枪用了。

　　记者：你这个造枪的手艺从哪儿学的？

　　马尕西木（犯罪嫌疑人）：主要是看玩具（枪）来做。

　　记者：造枪的图纸是哪儿来的？

　　马尕西木（犯罪嫌疑人）：看玩具（枪）画的。

　　　　　　　　　——央视 2006 年 9 月 12 日新闻调查

记者在调查中发现，当地村民没有车床和大型机械，造枪也并非完全自制，而是组装性质。说"化隆造"不如说是"化隆配"，枪支的普通零部件都是就地取材，但一些关键的零部件，比如枪管，当地人并不能自己生产。

化隆人做不了的主要是枪管。枪管必须得是专业的、特殊的车床、铣床才能加工出来。枪管使用特殊材质，如普通人所知的铬钼高合金钢，如果用其他材质的钢管替代，枪的精准度和杀伤力就非常弱，打两三枪以后枪管就发热，有些就爆裂了。

　　　　记者：枪管是从哪儿来的？
　　　　马尕西木（犯罪嫌疑人）：我去外地，看见有人在卖枪管，我就买了一个。
　　　　记者：专门有人倒卖这个枪管？你买过来以后，膛线和来复线就已经做好了？
　　　　马尕西木（犯罪嫌疑人）：来复线有。
　　　　　　　　　　　——央视 2006 年 9 月 12 日新闻调查

　　那么，必须由专门钢材和专业机械生产的枪管又是怎么到了青海的呢？

　　2006 年，群科公安分局曾一次性缴获 3677 根枪管。这个案件也被定为"3677 案"。这些枪管长 53 厘米，理论上每根枪管可以切成四段，可用以制造 4 支仿六四式手枪。

　　一把枪有 30 多个主要零部件，枪管只是其中比较重要的一个。

　　在相关的报道中，警方没有披露这起案件中枪管的来历。但在 2003 年底，河南警方从一起倒卖"化隆造"的案件中发现的线索揭示了"化隆造"零部件来源的复杂性。这起案件的犯罪嫌疑人申虎与一个叫李波海的同伙，在河南焦作的偏僻农村加工枪支零部件，然后销往西宁。

　　2006 年 6 月 13 日，公安部召开新闻发布会，通报"集中整治爆炸物品、枪支弹药、管制刀具"专项行动有关情况，治安管理局副局长徐沪公布了这个案例——

> 2000年，河南焦作中州机械厂下岗工人申虎在焦作市建设西路家禾屯租下一养鸡场，建成一个枪管加工厂。中州机械厂此前由军工企业转为民用。
>
> 申虎在原厂内从事枪支生产，懂得制枪工艺。三年内，他与李波海合伙，加工枪管2000余根，贩卖到青海化隆，并从化隆购得仿六四式手枪26支，回焦作贩卖。
>
> 此外，西宁市城东公安分局曾在辖地查获一个提供枪支配件的农机厂，没收11台机床；2005年4月28日，青海警方在宁夏海原和泾源抓获2人，后者制造有膛线枪管，卖到化隆。

据报道，2005年，西宁市公安局城西分局从一辆兰州到西宁的货运车上查获了可以组装150支半自动步枪的配件，共10箱。审查发现，犯罪分子是甘肃岷山机械厂的职工，他和一些内部人员勾结，先后多次从岷山机械厂、石家庄3302厂等购买了五六式冲锋枪、五六式枪用零部件2万余件，其中一大半流向青海。

许多零部件进入化隆后，经过打磨焊接，把废旧电视机壳熔在模具内浇成枪柄、枪托等握件，进行组装后，一把"化隆造"便被制成。

在公安部的那次新闻发布会上，徐沪介绍，近两年来从合法企业流出了制式的枪支零部件，落入制贩枪支的人手中，使枪支制造质量有很大提高，杀伤力比较大。

徐沪还特别点名化隆："特别是青海化隆……非法制贩枪支问题比较突出，虽经多次打击整治，但仍未得到根治。"

在化隆，当时已经形成一个从组装到贩卖为一体的"黑枪"链条。

为什么在化隆会有如此猖獗的制枪贩枪的犯罪活动？到底是什么原因让这些原本应该在田间劳作的农民成为制贩枪支的主角？

当地人都知道这些问题的凄楚答案，丰衣足食的人们也许永远无法想象，对饥饿的恐惧有时候真的会压倒对坐牢的恐惧——

> "制贩枪支，被抓后一判10年、20年甚至无期死缓，为什么还有人愿意做呢？"
>
> "没有化肥钱。"面对警察，30岁的马索飞亚如是称。
>
> 2月12日，群科分局与缉枪大队在她家中的地窖内发现一制枪窝点，从中搜出六四式子弹4发，制枪工具303件，枪支零部件98件。次日，地窖被警方炸毁。
>
> 这家的女主人马索飞亚并非制枪者。由于其居住地处于牙曲滩村的一个斜坡之上，较隐蔽，地窖便被其他村民看中用来造枪，她收取一定租金。

此前去年 11 月，她的丈夫马乙拉四因贩卖枪支，被判有期徒刑 12 年。目前，马索飞亚也已被刑拘，家中只剩下 9 岁和 3 岁的两个女儿。

绿枪大队一名负责人说，之前带马索飞亚回家指认现场时，其 9 岁的大女儿正在厨房里学着烙馍馍给妹妹吃，见到妈妈，小女孩一路哭喊，看着令人心酸。

——新京报 2006 年 6 月 27 日《青海"黑枪三角区"地窖造枪为害十省》

贫瘠的土地不养育人，但人并不能因此对土地轻薄以待。要想使土地有所产出，就得对土地有所投入，随着生存压力增大，人们对土地的索取也越来越多，土地对人的要求也越来越高。在化隆这样的脑浅山地区，"化肥钱"是贫瘠土地上的贫苦者不能承受的生存之重。

记者：你知不知道造枪是犯法的？

韩乙沙盖（犯罪嫌疑人）：我是文盲，我不懂法律。

山吉仁（犯罪嫌疑人）：我是一个农民，我不懂法律，当时啥也没想。

记者：这个枪在你印象中是个什么东西？

马真（犯罪嫌疑人）：玩具呗。

记者：这个枪被卖出去以后会有什么后果？

马尕西木（犯罪嫌疑人）：换钱过日子呗，我俩家里特别困难，买不起化肥。

韩乙沙盖（犯罪嫌疑人）：生活确实困难，造枪是为了买化肥，反正能搞点钱呗，其他办法也没有。

山吉仁（犯罪嫌疑人）：我想着能赚点钱就行了。

记者：造一把枪能赚多少钱？

山吉仁（犯罪嫌疑人）：当时能赚五六百块钱。

记者：像你们做把枪，本钱大概需要多少钱？

马尕西木（犯罪嫌疑人）：也就一百多块钱。

记者：一把枪能卖多少钱呢？

韩乙沙盖（犯罪嫌疑人）：一把枪能卖一千三百块钱，（我）能分到六百多块钱。

记者：六百多，那这六百多块钱对你来说很重要吗？

韩乙沙盖（犯罪嫌疑人）：就是。

记者：这个钱花到什么地方了？

韩乙沙盖（犯罪嫌疑人）：买了化肥了。

——央视 2006 年 9 月 12 日新闻调查

在 2000 年，互联网还不是很发达，社会公益组织还不是很多，对于没有走进过卡力岗山区的城市人和发达省份的人来说，他们可能永远存有一份好奇，到底是什么样的贫穷能让一个地方的不少人陷入如此的不理智？

为了深入了解大山深处农民的生活状况，央视记者驱车两个多小时，翻过三座高山，走进了枪患严重的德恒隆乡。这里沟壑纵横、地形破碎、土壤贫瘠。德一村村主任马生刚领着他们来到村民马乙买家——

> 记者：真是挺困难的，家里几亩地？
>
> 马乙买：三亩地。
>
> 记者：一年收入下来能剩多少钱？
>
> 马乙买：一百四五，可能。
>
> 记者：房子我看已经好多年了。
>
> 马乙买：三十年前的。
>
> 记者：怎么不翻盖一下？
>
> 马乙买：没有经济收入，这个房子盖不好。
>
> 记者：中午饭吃的什么？
>
> 马乙买：干馍馍，吃点儿干馍馍呗。
>
> ——央视 2006 年 9 月 12 日新闻调查

德一村是德恒隆乡乡政府所在地，全村有 1200 多人，年人均收入只有 230 元。村主任马生刚告诉记者，村里有 40% 的人家都是像马乙买一样的贫困户。

这个村子有不少人参与过制枪贩枪活动。对此，马生刚认为，参与这项犯罪活动的人只是极少数，十个人当中就一个到两个。这些人因为没有经济来源，靠制贩枪赚点小钱。

新京报记者采访过的德恒隆乡牙曲滩村是一个制枪窝点，"牙曲滩村子并不大，但窝点屡打不绝，有村民知道邻居造枪，也不愿意说。"当地警方说。村支书告诉记者，这个村全村 2600 多人，770 亩地，人均不足 4 分，每年一季，有半年撂荒。

"一个人劳作一年的收入，用三天造一支枪就挣出来了。"群科公安分局局长赵晓安对媒体说，从发现的窝点看，大部分都是家庭困难、生活贫穷者，包括一些孤寡老人家庭以及家人中有因枪致刑者。

当时的多家媒体注意到，当地村民制枪仅为逐利，并无其他动机，一个佐证是，自 1998 年公安部门开始缉枪以来，当地并未发生过一起暴力对抗事件。

这本是一些特别本分的人。这个事实更让人心痛。

"县穷民不富，一些村民将制贩枪支作为'致富之路'。"化隆县扶贫办在一份报告中如是称。

但实际上，作为贩枪链条的始端，制枪者虽因贫制枪，但鲜见因枪致富者。

一支"化隆造"成本仅为二三百元，卖给枪贩子不到千元，即使到后来严打期间，制贩枪活动减少导致枪支价格上扬，一支枪的出手价格也不过一两千元，二道贩子倒手的价格达到三四千元，但只要出了青海到了南方，都是一万元起价。

真正从贩枪链条中获利的是二道贩子。

造枪者并没有摆脱贫困，有人获刑的家庭反而更加贫困。

马青云曾经是化隆县缉枪大队的大队长，一位靠父兄的拉面馆供养成长起来的大学生。毕业后，他怀着满腔的痛忿走入警察行列，心想"难道我们化隆人就得靠制枪贩枪活下去吗？"

回想起年少激情时的初衷，马青云依然抑制不住激动，他摆动着手掌，语气近乎颤抖地说："我们有更好的出路啊！我们的父亲我们的哥哥们已经为我们蹚出了一条很稳定的致富之路啊！"

2015 年，马青云告别了警察队伍。"那一年，我一支枪都没有缉到，'化隆造'没有了，我失业了。"

"失业"是马青云开玩笑的说法。其实当时"失业"的不止他一个，他说为缉枪而专门成立的群科缉枪公安分局，人员最多时有四五十个，现在只剩下两三个人的编制。分局门口挂着一个牌子，里面几乎无人上班了。

在西宁一个初秋的午后，一家茶餐厅的小包间，马青云讲到这一段的时候，用明亮的目光一直扫视着我、马真、马黎轩："最多的时候我们一年能打掉几百支枪，抓获犯罪嫌疑人几百人，到最后枪没了，就是因为这碗面！"

"造枪的和贩枪的全都出去开拉面馆了。"马真笑着说。

"绝大多数的化隆人都出去开拉面馆了，所以我找到了新的职业方向，就是做拉面服务。"马青云说，"他们造枪的时候我缉枪，他们开拉面馆的时候我做拉面网。"

在脱下警服之前的 2013 年 10 月，马青云的中国拉面网就已经开通上线。初创时期，以发布拉面资讯、提供劳务信息为主。两年之后，依托拉面网的拉面电商平台上线，马青云开始步入拉面服务产业，第二年就被青海省商务厅评为"2016 年度全省电子商务优秀企业"。2017 年 3 月，马青云创立了"伊麦佳清真食材全国连锁配送平台"。当年 12 月 25 日，青海拉面行业协会成立，马青云出任会长。

在青海拉面界，马青云曾经是最具影响力的风云人物，是一些新思想、新理念、新模式的生产者和实践者。他也因此广受关注，可谓荣誉等身，曾被媒体描述为"高原追梦人"——这个故事因为过于绚丽夺目，姑且按下不表。

马青云出生于扎巴镇的窑洞村，中国人民公安大学毕业。他是村里的第一个大学生，他的供养者其实是他的哥哥，一个极其普通的拉面人。2001 年，在马青云离开家门去往大学校园之前，父亲特意将 3000 元学费兑换成 1 元 1 元的钞票，对他说："这是你哥哥卖了 3000 碗拉面挣来的钱。"

在化隆，个人命运的改变可能来自拉面，可能不是，但群体命运的改变，一定来自拉面。

第二章　先驱者

韩录并不是严格意义上的卡力岗人，因为他所在的加合乡（后来被合并到巴燕镇）卧力尕村与卡力岗山区的阿什努乡之间还隔着一道深深的沟谷。这道沟谷划分成了两个行政地区，但并不是自然地理的边界，一条县道贯穿沟底，把卡力岗与加合乡以及县城所在的巴燕镇连成一体。20世纪50年代，加合乡和阿什努乡同属于巴燕公社，两地的地形地貌和自然条件并无差异，村民只要跨过沟谷，就能到对面的斜坡山洼间找到亲戚。

韩录的许多亲戚就在对面的卡力岗山区，这使得他的社会关系网络从一开始就联结起了整个化隆，甚至大半个海东。

和山区的所有人一样，1956年出生的韩录从小就体会了贫困和饥饿，即使到农村联产承包责任制实行后的1980年代，残酷的自然条件也未能填饱化隆农民的肚子，许多不安于现状的人开始尝试着摆脱对贫瘠土地的依赖，走出山村，到更广阔的世界寻找生存的机会。事实上，当时整个国家所爆发出来的蓬勃生机几乎让所有的人一年四季都处于激动兴奋之中，乐观的情绪感染着从小孩到老人的整个人群，甚至在最偏远的西部农村地区，人们也会被一条长长的亲戚纽带牵连到外部。加合乡的农民因为离县城巴燕镇较近，有更多获取信息的便利，他们对改革开放下正在变化的外部世界表现得更为敏锐，贩卖小商品和跑货运的人成为最早一批摆脱土地桎梏的人，也有一些空有一身力气而胆识不足的，跟随着挖金子的队伍钻进海西的莽山，这些人多是为"金把头"打工，鲜有人因而致富。

下卧力尕村人韩录和大多数化隆人一样，识字不多，只上过小学二年级。"那时候上个二年级，等于啥都不知道。"但他比别人知道得还是多一些，因为在十几岁的时候，他就有了一台收音机。在一个没有图书和报纸的山区，这使他成为那个地方那个时期比较博学的农民。

这是1980年代初期，他从收音机里感受到了改革开放初期中国大地上正在发生的变化，那种欣欣向荣的蓬勃气象吸引着他，他不止一次地给人说：社会变了！

于是，他成为最早跑到山沟外面闯荡世界的人。

"那时候，先是和小伙伴们一起跑到兰州倒军帽。兰州南关什字有个兰百大楼，我们就从那里批发军帽，然后带回西宁，卖给西宁人。"韩录说，那时候他就吃过兰州牛肉面，"真的好吃，价钱也不贵，每次去都要吃一碗，感觉那是世界上最好吃的面。"

这是中国商品经济日益活跃的时期，由于地区之间、城乡之间商品供应的不平衡，倒卖小商品成为最为有利可图的营生之一，许多返城知青和走出乡村的农民纷纷加入这一行列。这时候的韩录只是跳入潮流的一叶木片，顺流漂浮，有样学样，别人倒什么，他就跟着倒什么，渐渐积累了一定的社会洞察力。

1984年，倒卖全国粮票的暗流涌动。当时，这还是非法的，但一个日益繁荣的社会对计划之外的商业行为表现出了极大的宽容，随着粮食供应渠道的多元化，粮票的职能开始向商品化和货币化演变，全国粮票因为其通用性而成为一种"硬通货"，倒卖全国粮票让许多市场嗅觉敏锐的人赚了钱，韩录就是其中之一。

全国粮票的流向是从商品经济不太发达的地区到相对发达的地区，因为后者对经营性粮食的需求更多。

"花心的人"

这一年，韩录跑了一趟拉萨。这是一条青海人非常熟悉的路线。河湟人有跑西藏的传统，这条路虽然艰难险阻，货物贸易的利润却相当可观，数百年来长盛不衰。在拉萨，他发现八角街上扎着许多漂亮的帐房，当地人在其中做着各种各样的小生意。"这个地方好啊！"韩录心里感叹。这一年，西藏自治区政府决定将9月1日确定为自治区大庆日，第二年，就是西藏自治区成立二十周年大庆的年份。拉萨街头涌动的商业气氛同样也在唤醒着这个城市，最重要的是，他发现清真饭馆极少，他本人也遇到了吃饭难的问题。

　　韩录迅速捕捉到了这个信息，决定在拉萨开个饭馆。

　　当时的韩录对于做饭一无所知，更遑论厨艺了。事实上，化隆的媳妇们也不能说有什么厨艺，她们见过的食材和调料实在少得可怜，正是这种认知上的欠缺造成的无畏，是他们后来勇闯天涯的心理基础。但韩录在此前的几次兰州之行中对牛肉面印象深刻，而在当时的西宁，牛肉面馆只有不多的几家，都是当地人所开，做法简单，味道难说好吃。

　　"西宁最早的牛肉面馆出现在 1980 年或 1981 年，是一位叫马延蛟（舒尔布）的民和人开的，店名叫西来凤，在火车站十字。"青海华忠商贸公司老板马可清为我的采访补充了这一重要线索，"当时的马路不宽，就在十字路口，他拉牛肉面的时候，有很多人在围观，大家都没见过嘛！西宁当时也就一两家。"

　　一直到韩录倒卖全国粮票的时候，西宁的牛肉面馆并没有增加几家，西宁人更喜欢吃的是面片，但韩录觉得还是牛肉面更适合大众的口味，特别是这种经蓬灰水发酵后拉出来的面条有一种难以言说的魅力。

　　相对于绝大多数化隆农民，做小生意多年的韩录算是个有钱人，他毫不犹豫地从一家牛肉面馆挖了一个面匠，这样，他自己有没有厨艺就不重要了。

　　随后，他从西宁的面馆里买了一些蓬灰，准备了厨具和相应的器具，带着老婆和弟弟，抱着小女儿，兴致勃勃地奔赴拉萨。

　　事情并没有想象的那么顺利。支一个帐房也就 3800 元钱，可他的愿望一次次受挫，"这儿不让支，哪儿不让支。找这个人不行，找那个人也不行。换作别人可能早就放弃了，可我就有股拗劲儿，就是想把这个帐房支起来。"这一拗就是三个月。其间，他不停地交涉，家人们持续地等待，但面匠不愿意等了，毅然决然地弃他而去。好在与其相处的日子里，韩录并没有浪费时间，而是向面匠请教了拉面的基本技术，怎么熬灰，怎么过灰，怎么避免二包水，等等。

面匠走了，他的脑子也转过弯了，不再执着于帐房，转而租下了一间 30 平方米的小铺面，开始实践那些听来的技术。经过反复琢磨、练习，他终于成功地拉出了一碗像样的面条。

但是他还没来得及向面匠请教怎么煮肉、兑汤。兰州牛肉面的核心在于一锅汤，而此时的他对此两眼一抹黑。这就意味着，他不可能做牛肉面了。

"这可怎么办呢？"回想起当时的窘迫，韩录呵呵地笑着，还挠了挠头，"我想起我在临夏吃过的一种卤面，就是把豆腐切成小丁丁，再加些别的东西，呵——挺好吃的，我就决定做这个。"这个并不难，无非是煮熟，再调出合适的味道。于是，拉面加卤料，这种在西北尤其是河湟地区流行已久的面食——卤面被他无师自通地琢磨了出来。

那个口味并不奢侈的年代，开一家饭馆并不难，难的是行动的资本和勇气，还有接下来持续的耐心和不厌其烦的坚持。

还有，就是得有一点儿异于常人的小聪明。拉萨人烧灶用牛粪，鼓风用的是火皮袋，这是一种藏族古老的炊具。宰牲时将羊皮或牛犊皮完整剥下，去毛、鞣制后扎紧四肢开口，后面开口呈袋状，颈部安装一截 30~50 厘米长的铁管，使用时通过按压皮囊，将空气压进灶膛。韩录不习惯使用牛粪和火皮袋，觉得那很麻烦，而且会产生大量的灰烬，他就改用喷灯。锅灶是用石头砌的，用喷灯喷烤石头，石头红了，锅也就开了。

"喷灯用的是汽油，汽油桶就在旁边放着，现在想起来都后怕，幸亏没发生火灾。"韩录说，后来他的父亲接手饭馆后，也一直使用喷灯。

韩录的面馆叫"迎客面馆"，主要经营的就是在兰州和临夏地区非常流行的热卤面，只是韩录的师傅是他自己。

对于面食传统并不丰富的拉萨人来说，这个面馆带来的味觉体验是新鲜而享受的，他们对其报以热情的回应。面馆开业伊始就大受追捧，韩录的拉面技艺也随着生意的红火而日益精进。

有人将韩录拉萨开办饭馆的 1984 年看作青海拉面的起始，这样的穿凿附会大可不必，就像喇家遗址出土的那一碗粟面与如今的牛肉拉面并无半点儿关系，就像古老的拉条子与马保子牛肉面也无半点儿关系。青海拉面自有其华丽的开端，那是在厦门，韩录对七十年前的马保子的一次跨时空的握手致敬，那是兰州牛肉面对困顿之中的一个群体拯救的开始。

韩录在拉萨的这个面馆做了两年左右。1985 年，他的父亲来到了拉萨，看着满屋堆放的整袋整袋的面粉，大为感叹："长这么大，没见过这么多的面。"父亲羡慕不已，他也没想到挣钱可以如此容易，他再也不想回化隆农村那焦苦之地，决定留下来。这也是儿子把父亲带进面食行当的开始。

1986 年，韩录将面馆留给了父亲，自己揣着挣来的两万元回到了西宁。

这时候的他内心是喜悦的，也是趾高气扬的。那个年代，人们对有钱人最大胆的想象不过是一个光芒四射的新词：万元户。韩录就这样成为西宁城里最富有的人之一。他很宽绰地在远离城区较远的北山根打靶场旁边买下了一栋小二楼，住进了传说中的"洋房"。这可能是化隆农民在西宁买房置产的开端。

"我从小就是个'花心'的人，干什么事都不长久，总是看着这山比那山高，拉萨的饭馆开得好好的，又觉得太辛苦，就想着是不是干点儿别的。"韩录说话时，总是夹杂着嘿嘿的笑声。在西宁城里，他贪婪地捕捉各种致富信息，"我是比较喜欢新生事物的，那时候西宁刚刚兴起小汽车，有人开着小汽车跑出租。我一想这东西不错，于是着急忙慌地考了个驾照，买了辆小汽车开始跑出租。"

韩录一次性买了两辆拉达，另一辆给了弟弟，两人一起跑出租。拉达是这一年刚刚引进中国的苏联车，被认为是当时实现了财富梦想的个体户的首款私家车，也是中国许多城市最早的一款出租车。

这件事说明，韩录不仅有钱，而且时尚。2016年我第一次见到韩录时，同行的一位朋友第一眼就注意到，60岁的韩录手里拿的是最新款的苹果手机，脚上是一款并不便宜的耐克运动鞋。"我这人钱没挣上几个，潮流的东西抓得紧，在西宁一有钱就买车，在厦门也是，刚赚了钱就买了一辆车玩。"

开出租车好风光，可以满世界地跑，甚至一直跑到广州，至于跑到兰州吃一碗牛肉面更是家常便饭。

跑出租车的大概两年时间里，韩录认识了周义仁。周义仁是成长于西宁的化隆人，曾经是青海省运输公司的司机，因为爱好摄影，不安于枯燥乏味的上班生活，又对万花筒般的大千世界充满好奇，便办了个停薪留职，也开起了出租车。

"他跟我一块儿在火车站开出租车，所以我们很熟悉。"三十多年以后，周义仁还清晰地记得韩录兄弟俩的车号，韩录开的是3344，弟弟开的是3355。

"我开了一年半以后就不开了，1988年，我到北京外语学院学习阿拉伯语，进修了一年。"周义仁在接受我的采访时，他的"老东关周哥家宴"还没关门，我们品尝着他的市级非遗"青海回族老八盘"，听他讲过往的故事，谈起韩录时他说，"从北京回来以后我就不开车了，1989年9月，我开了侯赛因餐馆。他那个时候还在开车，经常到我的餐馆来，所以我们很熟悉。"

其实，此时的韩录是第二次开出租车，这次只持续了三四个月，在此之前，他在海西挖了两年金子，在此之后不久，他去了厦门。

韩录和周义仁于1986年开始的这场交往并无多少惊奇，谁也不曾想到，若干年以后，这两人分别以自己的方式成为青海拉面发展史上两个里程碑式的人物，韩录代表了起点，周义仁代表了转折点，这是后话。

当时的西宁城实在太小，人口也不够多，开出租车看着风光却挣不上钱。在周义仁去北京学习之后，韩录也放弃了出租车，因为这时他听说到海西挖金子能挣钱。

当时，"到红金台挖金子"的话题长时间霸占着坊间热议的头条，一度在街头巷尾刮起一股股热风，这股风甚至刮到了甘肃、宁夏，鼓动着一批批农村青年热血上头，被陌生人招呼着，挤上摇摇晃晃的车辆，向西而去，把年轻的精力投注到莽莽荒山之中。那几年，我正在上大学，每次假期回家，在陇中农村的炕头上捣着灌灌茶，听同村的小伙伴讲述他们挖金子过程中奇幻而险峻的经历，倾听那一个个发财泡沫破碎的声音。就像后来的传销一样，许多人乘兴而去，败兴而归，有的可能遍体鳞伤，赚了钱的可能只是金把头，下苦力的最终一无所获。

采金人又称沙娃，因为他们干的是沙里淘金的活儿。韩录于1988年夏天第一次加入到了沙娃的队伍中，向遥远的昆仑山而去。

《中国日报》曾有一篇报道，揭示了沙娃的真实生活——

> 20世纪80年代，当地农民加入淘金潮。开一辆"尕手扶"，编织袋里装点儿馒头，颠到青海西部等地，撅着屁股挖沙金。带工的叫"金霸头"（金把头），夏天干三个月，每个小工能"挖"2000多元，"金霸头"挣万余元，成为扬眉吐气的万元户。
>
> （化隆县牙什尕镇城东村）冶沙拉有正规手续，最多时拉了700多人，有3辆卡车，是全县乃至全省出名的"金霸头"。每年春节后，他家就挤满人，一些乡亲悄悄塞上一包几元钱的茶叶、冰糖，求他把尕娃（西北方言，指小伙子）带出去挖金。村里大多数人参与挖金，全县"淘金部队"曾有几万人。
>
> 1989年春，冶沙拉带人到无人区采金，雨雪连连，苦哈哈28天，竟然只"磨"了20公里的路。5月底，楚玛尔河附近突降大雪，周围顿成沼泽，许

多手扶拖拉机陷进泥坑。"那次估计有几万人被困，冻死病死的有不少人。政府派直升机，空投衣服、馍馍和药，这才得救。"

县志载，那次有 500 多名化隆人被困。

"铁锨把蹭手着浑身儿酸，手心里的血泡着全磨烂……一路上的寒苦哈说不完，沙娃们的眼泪淌呀不干。"一曲青海花儿《沙娃泪》，唱出了采金之苦、致富之难。

——《中国日报》2015 年 6 月 12 日《一碗拉面"拉"活一个贫困县》

在海西高寒地区，采金只能在夏天进行。两个夏天，韩录去了两个金场，但都没有挣到钱。

在挖金子的过程中，他遇见了一个来自卡力岗的小伙伴——阿什努乡阿一村人马贵福。当时，这个小伙子不到 17 岁，两人在险象环生的采金生涯中结下了深厚的友谊。韩录给人介绍时说，这是同一个庄子上的人，其实两个庄子之间还隔着一道深深的沟谷。

挖金子挣钱的梦想破灭后，马贵福回化隆老家结婚，韩录在不知今夕何夕的日子里找不到去向，又重新开上了出租车。

第二年夏天，另一条长期霸居热议榜前列的消息鼓动了韩录。他追随一些成功人士的脚步，坐火车赶往福建石狮，那里有当时中国最大的布料批发市场，当时西宁及西北多个城市的布料几乎全发自这里，从石狮到西宁的这条"布料之路"成就了一批批商业小咖。

此行路途遥远，他带上了小伙伴马贵福。此时，马贵福小两口正带着出生不久的女儿居住在韩录的小二楼"洋房"里，两家的友谊也在这里扎下了根。

福建之行让韩录脑洞大开，人生的转折就此埋下伏笔。在厦门，他惊叹这个设立不久的经济特区焕发出来的勃勃生机，这座城市的每一个毛孔都流光溢彩，每一次呼吸都温软绵柔。"这个地方真好！"但很快地，他发现了一个非常现实的苦恼：这个城市没有清真饭馆。他找遍了大半个厦门城，真的，这个遍地黄金的城市居然没有一家清真饭馆。"如果在这里开个饭馆会怎样？"他对小伙伴马贵福一次次地唠叨。

这次商业冒险以失败而告终，批发到西宁的布料没有赚到钱，加上此前一连串的失败，韩录开始认真地考虑在厦门开饭馆的想法。

史上第一家

"走，我们到厦门卖拉面走。"他对马贵福说。18岁的马贵福当然涉世未深，但他对这位大哥已经非常信赖，而在韩录眼里，这个尕娃很厚道很勤快，"听话的很，是个好帮手，也是个好搭档。"

"没想着挣什么大钱，就是想着一家人能吃饱肚子，尕娃们能有学上，就是最大的目标。"韩录说。

这一次，他做得很决绝。"房子还没敢卖，家具全变卖了，身上的皮大衣和好些鞋也都变卖了。"韩录形容他这是倾家荡产，"家里人不理解我这是要搞什么？反正不管他们同意不同意，就这样，钱拿上了。"全部的家当变卖了7000元。

"如果当时资金充足就去广州了，可带着7000块钱不敢去，就算有2万块钱也不敢去。广州的情况你不知道，我们跑车时去看过，感觉很'恐怖'，在那钱就不是钱。我这点钱想到广州开饭馆是不可能的事情。"韩录给我说，"但是厦门非常悠闲，非常轻松，非常舒服。"

就这样，韩录带着老婆和一双儿女，还有他信赖的小伙伴马贵福夫妇，一行人来到了厦门。火车到厦门的时候是后半夜，他们在车站外面的廊檐下一直等到天亮，远处梧村的灯火星星点点，那是他们选择的地方。

《大碗传奇：牛肉面传》这样描述当时的情景——

1990年9月，操着浓浓海东方言的一行人来到厦门，旋即被这个火热的城市吞没。他们好奇地打量着这个令人炫目的城市，小心翼翼地求证着自己的判断。厦门溽热的空气与西宁城那青藏高原灼热的空气完全不同，他们首先得学会忍受皮肤上抹之不去的黏稠感。这一年，韩录34岁，多年走南闯北的经验和敏捷的思维给了他应对各种复杂问题的能力。没有经过特别繁复的调研，他选择了火车站这个具有巨大包容性的地方，表面杂乱，内里生机盎然。而在离火车站不远的梧村，有许多石棉瓦盖起来的简易出租房，收纳了许多外来的打工者，包括来这里淘金的北方人。韩录就选择了这里。

安家、租铺面、置办全部的家当只花了3000多块钱。这一次他要推出的是"西北拉面"。基于对兰州牛肉面的粗浅理解，加之自己多年来的精心打磨，他决定自己的拉面一定要有厦门特色，不仅用以对抗南方溽热的天气，还要适应南方人的口味习惯。这需要在面的揉制工艺和兑汤的调料上做出一定的改革。所有的问题似乎都没有花费太多的心思就迎刃而解。他揉面的技术非常独特，白天揉一种比较硬的面，晚上揉一种比较软的面，然后将两种面揉在一起。复杂的工序不仅解决了面团在蒸汽般的空气中的存放问题，而且拉起来比较柔韧，吃起来也比较筋道。青海的一位叫陈习新的学者为其取了个好听的名字，叫"阴阳面"。南方人不习惯牛肉汤，他就减少了肉汤的比例，调料的配方和比例他也没有专门研究，按照家常的做法，味精、生姜、花椒、胡椒凭感觉搭配，为了迎合福建人的口味，他放大了白胡椒的份额，刺激的辛辣味让食客们通体舒畅，有利于汗液的排出，很受厦门人欢迎。不久之后，在一位厦门当地人的建议下，他在汤里加了当归，

又多了一份养生的成分。胡椒当归牛肉汤，这是韩
录的首创。这汤对厦门人味蕾的征服，大概不亚于
马保子当年用三四种调料征服兰州人的情形。

在该书出版之前，我把书稿发给韩录，请他确认一下与事
实有没有出入。韩录在电话中对我说："对对儿的，就是这样的，
哎呀，你就像在旁边亲眼看着我做事一样。"

我说："但我还是有点不放心，你的记忆似乎有点恍惚，讲
到激动之处时间就乱了。"

他大笑着说："就是就是，时间太长了，好多都记不清了，
给你说的时候有点乱。"

我给他读了一些媒体的报道，一篇和一篇不一样，包括对马
贵福等人的报道，"到底谁的更准确？"

他说："他们都胡说着呢，那些记者我都没见过，不知道他
们从哪儿打听的，你写的这个是对的。看你写的这个，我就像放
电影一样，都对上了。"

但迷雾并未就此消退。韩录到厦门，究竟是哪一年？

在《大碗传奇：牛肉面传》出版四年来，媒体对于韩录的
第一家拉面馆的时间报道依然非常混乱，部分媒体对此含糊其
辞，有1980年代末之说，有1990年代初之说；大多数媒体认定
是1989年，具体月份有春天之说，有夏天之说，也有秋天之说；
在对韩录同时期的几位拉面成功人士的报道中，有韩录的追随
者把自己开店的时间追溯到1988年，但至少有两位认定自己的

开店时间在 1990 年春或夏，据此推算，韩录开店的时间最迟在 1989 年。

"他们胡说呢，就没有记者采访过我。"韩录还是那句话，他语气有些激动，"我的事情应该我最清楚吧。"

话虽这么说，但我们需要把各个事件的碎片毫无缝隙地拼接在一条时间轴上。这样的工作我们进行了多次，最后一次是在电话和微信上，差不多用了两天时间，基本确定了这样一条时间线：

1989 年夏天，韩录还在海西挖金子，没挣到钱就回来了。马贵福一回来就回老家结婚去了。他又开了几个月出租车，还无所事事地瞎转悠了几个月。第二年，他和马贵福一道去石狮的时候，是在闷热的夏天，马贵福的媳妇抱着刚出生的丫头在韩录家的小二层"洋房"里住着——房子多，住得很宽敞——从石狮回来十几天后，他们就去了厦门。走的时候，马贵福的丫头就在他的怀里抱着呢，都好几个月大了，应该是 9 月份。

与此同时，还得跟周义仁的记忆拼接起来。周义仁为我仔细梳理了他的时间线：1988 年全年他在北京学习，1989 年 9 月 1 日，他的侯赛因餐厅开业，那之后，韩录开着出租车还到他的餐厅吃过几次饭。他再一次见到韩录是在厦门，时间是在盛夏，他记得他是从汕头坐大巴去的厦门，其时汕头的杨梅刚刚上市，时间应该是六七月份。而他对其时的厦门印象最深的是"热得受不了，差点儿被蚊子吃了"。

因为周义仁在亲友圈以记忆力超好而闻名，他一开始坚称他是 1990 年夏天去的厦门，如此，两人的时间线对不上。为此我与他跟韩录三人在电话上反复梳理、核对，他们两人甚至还撬动了身边亲友们尘封已久的记忆，经过一个中午和一个下午的拼接，周义仁终于确定，他去厦门是 1991 年。

韩录的女儿也确认了父亲的记忆。她清晰地记得，那是她小学三年级第一学期，他们一到厦门她就顺利地转学到厦门铁路小学，时间就在 9 月初。

韩录说："本来，你第一次采访我时我的脑子是很清楚的，这几年他们这样说那样说，把我都搞迷糊了，今天跟你这样一理，总算是彻底理清楚了。"

如此，这个被媒体搅乱的谜案云开雾散，《大碗传奇：牛肉面传》中的描述是对的。

1990 年 9 月的一天，厦门梧村，史上第一家化隆拉面馆悄然开业了。

铺面是从当地人手中转让过来的，只有 20 平方米，摆了三张桌子，韩录只换了个锅头，就直接营业了，总投资 3300 元。

韩录负责拉面，妻子负责舀汤，马贵福没有投资，算是打工者，小两口做杂务。

当时的韩录对兑汤几乎全无概念，好在他的食客对这种来自西北的面食也一无所知，于是，他就可以凭着两年的面馆经验和想象在这张白纸上涂抹。"饮食这行当，其他多余的调料都不需要，只要味精、生姜、花椒、胡椒这几样就够了。也没有什么标准配方，跟主妇做饭一个道理。"韩录总结的这个原理，正是 1980 年代兰州牛肉面大兴之时，人们普遍掌握的基本原理，若非如此朴素，兰州牛肉面怎么可能遍地开花。

韩录的牛肉拉面还有一味重要的调料——当归，这是几个月之后一位厦门当地人给的灵感。那人建议韩录再加点儿当归，说是厦门人爱吃当归。"加了当归，这个汤就成了养生汤，许多人说，到你这儿吃上一碗面，喝上一口汤，好几天都很舒服。"韩录回忆说。所以，当归胡椒汤就成了韩录牛肉拉面的一大特色。

厦门人不吃蒜苗，因为蒜苗的后味不好。厦门人爱吃葱，所以韩录就改用葱花。

饭馆首先吸引了一些来自北方的打工者，开门第一天，营业额七八十块钱，这是一个令他欣喜的数字。接下来的日子，随着声名传播开去，更多的北方打工者走了进来，营业额逐日攀升。一个月下来，3300元的投资全部收回了。

几个月之后，这个只有三张桌子的小饭馆已经显得过于狭小，正好街对面有一个更大的餐馆转让，可以摆十多张桌子，韩录毫不犹豫地接手下来，此前的小饭馆被他顺手转让了。

这时候，从和面、揉面到拉面的这道工序，一个人已经玩不转了，韩录便从西宁请来一个面匠，这很符合他对小型面馆的理想设计——自己做个甩手掌柜，即使不能马上实现，至少先做半个。

韩录在这个城市的初次成功并不像后来所传说的那样迅速传回化隆和西宁。那时候交通和通信很不发达，人们传递信息主要靠信件，这一点对韩录是不可能的，另外就是靠过路人的带话，或者亲见者的传言。但厦门实在是过于遥远，能在这儿碰上一个化隆人并不容易。但化隆的生意人只要去厦门，就必然到梧村，因为他们要吃饭。

追随者们

1991年年初，在韩录的拉面馆开业半年多的时间，厦门迎来了第二个化隆拉面人——韩录的父亲。

此前，父亲还在拉萨经营着接手自儿子的饭馆。有一天，一位叫韩东的化隆生意人给他带来了一个意外的消息，他的儿子韩录在厦门开拉面馆，开得风生水起，赚了好多钱。于是，这位行事果敢的父亲转让了拉萨的饭馆，又一次投奔儿子。

当时的韩东长年往来于福建晋江、石狮与拉萨之间贩运服装鞋帽。《中国工商》杂志2018年7月12日在一篇题为《韩东：从一个拉面馆做到10亿产业》的报道中证实了此事："在西藏的那几年，爱吃家乡拉面的韩东遇到一个开面馆的青海人。看着沿海经济惊人的发展速度，他就建议那位老乡去厦门开店。"但这篇报道未经仔细核实，这里的"家乡拉面"其实只是事后的附会，也许是记者的臆猜。

韩录说："我的父亲个性强，我在拉萨开饭馆的时候，他一听说就跑来了。后来，我到厦门开饭馆，他一听说也不分昼夜地跑来了。来了以后，他还不跟我合干，要单独开店。"其实单独开店也在情理之中，因为父亲和儿子毕竟是两个家庭，两个财政单元。

这样，厦门就有了第二家牛肉拉面馆，位置在厦门清真寺门口。因为老人一到厦门就去清真寺礼拜，旋即发现寺里有空铺面，位置更好，租金又不高，迅速拿下一间。"拉面的技术父亲已经掌握，我就教给他怎么调汤，那也很简单呗。"韩录后来说。

厦门的第三家拉面馆是韩东开的。这位后来曾任全国工商联执委、青海省工商联副主席的中发源董事长，在 1990 年的时候还是一个东奔西走的商贩，当他把韩录开拉面馆的消息透露给韩父之后，自己也在不断地收集来自厦门的消息。

"韩东听说我的父亲在厦门也开得不错，就来到了厦门。"韩录说，"他先到我父亲的饭馆，说想开一个面馆，这话让我母亲听见了，怕影响自己的生意，就对他说，我这儿开得不好，你还是到火车站附近去开吧。"

就这样，韩东也选址梧村，在韩录的斜对面开了一家拉面馆。

韩东，扎巴镇拉让滩村人，1964 年出生，当时只有 27 岁。多年的商贩生涯使他见识不俗，也积累了一定的资本，这次他是有备而来，不像韩录父子只带着自己的家人和伙伴，韩东却是带着专门的面匠和雇工来到厦门的。《中国工商》的同一篇报道说：

> 1989 年的春天（这个时间显然不准确——作者注），韩东怀揣从拉萨淘的"第一桶金"，还有一个拉面创业的梦想，拉着几个青海做拉面的师傅一头撞进了厦门。他深信："别的老乡能挣钱，我也一定能行。"就这样，改革开放春风劲吹的厦门，又多了一位创业者的足迹。
>
> 然而，这里并不是遍地都能拣到黄金。拉面馆开业后，韩东就遇到的难题：潮湿，酷热，还有打不

完、拍不尽的蚊子和蟑螂。从小生活在青海，不知什么叫热，也不曾见过蚊子和蟑螂。可这还不能完全逼人于绝境，最让韩东如坐针毡的是客流和利润。如何把面做得更地道，如何吸引招揽食客，他只是照着葫芦画瓢，并没有多少餐饮经营方面的技术和实践经验。

开业没半年，日渐稀少的客流，还有每天雷打不动的房租、水电费和工人工资，越来越压得他喘不过气来。躺在用椅子搭成的简易床铺上，韩东愈发感到，商场之上光靠勤劳和热情远远不行，"千人千味"的餐饮行业不是随便一个人就能干好的。

一个闷热的下午，韩东支付完工人工资，办完店铺转让手续，带着遗憾离开了这片伤心之地。那一次，曾经攒下的家底几乎归零。

韩东失败的主要原因是他从未涉足过面食行当，在还不会游泳的情况下一头扎进河里，溺了个半死。另一个原因是，他选在了韩录的对面。当时的牛肉拉面在厦门还极其小众，百米之内容不下第二家面馆。韩录披露说，韩东的选址让他和马贵福特别不爽，马贵福仗着年轻气盛，跑去把韩东揍了一顿。

韩东的创业史因为这次失败的拉面经历而峰回路转。离开厦门后，他转赴邻近的石狮，在那个商业高度发达的城市，他又一次落败而走，继而转赴深圳。按照媒体的报道，1992年2月20日，韩东在深圳的第一家中发源拉面馆在罗湖区春风路6号正式开业。为了这一次创业，他事先做足了功课，面馆一开业，便食客盈门，并持续火爆。当年，韩东就有六位数的进账。

这也是化隆拉面走进深圳的开端。

有着丰富商业履历的韩东在餐饮行当终于展现出了特殊才能，三年时间，他的拉面馆在深圳迅速扩张到 6 家。同时，他还涉及中餐业，1994 年，深圳中发源餐饮有限公司成立。1996 年，韩东以 120 万的地价外加 4000 万的投资，在西宁启动了一家集餐饮、住宿、休闲、娱乐为一体的旅游度假饭店的建设。饭店于 2002 年开业，一度成为西宁核心地带的地标性建筑。

从深圳开始，韩东的拉面馆和餐厅先后开到了广州、长沙、上海、珠海、北京等 10 多个城市，最多时门店达 50 多家。

故事回到厦门。

1991 年 9 月，韩录的拉面馆刚刚开满了一年，冶二买来到了厦门。

冶二买是巴燕镇瑶湾村人，可能是化隆人中最会做生意的人之一。"我自己不识字，打小到现在只会写'冶二买'三个字，别的都不会，没上学嘛。"在化隆乡亲的眼中，冶二买是个厚道而低调的人，喜欢留小平头，身材高大，一看就是"讷于言而敏于行"的人，他说，"从小就在外面跑，挖过金子，倒过虫草，贩过羊绒。化隆人干的事情我都干过。"

"就是没有造过枪？"

"那玩意儿干不来。"

韩录去往厦门的时候，冶二买还算个有钱人。那一年前后，他和伙伴们投在羊绒上的钱就有 200 多万元，那也是国内的皮毛和羊绒价格极盛转衰的时期。仅仅几个月时间，羊绒价格坠崖式下跌，冶二买和伙伴只收回了十几万元。

由于在生意场上人脉广泛，他是最早获知韩录在厦门开店这一信息的人之一，碰巧他也曾去过厦门，而且对那个城市印象不错。"厦门不是台湾人多嘛，我去那里进过一次山货。"和韩录初到厦门时的印象一样，冶二买也对那个城市的吃饭之难耿耿于怀，事实上这也是化隆人对整个东南部地区普遍的印象。无论是凭着直觉还是理性，他相信韩录的路子是对的，他有十万个理由步其后尘。

和韩录一样，冶二买这次走得也很决绝，把老婆孩子一起带到了厦门。

他的运气很好，就像刚一出门，就有一辆车来到眼前，打开车门。此时的韩录正在办理出国手续，饭馆正要转让。转让费 5 万元，两人一拍即合。

就这样，冶二买成了厦门拉面的第三人——如果韩东不算的话。

"那时候，饭馆生意正旺，早上一开门，食客就已经在外面等着了，一碗面卖 2 块钱。"冶二买说，接手的第一个月他就挣了 8000 多元，但这还只是化隆拉面的婴儿期，其成长速度越来越快，长势也越来越好。

拉到印尼

韩录去印尼雅加达参加国际食品博览会是一件石破天惊的事。

这件事远远超出了化隆人想象的极限，但对韩录这个"心思活泛，总站在这山看着那山高"的人来说，这件事简直太好玩了，既充满挑战和刺激，又有无限的可能。

厦门的夏天热得让人受不了，灶膛里使用的是蜂窝煤，这就要求连续燃烧，中间不能熄火，操作间就像个持续加热的蒸笼。韩录把案板支到门外，借助流动的空气给身体散热——这样的情景，早期的大部分拉面人都经历过，马真曾对我感叹道："那时候真是把媳妇们苦下了，男人可以把案子支到门外，女人一直得守在后堂，汗水把衣服浸湿得透透的，关键还得戴着头巾，脖子里长满了痱子。"

一位34岁的西北汉子，身上穿着精短的T恤，胳膊上肌肉滚滚，细小的眼睛自带喜感，一团面在他手下被揉搓、捶捣、拉拽、顺筋、拉扯，奔放而充满力量，加之他脸上热情洋溢，动作夸张，常常引来路人驻足观看，久久不去。

这种极具观赏性的拉面表演自马杰三时代起就成为塑造牛肉面文化的要素之一，韩录和他的追随者们又为之赋予了新的功能。不喜面食的南方人就是被这样的表演吸引到店里，后被来自北方又兼容南方的味道留了下来。

有一天，观众中出现了一行印尼华人。这些人从来没见过拉拉面的情景，竟然如此富有美感，不断地竖起大拇指啧啧称赞。他们没想到在厦门居然碰上了西北穆斯林开的清真面馆，拉面的味道更是让他们不胜惊喜。这行人向韩录发出邀请，希望他到印尼参加当年的雅加达国际食品博览会，这个博览会设有一个穆斯林食品节。

但这还不是重点。最诱人的是，由这位华侨投资，他们可以把拉面馆开到印尼。当时的印尼有着成熟的市场经济，雅加达的商业经济远比厦门发达。这位华侨还承诺为韩录提供每月1500美元的基本保障。

韩录不假思索地接受了邀请。

拿着印尼方面的邀请函，平生第一次坐飞机回到西宁办理了护照，他记得从闷热的南方来到清凉的西宁，下飞机时他还加了一件外套。

1991年9月，韩录把面馆转让给了冶二买，带上小伙伴马贵福飞往印尼，这个19岁的小伙子已经成了他的得力助手。

印象中雅加达的华人并不是很多，他们在那位华侨经纪人的带领下参观游玩了好多地方，一边等着博览会开幕——他们去得有点早了，博览会的开幕时间是10月15日，将持续一个月。

博览会有32个国家和地区的代表参展，并不是单纯地展示商品，商家同时也可以销售。韩录一边表演一边售卖，有点意外地收到了当地人的热情回应。美食节举办了一个面食比赛，评委会给这种集观赏性和美味于一体的中国拉面颁了个特别奖。

这个陌生的国度充满热情又异彩纷呈，在华侨经纪人的安排下，他们来到了印尼第二大城市泗水，这里还是一个美食节，同样的模式，进行拉面表演的同时试图征服印尼人的胃口。在这个城市，他又得了第二块奖牌，时间是 1992 年 1 月。

韩录后来多次给人讲起一个有趣的细节，印尼姑娘都是大眼睛，而韩录却是个眼睛细小的中国壮汉，有一个姑娘看得激动，在自己的眼睛上比画着："China!China!"一脸的灿烂让他事后想起来禁不住哈哈大笑。

韩录说，印尼华人对当时的中国充满了疑惑，有位华人直言不讳地问他："你们能吃饱饭吗？"这话让他异常愤怒，他回怼说："厦门是中国的经济特区，是改革开放的前沿，我在厦门的一个小饭馆，一个月挣七八千块钱。在这儿，我每个月还有 1500 美元的工资，你说我能吃饱吗？"

在泗水活动期间，他们访问一家大型商场，得知一间铺面才 2500 美元，价格并不高，便盘下一间，开了个中国拉面馆。

但是，印尼人对他表演的热情和对拉面的反应完全是两回事。当真正开始营业的时候，他发现这种来自中国西北的面食在这个热带国家还是水土不服。面馆只做了四个月，没有挣上钱，他便打道回府，回到了他的福地厦门，重打基子重盘炕。

这次，他选中了美仁新村，这是当时一个很大的居民小区，他租下了一位菲律宾华侨的房子，开始了在厦门的第二次创业。这次，他为自己的饭馆起了个响亮的名字：厦门第一家。

这个面馆既不在火车站繁华区，也不临街，却意外地火爆，这给了后来的化隆人一个启发：凡是有人流的地方，拉面馆就能生存；再后来的事实证明，凡是有人的地方，就可以开化隆拉面馆。

从印尼回来的当年底，马贵福开始单飞了，他选中了市中心思明北路的一个铺面，开始了独立创业之路。1992年12月26日，他的第一家拉面店正式开业。这时候，马贵福才20岁，他的徒弟马有永清楚地记得这个开业的日子，三年之后，年仅16岁的马有永把化隆拉面带到了湖北。

马贵福是韩录的面馆培养出来的第一个拉面老板，也是由亲戚关系构成的资源共享、免费帮扶的"化隆模式"的第一个案例。

马贵福说，你的叫"厦门第一家"了，我的叫什么？韩录说，你的就叫"西北第一家"吧，我们都是西北人嘛。

后来，韩录的亲戚们所开的都叫"厦门第一家"，马贵福的亲戚们所开的都叫"西北第一家"。

二十三年之后，马贵福被国务院农民工工作领导小组评选为"全国优秀农民工"，青海唯此一人。当时的评选材料称，二十六年来（这个时间不够精确——作者注），从马贵福在厦门经营的西北第一家拉面馆里走出去创业的同乡有300多人——这是另一个故事。

尕娃来了

1993年是一个标志性的年份。这一年，韩录和妻子回了一趟化隆老家，此行可谓衣锦还乡，他们开着自己的广州标致505 XS轿车。这款车售价26万元，被车迷们认为是当时中国的豪华车，是时人财富和地位的象征。

这一年同时也是化隆拉面发展史上的一个里程碑，韩录的回乡给卡力岗和化隆更广大的山区带来的震撼引发的冲击波，就像雷声唤醒了春天，封闭而枯寂的人心开始萌动。

《大碗传奇：牛肉面传》说：

> 1993年，韩录成了化隆人心目中最闪亮的明星，他的声名像旋风一样冲荡着化隆的破院陋舍。千百年来没有解决吃饭问题的农民看到了一条熠熠生辉的通衢大道在眼前展开，在大道的那一头，韩录神采飞扬地向他们招手。韩录的亲戚们纷纷投奔厦门，其中就有一个韩录的妻侄，沙连堡乡沙一村的少年马黑买，一个只有13岁的小男孩，他还不能打工，只能给亲戚看孩子。多年以后，当初的这个小男孩成长为化隆耀眼的创业明星。

沙一村可能是卡力岗山区最贫苦的村子之一，离县城巴燕镇有25公里崎岖的山路，与韩录所在的卧力尕村隔着一道沟谷和阿什努乡，村子里连个小学也没有，马黑买一直在外村上学，一直上到了初一。

1993年是马黑买记忆中极为恐怖的一年。那一年大旱，庄稼几乎没有收成，人心恓惶，他家因为劳动力少，收成更为凄惨，13岁的男孩忍受了难以忘却的绝望。

好在他是韩录的妻侄，他的姑姑就是韩录的妻子。

这位从厦门回来的姑姑回了一趟娘家，13岁的男孩在大人们的交谈中探知了一个陌生而富裕的城市，他已经遏制不住投奔的冲动。

当这位姑姑离开沙一村，去往德恒隆乡哇加滩的姐姐——他的另一位姑姑家时，马黑买偷偷地尾随而去。在那里，他央求姑姑带他去厦门，"她说，我这么小的小孩，碗也洗不了，盘子也收不成，不要我。我哭着要去，父亲也不同意。"毕竟13岁的孩子太小。

这一次，韩录只带走了他的连襟冶哈克两口子，也就是马黑买的另一对姑父和姑姑。冶哈克在好多年以后接受我的采访时说，当时的化隆人中间流行着一句话：韩录过得像个"皇帝"一样。"指什么？"我问。"指他的排场，那吃的，喝的，穿的，都是化隆人没见过的。"冶哈克回想时眉飞色舞的，可以想见他当时的激动。

当时震撼到马黑买的正是韩录的那种排场。

这一年9月，早就无心上学的马黑买向一位叔叔借了7元钱，偷偷离开家，只身跑到了厦门。

当时的厦门已经有了8家牛肉拉面馆：韩录3家，韩录父亲1家，冶二买及哥哥各1家，马贵福1家，冶哈克1家。

13岁的男孩干不了店里的活儿，马黑买就被安排到冶哈克那里，给自己的姑姑带孩子。一年之后，他的个头和力气足以承担店里的杂务，开始给姑父打工。又两年之后，16岁的马黑买开始在韩录店里拉面。

回忆刚进韩录面馆时见到的情形，他说："刚去时，韩录面馆的牛肉面 4 元，干拌 5 元。还卖油饼，每次一切两半，配上凉拌牛肉，吃得很舒服。"这个价格显然比韩录去印尼前涨了 2 元，而在当时的兰州，一碗牛肉面的政府定价是 0.9 元，有些饭馆可以卖到 1 元。

韩录非常喜欢这个妻侄，他后来评价这位少年时说："马黑买的特点是认真，我很少训他，经常给人说你们要向他学习，把他当做榜样。这话到现在我还在说。"

这是马黑买拉面生涯的一个重大转折点——不是指他成了一名拉面人，而是指韩录将带他进行的一次奇异的"飞翔"，后来，以其命名了自己的品牌，叫"南翔"。

在马黑买由一个不事劳作的孩子成长为一个成熟打工者的这几年，从卡力岗到周边山区，凡是与前 8 家面馆有亲戚关系的化隆人，都感受到了这种拉面气象的吸引，越来越多的人来到了厦门，或者为走向厦门收拾着行囊。这些人中有田地里的失望者，也有生意上的失败者。

《大碗传奇：牛肉面传》如此概括当时的情景——

> 越来越多的化隆人受到来自厦门的消息的鼓舞，亲戚串亲戚，朋友唤朋友，邻居帮邻居，从那些苦寒焦黄的山沟出发，走向厦门，就像他们当年义无反顾地走向海西，向荒原要金子的情形一样。与淘金客不同的是，这些人满心托靠的已经不是空虚渺茫的运气，而是韩录已经提供的具有确定性的创业模式。他们对现实生活的认知，对个人能力的判断

以及劳动致富的要素都已经被折叠在一个半径很小的盒子里，他们只需要依次触发设定好的机关。社会的复杂性和生活的不确定性已经不能困扰他们。

韩录定义的这个"拉面"包括两个品种：一是拉面与牛肉汤的组合，和兰州人的类似，叫牛肉面。二是拉面与炒菜的组合，也是西北的常见做法，叫干拌面——由此可知，化隆拉面从一开始就包含两个要件：牛肉面和干拌面。其核心是面，而兰州牛肉面的核心则是汤——同时，韩录把西北回民的油香（油饼）引到店里，一切两半，与凉拌牛肉组合，方便而实惠。

简单的品种和程式化的工艺降低了模仿的成本，使韩录模式具有很强的复制性。新来的化隆人只需要在前辈的店里实习几个月，就可以将其全盘复制到自己的店里。1993 年之后的两三年间，厦门街头的西北拉面馆如雨后春笋般地冒了出来，很快达到了几十家，几乎全是韩录的同村人开的。

"几乎全是韩录的同村人开的"，这句话并不准确，应该说此时的拉面馆几乎全是韩录、治二买、马贵福、冶哈克后头的人（亲戚们）开的。这些人的社会关系网络，又几乎涵盖了整个化隆农村。

简单的品种和程式化的工艺是韩录模式可复制的两个要素，在此之下，那种兰州牛肉面传承之本——一锅汤便不再那么重要了，这种叫"西北拉面"的面食，从韩录定义其开始，就是由一把西北式的拉面和一锅可以因地制宜随意调配的牛肉汤组成，再加几样可以随意搭配的西北小吃，相得益彰。韩录将其小心翼翼地推广给南方人，然后就成为施加给南方的一个标准。在兰州人还高调张扬"牛肉面一出兰州就变味"的理念之时，聪明的化隆人偏偏给这种西北拉面更换了一个名称：兰州拉面。

于是，大半个中国的人都知道华夏大地上有一种面叫兰州拉面，当其风行全国之时，兰州人又不无嫉妒地高调喊出了一句话：兰州没有拉面，只有牛肉面。

历史真是有趣得惹人发笑，市场经济重塑的这个社会绚丽得让人着迷。

拉到菲律宾

在韩录模式开始持续推广之时，在化隆人纷纷追随他来到厦门之时，韩录又一次出国了。这一次他要去的是菲律宾。

如果说，1991 年他只是把他所定义的西北拉面带到了海外，这一次他是把西北拉面真正开到了海外。

厦门是当时中国改革开放的前沿城市，海外华人来来去去如过江之鲫，他们给厦门带来了开放包容的生活理念的同时，也将中国正在发生的变化传播到海外。

经过五六年的经营，化隆人的西北拉面不仅在厦门赢得了尊重，其名声早已漂洋过海，在东南亚的华人圈也有不小的影响。韩录自然被传诵为这个行业的代表人物。有一位菲律宾的华人投资商是韩录的常客，此人祖籍厦门，在马尼拉最大的商场开着一家餐厅，叫梅岭餐厅，他极力邀请韩录和他一道到马尼拉开店，梅岭餐厅辟出一半场地做拉面。

在印尼的短暂体验让韩录对东南亚保持着美好的印象，双方一拍即合，协商的条件是：对方以资金入股，韩录以技术入股。

1996 年，韩录把厦门的面馆留给妻子和亲戚，只身飞往马尼拉，以合伙人的身份开起了一家叫"中国西北牛肉面馆"的餐厅。这是迄今为止，我们所知道的中国牛肉面走向海外的最早记录。

因为生意稳定，不久之后，他又把自己的外甥叫到马尼拉。这个外甥此前一直在韩录父亲的面馆里打工，已经是一个成熟的拉面匠。

和菲律宾华商的这次合作非常愉快，征服了厦门人的西北拉面同样征服了菲律宾人，大概两个地方的饮食口味能够相互兼容。第二年，在马尼拉举办的一次面食技艺大赛中，他的拉面表演又一次征服了评委，获得了大赛的金奖，奖金 15 万美元。

第二年，1997 年，韩录把已经长大的儿子和妻侄马黑买叫到了马尼拉，这两个尕娃此时已经成长为合格的拉面匠了。

正是在菲律宾的这几年，17 岁的少年马黑买的天分得到了释放，这个因饥饿而离家出走的卡力岗孩子，比同龄人更早地享受到了成功的喜悦。"我比较招人喜欢，因为我拉面的时候表情丰富、动作流畅，大家都喜欢看我拉面。"马黑买说，"把拉面牌子放在门口，围观的人越多，我的状态越好。"正像《大碗传奇：牛肉面传》中所言，表演性是牛肉面百年来最重要的文化特质之一：

> 有了（马杰三）这样的定义，拉面的过程便成
> 了一项极具观赏性的技艺表演。马杰三显然对这一
> 技艺的表现力进行了有意的设计，这是他建立的视
> 觉传达系统的重要内容。面匠在案台前站立，手握
> 面节子两端，两臂均匀用力，向外抻拉至合适的长
> 度，然后对折，两端同时放在一只手的指缝内（一
> 般用左手），另一只手的中指朝下勾住环状一端，
> 手心上翻，同时两手往两边抻拉。面条拉长后，再
> 把右手勾住的一端套在左手指上，右手滑到环状一
> 端勾住，再次抻拉。每次抻拉时将面条在案板上摔
> 打一下，以使面条获得均匀的张力，不致断裂。每
> 次对折称为一扣，不同的扣数对应着不同的粗细。
> 经如此抻拉后的面条柔韧光滑，粗细均匀。最后，
> 右手套着面条，手指翻至左手处，轻轻掐断，顺手
> 一甩，一团根根分明的面条划出一道完美的弧线，
> 飞进锅里，在沸水中翻腾旋转。牛肉面的拥趸们总
> 是不吝以美丽的辞藻来描述这一令人赏心悦目的表
> 演："拉面好似一盘线，下到锅里悠悠转，捞到碗
> 里菊花瓣。"

早期的化隆拉面人，从韩录到马黑买，基本是靠这种极具观
赏性的表演吸引了心存疑虑的当地人，看来，这个规律在印尼、

菲律宾也概莫例外。

非常值得一提的是，后来被称作韩录牛肉面两大特色之一的阴阳面（另一大特色是当归胡椒汤）就是在马尼拉发明的。韩录初到厦门时，因为天气已转凉，当天剩下的面不存在隔夜发酸的问题。后来，每年夏天，他们都得为每天的剩面过夜问题绞尽脑汁，即使放在冰箱里，第二天也会变硬。在马尼拉时，韩录妙手偶得，把前一天的剩面和第二天的新面揉在一起，如此揉出来的面格外筋道，口感出奇地好。这一发现让他激动不已，"当时就给厦门打电话，说就这么揉。"韩录和马黑买把这种面叫软硬面，后来，海东党校专门研究拉面产业的教授陈习新嫌这种叫法不好听，给其取名"阴阳面"。这种面后来成为韩录系化隆拉面的特色，别的面馆都没有。

提到阴阳面，韩录顺便提到："揉面机可以说是我发明的。"这个发明要早一些，当时是在厦门，"没想到生意那么火爆，尕娃们揉面揉不过来了。我就想到了压面条的压面机，原理是一样的嘛。第二天我就买了个压面机，我说用这个揉面，把他们笑得嘎嘎的。"

尕娃们笑作一团，说："这你都能想到？这怎么放灰啊？"

韩录说："这个我早就想好了，用喷壶把灰喷上去。"

用机器和面也不是轻而易举的，不掌握技巧很容易形成包水面或者橡皮面，好在韩录是个极其聪明的人，他和尕娃们很快就找出了其中的规律。

如此一来，和面就用机器，拉面还是用手工。用上了机器，尕娃们轻松多了。但当时的压面机不是很皮实，两三个月就得换一台。

这一发明传到牛肉面的故乡兰州，则是多年以后的事情。

"后来，压面机和面的事儿就传开了，现在发展成一个产业了。"韩录说。

创富效应

2000 年，跟菲律宾投资方的合同到期，韩录带着马黑买回国，把儿子和外甥留在马尼拉开起了他们自己的店。这一年韩录 44 岁，他决定重新规划自己的后半生，回归平凡而宁静的生活。厦门的精彩和繁华留给已经长大了的女儿和女婿，以及源源不绝投奔而来的化隆人，他毅然回到了西宁。两年前，他已为这个规划做好了准备，花 158 万元在西宁东关的繁华地段买下了三层楼，一、二层是铺面，用来开店，三层是住宅，用来安家。

这时候的西宁，兰州牛肉面店已经随处可见，大多是兰州人的加盟店。2001 年，韩录的牛肉面店在一派喧嚣中高调开张，取名"震亚牛肉面"——"震亚"是他对印尼和菲律宾华丽经历的纪念，虽显霸气，但也有据；"牛肉面"是对启发他成就他的兰州牛肉面的致敬。

以前没有化隆人在西宁开这么大的饭店，此事不但惊动了卧力尕村子里的人，还惊动了县政府。在震亚牛肉面开业的那一天，化隆县政府派代表专程来到西宁，表达庆贺，并代表县政府送上一匾，上书"厦门第一家，西宁又生辉"。

最受震撼的还是卧力尕村的村民，那次，他们来了很多人。卧力尕是一个比较特殊的村子，在韩录、马贵福、冶二买的亲戚们前赴后继地走向厦门的时期，这个村里有出息的人大多到格尔木贩油，他们对于韩录创造的那个"神话"将信将疑。"张买卖李买卖不如王家人贩毒快，他们有自己的生意，光阴好着呢！看不上开饭馆。"韩录清楚地记得庄子上的人当时的反应，"这次，他们才知道，这是真的。"

开饭馆能赚钱，这是真的。

那天以后，卧力尕村就像被打了一针，首先是到格尔木贩油的那些人开始转行，紧接着，那个诞生了韩录的村子才开始大规模地行动起来，踏着韩录的脚步走向厦门，后来又走向其他的城市。

从菲律宾回来的马黑买也完全不似当年。"我也长大了，得结婚了，父亲年纪大了。"他说，回来三个月后他就结婚了，"我也赚到钱了，想开自己的面馆。"然后带着新婚的妻子返回厦门，同时带下去的还有同村的17个小伙伴。

这次回家结婚期间，他给当年借了他7元路费的叔叔还了8000元。

2000年，马黑买在厦门的第一家店开业了。他给自己的店起名为"马黑买西北拉面"，一位经常吃饭的台湾人对他说，西北拉面在厦门到处都是，你得有自己的品牌。当时他并不知道什么叫品牌，台湾人建议他叫"南翔"，南方飞翔的意思，以纪念他在马尼拉的岁月，也立意让自己在南方飞得更高更远。

马黑买的技艺表演给他加分不少，回忆当时有趣的经历，他讲了一个小故事："当时美国驻广州领事馆的领事夫人，是广州人，很喜欢我。她的爸爸当时 90 多岁了，她邀请我周末去他们家给老人做拉面，每次给我 300 美金，还邀请我去美国开拉面馆，可以带上父母，但我爸不同意。"这样的经历并非第一次，在菲律宾的时候，美国驻马尼拉的一位外交官也叫他去美国开店，韩录没让去。

群科镇新一村的马二沙是马黑买姑姑的儿子，马黑买的表弟，2001 年他被舅舅（马黑买的父亲）领到厦门时，还不到 15 岁，但已经是一个有两年打杂履历的小工，此前他跟着哥哥在浙江衢州一家化隆拉面馆打工，哥哥是面匠，他是洗碗工。在厦门，他才见识了旗帜性的拉面馆是怎样的。马黑买的店在厦门前埔区，旁边有个会展中心，游人很多，特别到有展销会时，忙得顾不过来。"店里和我一样大的孩子有十二三个，我刚去的时候，一天能卖四五千元，那时跑堂的工资才 200 元。"马二沙肯定地说，"在整个厦门，马黑买的店是最好的。"

不久之后，马黑买在厦门的店开到了四家，一家由他哥哥开，另两家由亲戚开，他占股份。

同样，马黑买的成功也唤醒了村里人，首先是他的亲戚们，其次是沙一村，后来是整个沙连堡乡，原先只是传说中的拉面致富故事渐渐明朗，贫穷的卡力岗山区被强烈地唤醒。马黑买说："短短几年间，光我的亲戚在厦门就开了 100 多家拉面馆，我直接或间接帮助过的就有三四十家，其他的都是村里人。我们沙一村至沙六村，400多户，95%的人都出来开拉面馆了，除了极少数老弱病残的人。"

不止于此，马二沙到厦门打工的两年之后，群科镇新一村的人也开始陆续出走，"后来村里的人全开拉面馆，周围几个村子也一样。"马二沙说。

由韩录创造的这个致富传奇，最精彩的部分这才刚刚开始。

第三章　集结地

1995 年 11 月，马有永离开厦门的时候，厦门已经有 20 多家化隆拉面店，这些店大多分属于韩录、马贵福、冶二买三人的族亲，但并不是所有的店都生意红火。在冶二买这一系，他的姐夫马牙哥的店很不幸地就是生意清淡的店之一。

化隆拉面的发展史即将进入武汉时代，而它的序幕就在宜昌，启幕者就是马有永和马牙哥。

马有永是甘都镇牙路乎村人，他的舅舅是下卧力孕人，和韩录同村。韩录的致富故事经由卡力岗和巴燕镇滚烫的山风传遍牙路乎村的时候，马有永还在上初一。和沙连堡乡的马黑买一样，13 岁的马有永对这个故事表现出异样的敏感。父亲是个走南闯北的小生意人，这使得他对生意的兴趣远大于上学。在韩录开着他的标致牌小轿车高调回乡的前一年，马贵福回到卡力岗探亲，顺便想带几个人去厦门打工，因为他的第一家店即将开业。马有永听到消息，急忙赶到阿什努乡。"当时他想带又不想带，因为我太小了。"马有永回忆说。对于化隆的农村孩子来说，厦门确实太远了。

马贵福最终还是带上了马有永，并且很正规地签订了三年打工合同。

当时，从印尼回来不到一年的韩录和马贵福还在合作，马有永就在美仁新村的店里干点儿细碎的杂活。不久之后，1992年12月26日，马贵福的首家"西北第一家"在思明北路开业，作为马贵福的员工，小男孩马有永被安排在这家店干些扫地、洗碗之类的杂务。慢慢地，随着个头的长高，他开始学习拉面技艺。"马贵福对我挺关照的，毫无保留地教我手艺。"马有永讲话条理清楚，言词精练，他对马贵福的感激之情溢于言表，"两年之后，我就成了面匠，给他拉了一年的面。"

三年合同期满，1995年年底，他回家看望父母。此时，这位16岁的面匠已经有了自己的想法，"开拉面店很好的，我们不干别的，就去开拉面店吧。"他对父母和兄弟们说。

从宜昌到襄樊

正好有好消息从湖北宜昌传来。

当时的宜昌，三峡大坝工程刚刚开工，来自全国各地的建筑公司和劳务人员云集于此，这个长江边的小城正在积聚着前所未有的能量，其中大量来自北方的建筑工人让这个城市的面食行业出现生机。就在马有永离开厦门半年前，他突然接到一个电话，是同村的堂哥马有忠、马有现兄弟俩打来的。这两兄弟多年奔波在外做皮毛生意，赚了点钱，见的世面也多，脑子也活。在电话中，他俩告诉马有永，他们原本是趁着三峡旅游热跑到宜昌游玩的，没想到在这里看到了商机，有许多人喜欢面食，但当地的面食远没有我们西北的拉面好吃。于是，他俩决定留下来，找了个铺面，开始做拉面。

此时，对兄弟俩来说，来自兰州的牛肉面在西宁已经较为普遍，但其致富效应还只是一个来自遥远的厦门的传说，但这两人显然富有勇气。他俩都不会拉面，面匠是从青海请来的。"可是这里天气热，这面和出来放在案板上就塌了，拉不了啊，快教教我们怎么办。"这是两兄弟打电话的目的。马有永告诉他们，这个问题很好解决，只需要把和面的水在冰箱里冰冻一段时间即可。

和面的技术问题解决了，马有忠、马有现兄弟俩的拉面馆在宜昌不仅立住了脚，而且生意相当不错。

这个消息传到了牙路乎村，马有永和父亲决定南下宜昌。

宜昌是一个非常陌生的城市，若非当时的新闻媒体热炒三峡大坝，偏居化隆山区的农民怎么也不会知道这个同样偏远的小城；若非马有现兄弟俩蹚路，马有永父子恐怕怎么也不会想到那个城市。他们变卖了可以变卖的东西，并向亲戚借了一点钱。

在这次出行中，更为重要的是，他们带上了一位家族亲戚马有明。

马有明算是马有永的堂兄，家住群科镇向东村，因为家境贫寒，从没进过学堂，少年时就听从父亲的安排，跟随堂叔马有永的父亲跑生意，赚点零花钱。叔侄俩关系很好，叔叔对侄儿照顾有加，侄儿对叔叔也颇为依赖。此次宜昌之行，他们一开始就确定了合作关系，马有明是拉面馆的合伙人，而不是伙计。

1995 年年底，马有永父子和马有明一行来到宜昌，他们很快就找到了一个铺面，位于伍家岗区胜利二路的口子上，当时那个地方是九码头，人流密织。这个铺面只有 40 平方米，但门口比较宽敞，他们可以把桌子摆到门口。

就在马有永的拉面店开业的同一天，碰巧，来自厦门的马牙哥的店也在宜昌开业。

马牙哥在厦门的生意一直不景气，在马有永收到宜昌的消息之时，他也得到了来自宜昌的同样内容的消息。马牙哥也是甘都人，与马有现兄弟素有往来。

就这样，两位来自厦门的拉面人在宜昌相遇，并且同时开启了化隆拉面在湖北发展的序幕。

值得说明的是，马有现、马有忠兄弟的铺面不久后被房东收回，这兄弟俩最终还是败走宜昌。

马有永的面馆却是旗开得胜，"第一天就卖了 900 多块钱，哎呀，高兴死了。第二天 1000 多块，很快就上升到 2000 多块，后来就一直是每天 2000 多块。"马有永回忆说。

即便不是宜昌第一家，马有永那传承自厦门的拉面表演还是受到了广泛的围观，和当初韩录在厦门、雅加达一样，由兰州牛肉面宗师马杰三所创制的这种拉面技艺先是从视觉上吸引了当地人，随后又在味觉上征服了他们。这样的表演也受到了媒体的关注，马有永拉面的新闻照片多次出现在当地的报纸上。

火热的宜昌，给来自苦寒之地的化隆人以火热的欢迎。

宜昌人很快就接受了这种来自西北的面食。

马牙哥在宜昌峰回路转，生意也是相当不错。由于他的家族人手较多，大概在他开业一两个月之后，他家族的兄弟姐妹们纷至沓来，就像在厦门一样，他一下子又开了好几家店。

与此同时，由于当时的通信已经相当便利，来自宜昌的消息像一场小小的风暴在甘都的黄河沿岸和卡力岗山区席卷而过。比起韩录初创拉面的时代，中国的市场经济建设此时已经如火如荼，整个社会激情涌动，人们对创业的心态已经不再是镜花水月般的幻视。远在青藏高原东缘脑山浅脑山地区的化隆人也不例外，马有永、马牙哥们的故事比韩录、马贵福们的故事来得更为真切，似乎也离他们更近。

马有永和马牙哥亲戚网络中的许多人开始奔向宜昌，短短一两个月之间，小小的宜昌城如雨后春笋般冒出了三四十家化隆拉面馆，相当于厦门那个大城市五六年时间发展起来的总数。

宜昌城太小了。化隆人一下子来得太多了。

最先感受到生意压力的是马牙哥，他的家族在这个城市人数最多。于是，这个辗转过多个城市的拉面人把目光投向离宜昌不远的另一个湖北城市襄樊。

1996 年春天，襄樊有了第一家化隆拉面馆。

随后，宜昌的部分生意不景气的化隆人转战到了襄樊，同时，更多的化隆人从家乡出发，直接开赴襄樊。和宜昌一样，襄樊也是在短短几个月间，就涌现出三四十家拉面馆。

想象一下当时的情景，1996 年春夏季节，开往武汉的火车上，那些衣着厚实、行李笨重、携家带口的化隆人一定是很受注目的群体，他们浓浓的海东口音也同样受人注意，他们就像赶集一样目标明确，胸怀灿烂。

马二海买就是这支大军中的一员。

马二海买是昂思多乡梅加村人，此前在格尔木做生意。他的一个生意伙伴去了三峡葛洲坝开饭馆。1996 年他到三峡游玩，因为吃饭的原因，在这个饭馆有过短暂的逗留。"原来饭馆是这样开的，很简单嘛。"于是他迅速回到化隆，简单地准备了一番后，背着两箱蓬灰南下湖北。此时，大量的化隆人开始奔赴襄樊，他也顺势加入到这支队伍中。

到了襄樊，很容易就找到了一间铺面。时年 24 岁的马二海买开起了他人生的第一家饭馆，一共花了 3000 元，其中最大的一笔开支是一台冰柜。

"化隆人都是被逼出来的。"马有永如是说，马真如是说，马青云如是说，几乎所有的化隆拉面人在接受采访时，都会不约而同地说出相同的话。

"化隆人开始疯了。"回顾 1996 年春天，在开往宜昌和襄樊的大巴车上的情景，一位早年的拉面人不无玩笑地说。这话引来了同餐厅的人会意的笑声，这笑声充满着无尽的满意和满足。

1996 年春夏时节，是化隆第二代拉面人浮现的时期。与第一代的韩录、马贵福们不同的是，这一代拉面人更加年轻，更有魄力，更富于开拓精神，他们走在第一代人开辟的道路上，所以姿势更为欢快，心情更为欢畅，最最重要的是，他们处于一个更好的时代。

对于拉二代来说，宜昌和襄樊只是序幕，这时才刚刚开启。

大胡子到武汉

马有明和马有永父子的合伙店在宜昌开得如火如荼之时，马有明叫来了弟弟马有忠。

群科镇向东村的马有忠，虽然此时只有 25 岁，但他习惯于留一副浓密的胡须，人称大胡子。相对于大字不识一个的哥哥，马有忠可算是家里的识字人，虽然家境非常贫困，但他还是完成了初中学业，还在清真寺受过经堂教育。就是这样的知识功底，使他在日后成为青海拉面界很有影响力的人物。

1996 年 9 月 30 日，马有忠清晰地记得这个日子，因为这一天他们村发生过一件很大的喜事儿，之后他北上西宁，乘火车赶往宜昌。

在九码头的这个合伙小店，他开始老老实实地做起了一名学徒工。

"我们家族很大，分布在化隆的几个乡镇，但关系向来很好，交往密切。"马有忠说，这也是他投奔宜昌的动力之一。

此时的马有忠虽完全没有生意经验，但比别的人受过更多的教育，加之他性格开朗，社交能力强，在这个城市日益活跃。大概是到宜昌两个多月后的一天，他在街上遇到一个武汉人，此人是武汉广益桥清真寺的一位管委，也是一位化工商人，此次来宜昌开会，当时正在路上寻找清真饭馆。马有忠便把他带到了九码头自家的拉面馆。

两人可能都是社交能力很强的人，闲聊之中，这位化工商人邀请马有忠到武汉开饭馆，并表示他会提供帮助。

此时，马有忠兄弟俩意识到，宜昌的这个饭馆虽好，但对于两个家庭来说，40平方米的店实在有点小。

1996年12月5日，马有忠来到了武汉，如约找到了那位化工商人。这位陌路相逢的朋友简直是义薄云天，他不由分说先腾出自己的办公室，给化隆同胞住宿。马有忠在这个办公室住了一个礼拜。在此期间，经这位武汉朋友的协调，他成功租下了清真寺旁边，江汉区团结回民食堂的两间门店中的一间。这是江汉区饮食服务公司的门店，当时没有经营，另一间用作那位朋友的化工玻璃用品商店。

马有明也解除了与马有永父子的合伙，算清了账，带着挣来的钱来到武汉，与弟弟一道开起了自己的店。

这是武汉市的第一家化隆拉面店。

这个店一开始比宜昌的更为火爆。武汉毕竟是中部地区的大型城市，消费水平高，人口数量庞大，经济发达，市场繁荣，加之拉面店位于城市中心地区，几乎没有经过磨合期，武汉人在享受着热干面的同时，也欣然接受了这种来自西北的牛肉拉面。

这个饭馆一开始究竟有多火爆？"这么说吧，刚开始的时候，我一个礼拜存 5000 块钱，一个月 2 万多。"马有忠说，"我们的小工当时一个月 200 块钱，一年也就挣个 2000 多块钱。"

而当时，在兰州、西宁这样的西部省会城市，中等收入的企事业单位干部一个月的工资也就四五百块钱，一年才 5000 块钱。

他们在武汉的第一家拉面店一个星期的利润相当于当时一个普通干部一年的收入。

而这只是开始。马有忠的侄子马刚回忆他们最火爆的时期："我们店将近 200 平方米，有 17 个人，白班晚班倒着干，24 小时营业。有两个人专门熬汤，有人专门切肉，有人专门洗碗，除了送菜之外，还有人专门给我们送香菜。那时候一天卖个七八千，甚至一万多，而一碗面那时候才多少钱？小碗 3 块，大碗 4 块，你想想，一个月能赚多少钱？而且那时候店里只有拉面、羊肉串、拌面、炒面，后来出了刀削面，又加了蛋炒饭、牛肉炒饭和兰州炒饭，再后来才有了盖浇饭。"

马有忠兄弟俩在武汉成功开店的消息迅速传到了宜昌，传到了襄樊。

梅加村的马二海买就是在这个时候从襄樊转战武汉的。他在襄樊干了差不多一年，那个店其实卖得不错，但是弟弟来到了襄樊，他便把店转给了弟弟，来到了武汉，很快在武昌火车站找到了一个铺面。

此时是 1997 年初，还是深冬时节，马有忠到汉口后不久。"我去的时候整个武汉市只有清真寺那边一家，武昌这边我是第一家。"马二海买说。如此，我们便知道，群科的马有忠是武汉第一家，昂思多的马二海买是武昌第一家。

就像韩录，就像马有永，化隆的又一批领头羊出现了，汹涌的羊群效应产生了巨大的冲击波，滚雷一样滚过更广大的化隆乡村，后来者很快就把创业的目的地调整到武汉。又是在短短几个月时间里，整个武汉三镇都迎来了化隆拉面人。

首先，已经被过于拥挤的拉面馆搞得有点气馁的宜昌拉面人开始分流到武汉，不久之后，那个江边小城只剩下十多家拉面店。马有永因为当时比较年轻，直到很多年以后才开了分店，一直开到现在也没有离开宜昌。马牙哥的族亲则在立足宜昌之后，又由此走向襄樊，走向武汉。

与此同时，1996 年踏着马牙哥的脚步走到襄樊的拉面人也纷纷转战武汉，因为在襄樊，他们面临着与宜昌一样的问题，太多的拉面人在太短时间内涌来，这个太小的城市还没有完全准备好容纳太多的拉面馆。还有一个更重要的原因，这个城市离河南很近，河南的一种拉面早已在此一统江湖，而这个城市消费水平又不高，化隆拉面没有找到足够的生存空间。

在早期化隆拉面人的集体记忆中，宜昌温润、明媚、爽朗，而襄樊是个灰暗、狭小而生硬的城市，化隆人在此差不多是沮丧地败走。

但在 1997 年，这样的事情还没有大面积发生。

蜂拥而至

朱振丰就是在这个时候来到襄樊的，但他没有立住脚，于是便从襄樊转战到武汉。那是在马有忠到武汉的四个月之后，其时，整个汉口只有 7 家拉面店。

朱振丰是甘都人，原在化隆县黄金公司上班，后在 1990 年初下海潮的影响下停薪留职，做布料生意，从兰州批发布料发到化隆，此时手里小有积蓄。

朱振丰的弟弟朱振云原在西宁拉面，后来跑到厦门，在马贵福的店里打工。但马有永和朱振云并无交集，两人可能不在同一个店里。

1996 年的一年时间里，炙热的消息先从宜昌传来，后从襄樊传来，受到鼓舞的朱振云辞别了马贵福，带着一个面匠跑到襄樊。

这时候的襄樊，化隆人有进有出，朱振云接手了一个化隆人转让的饭馆，一开始就卖得不错，便有了长期驻足的打算，于是便给化隆的哥哥朱振丰打电话，让把媳妇和儿子送到襄樊来。

做布料生意的朱振丰有的是时间，他护送着弟媳和侄儿来到襄樊。在这个小城里，他突然发现了一个新世界，原来传说中的牛肉拉面做起来竟是如此简单——朱振丰的这一发现很有意义，事实上，早期的化隆拉面与兰州牛肉面最重要的区别就是简单易做，没有后者那样繁复严谨的工序，这使它一开始就具有投资门槛低的推广优势——朱振丰怀着强烈的好奇心，在襄樊观察了十多天，随后做出了改变人生的决定。

回到化隆，他很快就将布料生意转掉，做了点必要的准备，再次回到襄樊。

他希望能接手一家熟店，这样一定比开家新店要来得稳妥。但二十多天过去了，他没有找到合适的店。

这期间，更加炙热的消息不断从武汉传来，一个被称作大胡子的化隆群科人已经在武汉打开了局面。朱振丰决定转往武汉。刚好，弟弟朱振云的饭馆被一个朋友看上，便以一万多元的转让费转给了对方。

兄弟俩来到武汉的当天，还参加了一个朋友新开的拉面店的开业典礼，那是汉口火车站的第一家拉面店。

在宾馆里住了两三天之后，朱振丰接手了一个化隆人转让的熟店，这个店刚开了两三个月，应该是马有忠之后不久开起来的店。这个店位于汉正街原广益桥清真寺附近一个三岔路口的第三个铺面，位置相当好。

弟弟朱振云还没有找到合适的铺面，就在哥哥的店门口卖烤肉。

这个店的斜对面，正好是大胡子马有忠的店。两人开店的时间相差四个月。

二十多年以后，这二人分别居住在群科新区和甘都镇，由于我在采访中反复核对武汉拉面发展过程中重要事件的时间点，二人的记忆在我这儿交汇。"老朱啊，对对对，他就在我斜对面，是我开店半年后他过来的。"其实这时的朱振丰也是25岁，和马有忠同龄。"大胡子啊，他就是化隆拉面的武汉第一家，就开在我的斜对面，好多年没见他了，有空到群科去看看他。"朱振丰在电话中对我说。

武汉同样给了朱振丰足够大的惊喜，也超出了他在襄樊产生的期望。"一天能卖三四袋面，价格便宜嘛，一碗三四块，就这样，一天随便就能卖个 2000 块钱。"

看起来，他的生意并不比宜昌马有永的差多少，也不比对面马有忠的差。开饭馆比他做布料生意辛苦好多，但迅速积攒财富的过程是令人愉快的。和这时期大多数化隆拉面人一样，他们住的是阁楼，这是在店铺的上面搭出的一层空间，楼层很低，在上面都不能坐直身子，只能用来晚上睡觉。由于阁楼只能搭在店铺内靠里的位置，一般在厨房上面，空气不流通，在漫长的夏天，人的耐热极限常常爆表，朱振丰的妻子常常晕倒，直到多年以后，在广州开店时，因为旁边有个诊所，他们才被告知，这是中暑。

朱振丰在武汉开店 22 个月之后回到了化隆，他的店转给了一位循化人。

他是被武汉的酷热逼退的。"夏天热死了，实在不想待了，想换个凉爽点的地方，就回来了。"朱振丰说，回到化隆后，他开了一家干洗店，就在供电局下面，这是化隆县城的第一家干洗店，生意相当好，赚了钱。

但朱振丰不久之后还是回到了拉面行业，随后他辗转全国许多城市，先后开过很多家拉面店。他的路径和绝大多数化隆人一样，一直在不同的城市间漂流，在一个城市多则几年少则数月，在把拉面店开遍全国大中城市的过程中，自己的腰包也日渐鼓胀——一旦选择了拉面，化隆人就变成了漂泊者。

马有忠一直没有离开武汉，他很快就融进了当地社区，他为人热情，善于社交，乐于助人，逐渐成为化隆拉面圈子的中心人物，声望日益高涨，可能很多人不知道马有忠是谁，但大多数的人知道青海大胡子。他那一副乌黑浓密的胡须成为他在武汉行走的名片。

一窝蜂地跑来的化隆人，大多只是被赚钱的热望驱动，并没有做好功课，也没有必要的准备，有些人只买了一张车票就来了，马有忠们的拉面店成了他们的接待站。

正是在这些接待站中，有些人留下来打工、学艺、攒钱；有些人寻找铺面，开起了自己的饭馆，再吸纳更多的化隆人打工挣钱，从这些拉面店里又诞生出新的拉面匠和老板。和在厦门时一样，一条拉面人的生产链在武汉得到了复制，不同的是，在这个火热的城市，生产的节奏明显加快。

"人家在你的店里拉了几年面，一辈子打工也不是个事儿啊，人家想开个店，你就得帮助他。有资金的，我就帮着看看合同，没资金的，我还得垫资。"作为武汉拉面人的先驱者，马有忠无形中扮演了导师的角色，"我的几个外甥，先在我的店里打工，后来在我的帮助下开了店，赚了钱之后就跑到外地去了。"

马有忠的外甥中有一个叫马吾买日的，后来跑到东莞开店，通过自己超凡的社交能力，把东莞打造成了化隆拉面在广东的一个重镇——这是另一个故事。

马有忠来武汉半年之后就有了自己的分店。广益桥的这个店分出了多少店，他自己也说不清楚，可以确定的是在武汉三镇都有。那些店有些是他的直营店，有些是合作店，有些是亲戚们的独有店。他的侄子马刚说，2000 年之后，这些店都统一挂起了"大胡子牛肉拉面"的牌子，至少有十多家。

这些亲戚和村人们走马灯似的来，学艺，开店，又走马灯似的离开，短则数月，长则数年，有些可能因为城市拆迁而关闭，有的可能因为被房东毁约而关闭，有的可能因为远走他乡而转让。就是在这样一次次的开与关之间，马有忠帮助他们找铺面，谈合同，有时还得垫付资金，甚至连采购物品这样的小事儿也会亲自出马。"有一次，我弟弟开了一家店，我给他置办的东西，到他的店关门都还没用完。"马有忠说，"那个店开在麦德龙超市旁边，麦德龙是武汉市第一个大型超市，所以弟弟的生意很好。一年多之后，那个店由于拆迁关门的时候，我置办的一次性用品啊、器具啊，都没用完。"

在这些店经营期间，马有忠给他们提供统一的调料配方，并挨家挨户地给他们调汤。"他们的汤全是我兑的，到了夏天，武汉 40 多度，热得实在受不了，尤其是带阁楼的店面，每次兑完汤，我都大汗淋漓。"阁楼是第二代拉面人在不同城市共同经历过的居住方式，因为没有钱，租不起住房，大部分人都会在厨房的顶上搭一个阁楼，下面热气蒸腾，上面闷热难耐，这样的厨房空间狭小，热气无处可逃，难怪马有忠对此记忆深刻。

在自己的线上发展起来的拉面馆越来越多的时候，马有忠注意到，化隆人越来越不满意当地产的牛肉，不但品质不好，而且价格也高，更要命的是，注水牛肉已开始大行其道，这让他们越来越想念青藏高原高天丽日下奔走的牦牛。马有忠不失时机地抓住了这一机会，开辟了他的第二条"赛道"：从青海进购牛肉。

最早的尝试发生在化隆拉面进入武汉一年多之后，1998年8月。这一年，青海的牦牛肉一斤3块多，价廉质优。他亲自跑了一趟西宁，购进一车运到了武汉，旋即被拉面馆消化。

第二年8月份，他早早来到西宁，先在青海省冷库租了几间库房，然后静待合适的出手时机。通常情况下，每年10月15日是牛肥马壮时节，牛肉价格会回落至一年的低点，但1999年这一年出现反常，肉价非但不跌，反而大涨，从前一年的一斤3块多涨到5块多。事实上，从这一年开始，全国的牛肉价格持续上涨，再也没有跌下来。等到10月15日，他不得不出手，压了100多吨牦牛肉，储存在青海省冷库，然后分批分次运往武汉。在武汉，又储存在租来的临时冷库里，陆续分发给各个拉面馆。

在这条"赛道"上，马有忠的影响力更是与日俱增，一方面，他为青海牛肉走进青海面馆提供了通道，另一方面，他又成了诸多面馆共同的债权人，因为化隆人中赊欠成风。"那时候开一家店也就一两万元，他欠我的一两万块钱还没还，一会儿他弟弟来了，一会儿他哥哥来了，又要开家店，这不就是拿着我的钱给他们开店吗？"在多年以后，马有忠回想起这些时，语气颇为自豪，他称这是对同乡的"暗助"，所有的帮助并不期望在今世得到回报。

在这条"赛道"上马有忠奔跑多年，直到2004年他去马来西亚参加国际展销会，才把这个生意交给了哥哥马有明。此时，牛肉的价格已经涨到每斤 10 元以上，一车牛肉的货值达到六七十万元。

马有忠的侄子、马有明的儿子马刚是小学五年级转学到武汉的，由于不爱学习，上到初二便辍学了，然后跟着父亲给各家面馆送肉。一开始的几天，他每天早早下楼，发动了小货车，等着父亲下来，按着单子送肉。父亲一字不识，不认识那些店铺的名字，但能准确地分辨出每个店铺的招牌和所对应的老板。后来，马刚独自送肉，他身上背着个挎包，"每次收的钱包里都塞不下，"马刚回忆说。

对话马有忠

能否做个估计，从你和兄长马有明这一条线上
带出去的人有多少？

几千人没问题吧，但也不能说全是我和我哥带出去的，我们只是这条线的头，老乡呀，亲戚呀，家族里的人，好多是我们带出去的，他们又把自己的亲戚带了出去，一些人又从武汉走到了全国。现在，我们走到全国任何一个地方，都能找到认识我们的人，我的手机通讯录里全国各地的拉面人都有。

我哥是我们村出去拉面的第一人，附近村子里后来发展起来的基本都是由我们帮扶起来的。当时没钱的人下来了，我们就帮

他开店——这样的人太多了，包括亲戚啊，朋友啊，村里的啊，还有周围村子上的。这些人后来也帮助别人开店，就是这样。

在马来西亚开店你是化隆第一人吧？怎么半途而废了？

2004 年的时候，我知道马来西亚有个国际食品展销会。那时候在武汉开的时间长了，也赚了些钱，就打算把拉面店开到马来西亚去。过去以后注册了个公司，叫"大胡子餐饮有限公司"。吉隆坡有个著名的绿野仙踪主题公园，以前是全世界最大的露天广场，后来就成了马来西亚的旅游胜地。我们一起过去了三个人，除了我，还有一个堂兄弟，一个堂侄儿。开了一段时间后，因为种种原因又回来了。其实那边有一个华人对我们支持很大，没待住还是我们自己的原因，主要是因为没出过国，经济链呀、人物链呀，都跟不上，所以开了几个月就回来了。

回来以后，又在深圳开了两家店，一家在华强北，一家在南园路。华强北的那家店生意好，中午得两个人拉面，不然供不上。在深圳开了一年多以后，我把两家店都转让给了亲戚，又回到了武汉。

2006 年，我们在群科新区开了个砖瓦厂，开业的头一天晚上，我们把武汉那边所有的事都处理了，饭馆转手了，牛肉生意也转给别人了。我和我哥全家都回来了，读书的孩子也都回来了。回来的第二天，砖厂点了火。

办砖瓦厂是由于什么机缘？

当时是群科的一个江苏老板，他要办一个砖瓦厂。我们当地的一个村主任听到消息之后就跟我哥的一个朋友说了。那朋友跟我们关系很好，就把消息告诉了我哥，然后我哥就买了一张飞机票回去了。回去之后，很快就把开砖瓦厂的手续办了下来。然后，我们就都回来了。

干了一年半左右，2008 年的时候我们把砖瓦厂转包出去了，一年的承包费从最早的 30 多万元涨到后来的 70 多万元。整个过程中，我们一分钱的心都不用操，每年光拿钱。

回来两年之后，武汉市几个部门的人还跑到化隆来看我，有公安、民宗、城管、工商、教育等 8 个部门的人，一起来的。

他们为什么来看你？你把影响留在那边了？

因为我在那儿时间长，虽然我个人回来了，但亲戚的店还开着呢，还在给当地做贡献，而那些人都是我带过去的，所以我和这些部门一直保持着联系，到现在还有联系。

不只是武汉，其他地方的也请我去处理事情。我回来后有一年，福建那边出了一个事儿，他们就请我过去帮着处理，因为出事儿的人是我在武汉的时候带起来的。我处理事情公正嘛，两边的人都服气。

在武汉的时候，我是武汉市的民族团结先进个人。1996 年年底到武汉后没几年，他们就开始关注我了。因为好多人是我带出去的，我在拉面人当中自然就有影响力，也帮政府部门做了好多事，武汉市民委就把我选成先进个人了，市长亲自给我颁的奖。

化隆人是被生活逼出去的，出去以后发现外面的世界大呀，大多数人没见过那么大的世界，好多人适应不了。适应不了就产生矛盾，比方说，当地人不了解我们这些人，他要在餐馆里喝酒，我们不让喝。不让喝又解释不清楚——都不会说普通话嘛，然后，一言不合就打架。当地的政府部门就找我，我就给调解。我能和咱们化隆人打成一片，也能和当地人打成一片，我的武汉话说得相当好，当地人说如果不看你的大胡子，光听你说话，以为是我们武汉人。

> 那个时代正好是农民工进城的高潮时期，全国各地都存在这样的现象，比起当时新闻中看到的事件，化隆人应该是还算温和的一个群体。

刚开始的时候，我们化隆人也乱，从小在小地方生活的人，那个观念啊、理念呀，做事的风格呀，都局限在自己的小圈子里。说句不客气的话，有些人无法无天，啥事都要别人让着我们。我是上过学的，也在寺里学过，整天就劝他们，不要这样做不要那样做，但有些人还是不听呗，一有事就叫我过去。那时候我天天配合政府处理这些事，慢慢地，他们就重视我了。

武汉当地的政府就是好，小区的、居委会的都好。武汉市民委把我们这些少数民族当成自己的人看，不时地慰问我们：你们怎么样？有什么困难？让我们来帮助你们。

后来跑到上海、杭州、苏州的老乡们，有些就跟当地政府部门的人说，人家武汉政府多么多么好。然后，杭州、苏州、上海的民委就打电话到武汉民委，询问你们是怎么对他们的？武汉民委说我们把他们当成自己家里人，当成自己的居民。后来北京《民族画报》有一篇文章专门写武汉的民族工作，上面说"城市民族工作看武汉"，写的就是我们的事儿。再后来，各地的民委就来到武汉学习调研。

武汉的政府部门和化隆拉面人共同探索出了一种民族团结的模式？

对了。说穿了就是一句话：他们把我们当成他们自己的居民。

从武汉出发

武汉像一个巨大的磁场，心怀梦想的化隆人源源不断地来，打工，学艺，攒钱，长见识、长勇气，经过这个酷热熔炉的冶炼，变成一个个技艺熟练的拉面人。然后，他们中的一部分人从武汉出发，走向一个个尚未被开发的城市，把化隆拉面带到全国。

如果说厦门是化隆拉面的起点，那么武汉就是辐射全国的中心。

　　在李成虎所著的《嗨！化隆人》中，从武汉出发走向全国的例子比比皆是，比如：

　　巴燕镇上拉干村人肖成林于1996年追随堂兄肖麻乃来到宜昌，不幸赶上宜昌拉面生意由热转凉。兄弟俩开了一年的拉面馆，赚了一万多块钱，后因城市拆迁转到武汉，在汉口火车站开了一家面馆，四年后又因为城市拆迁转往郑州，后又不断转场，去过石家庄、上海、广州等城市。

　　巴燕镇人马福海，早年挖过虫草，挖过金子，倒过皮毛，到1997年的时候，他几乎一无所有。此时，受到舅舅马尕奴的召唤，跑到襄樊与舅舅合伙开饭馆，七八个月挣了7万元。此时的襄樊正是化隆人出多进少的时期，他打掉舅舅分给他的饭馆，拿着到手的5万元跑到武汉，在三阳路又开了一家，生意不错，赚了8万元之后，他果断将其转让出去。据说在武汉三年时间，他一直奔波在找店、开店、转店、再找店的路上，先后开过16家店。这是一条新的"赛道"，就是在开与转之间赚取差价，使他免于长年累月地拉面做饭的辛苦。马福海的这个"赛道"在十多年后被人不断模仿而且屡屡成功，以至于诞生了一批以寻店为职业的拉面人，但在1990年代末的武汉，拉面行业还没有那么繁荣，马福海最后以惨淡收场，1999年转场上海，由此将化隆拉面带到了上海。

> 巴燕镇后沟村人张赛木，初中毕业后到玉树搞副业，开过旅行社，挖过金子，到格尔木贩过油。1997年，受同乡马福海的召唤到襄樊开了一家40平方米的拉面馆，半年赚了6万元，基于和马福海同样的理由，他又打掉面馆来到武汉，投奔"群科的大胡子"。在马有忠的帮助下，一个月后他找到铺面，此后三年，他在武汉一共开了3家店，赚了40多万元，后又转场杭州。

在这些武汉的拉面先驱者中，梅加村的马二海买无疑是具有里程碑意义的一个。

马二海买在武昌的发展甚至比马有忠在汉口还要快。在随后的一年时间里，他先后在武汉大学门口和湖北大学门口开了两家分店。湖北大学的这一家后来送给了一位堂弟，因为这位堂弟带着妻子从家乡急急而来，却不知如何立足。"他当时走投无路嘛，我就把湖北大学门口的那家店给了他。"

1998年，因为市政拆迁，马二海买在武昌火车站和湖北大学门口的两家店先后被拆迁，他一时找不到铺面，便回到了家乡。"武汉发洪水的那段时间，我就待在家里。"

当年冬天，马二海买带着妻子和一双儿女来到了苏州，决意在这个传说中美丽无双的城市找到立足点。

马二海买其时并不知道苏州是不是有化隆拉面，在他寻找店面的时候，发现在吴县汽车站旁边有一家拉面馆刚刚开业。"那个人叫舒阿布，是群科的，他比我早到了几天。他的店一直开到现在，开了二十多年了。"2023 年 9 月，马二海买接受采访时对我说。

马二海买在吴县汽车站不远的长途汽车站找到了一个铺面，开起了苏州第二家拉面馆。

1998 年冬天，苏州迎来的这两位化隆人开启了青海系牛肉拉面进入长三角的序幕——但这并不是牛肉拉面进入长三角的开端，1989 年 1 月，甘肃临夏人王振在常州清真寺所属的一间铺面卖出了第一碗兰州牛肉面，但在化隆人来到长三角之前，王振们并没有走出常州（见《大碗传奇：牛肉面传》）。

几个月之后，1999 年春天，马二海买在他的店里接待了下胡拉村的苏大吾一行四人。正像在厦门和武汉一样，每个城市的拉面馆都是离乡化隆人的接待站，他们不但可以免费吃住，还能获取资讯。

下胡拉村人韩启明说，这一行人当时并不了解苏州、杭州，只是打开地图，在上面指指点点了一会儿，最后，手指点了点苏州，就跑去了。

苏大吾一行在苏州没待几天就离开了，因为他们没找到合适的铺面。他们的下一站是杭州。

这又是一个具有里程碑意义的事件。

苏大吾一行四人来到杭州时，这个和苏州齐名的天堂城市没有一家拉面馆。他们便在这个城市留了下来，时间最长的一直待到现在。

如此，杭州便成了化隆人从武汉出发后进驻的第三个城市。

下胡拉村人在化隆拉面界名声不俗，而且经常以群体的形象被传颂，与其先行者们的这次群体性迁徙有关。

下胡拉村离化隆县城仅仅一两公里，西邻下卧力尕村，西北向着大山更深处走去，隔着一个村子就是瑶湾村，这两个村子分别走出了第一代拉面人韩录和冶二买。此时，韩录刚刚在西宁东关街繁华地段买了三层商住一体的楼房，他的族亲们在"厦门第一家"的品牌下不断繁殖着新的拉面店；冶二买早于一年多前在西宁恒德大厦与人合伙买下了两层门面，开始筹办大西门餐饮城（这个西宁清真中餐界具有里程碑意义的餐饮城于 2000 年 11 月 26 日开业），而他的族亲的拉面店在厦门已经达到了 14 家。

下胡拉村人也是靠天吃饭，土地亩产不足 300 斤，70% 以上的人解决不了温饱。但相对于卡力岗大山深处的农民，这个村子的人还是有一定的优越感，毕竟毗邻县城，商业条件便利，村民们很早就享受到了改革开放的红利，各种被称为副业的小生意把他们与深沟大山里的村民区隔开来。一开始，他们对韩录和冶二买的致富故事无动于衷。

直到武汉的消息传来，下胡拉村人似乎打了一个激灵似的突然醒来，有 20 户人家率先行动，相约武汉。"这 20 多户人家是第一批，他们到武汉以后，陆续把村里所有的人都叫下去了：下来开拉面店，下来开拉面店。"下胡拉村人韩启明说，他们村的人似乎有着更强的集体意识，在大部分人还在亲戚网络中徜徉纠缠的时候，他们村的人首先以乡邻为纽带形成了一个小小的创业共同体，似乎唯恐落下村里的哪一个人。"我们村子的人先在武汉立住了脚，然后从武汉出发，走向杭州，又走向全国。"

第四章　融入城市

　　苏大吾、苏乙个、马哈开等下胡拉村人来到杭州时，整个杭州城只有三家清真餐馆，一家在火车东站，是河南人开的；一家在凤凰寺旁边，是山东人开的；一家本地人开的小店，在上城区的四季青街道。

　　这是在 1999 年的年初，化隆人尚未涉足这个城市。拉面，对这个城市的人来说，可能只是个模糊的传说。

　　前一年长江流域遭遇的特大洪灾造成的影响已经完全散去，这个江南最负美名的城市似乎正张开怀抱，欢迎着来自西北苦寒之地的农村青年的到来。

　　三人很快给韩启明打电话："你赶快下来吧！"

　　韩启明当时身无分文，而且对拉面一无所知。

　　"你就买张火车票下来，"他们说，"其他的事情你不用管。"

于是，韩启明买了一张火车票来到了杭州。

和下胡拉村的大多数中青年农民一样，韩启明此前并未闲着，他也曾向广阔而贫瘠的青海西部寻找生机，挖金子，挖虫草，在格尔木倒卖清油，从牧区贩卖牛羊。苏大吾等人在武汉把拉面生意做得风生水起之时，韩启明还在倒牛羊、贩虫草。他是这个村为数不多读完高中的青年，但截至此时，他对拉面这个新兴的行业还一无所知。1998年影响全国29个省（市、区）的那场全流域型特大洪水同样冲击了虫草行情，这一年，他不但血本无归，还欠了十几万元的债务。

对于一个化隆农民来说，这笔巨债足以让他陷入绝望。

苏大吾们的电话来得非常及时，最重要的是，他只需要买一张火车票即可。

韩启明和马真

韩启明带着妻子和一个尚未上幼儿园的孩子来到杭州的时候，前四个人的店已经开起来了。他在这几个人的店里轮流住宿，今天这家，明天那家，观察他们如何开店，倾听他们答疑解惑。其实，那个时候开店是相当简单的，只要在合适的位置找一个合适的铺面，按需要添置必要的设备和材料就行。

韩启明是背负着巨额债务来到杭州的，车票钱还是向马真借的。苏大吾们建议他到偏僻的郊区寻找铺面，那些地方房租比较便宜。很快地，他在拱墅区旧货市场旁边找到了一个铺面，房租一年1.2万元。但是他身无分文。

这时正好遇到一位朋友，此人身上揣着钱来到杭州，却不敢出手，因为和韩启明一样，他对拉面也一无所知。韩启明找他商量："把你那些钱拿出来，咱俩开店，赚了咱俩分，赔了算我的。"两人一拍即合。

这个店共投资1.8万元，1.2万元的房租，4000多元的设备材料费，又花2000元把墙面粉刷了一遍，墙裙用油漆刷了一圈，地面铺上一层地板革。在杭州这个以美丽著称的城市，这样的装修看起来也不是那么寒酸。

两位老板都不会拉面，好在当时请面匠并非难事。

就这样，"兰州拉面"的牌子挂出去，便开始营业了。

这真是一个插柳成荫的时代，何况化隆拉面在此时已经演化成一种成熟的面食快餐，不需要刻意的宣传和引导，韩启明两人的拉面店没有意外地红火起来。

一年合同到期后，除去投资，盈利12万元，两人该分开了。拉面店作价4万元，由那位合伙人接手。韩启明揣着分得的8万元，带着老婆和孩子回到了老家。

这次回家主要是给债主还钱的。这一次，他先还掉了5万元，又给家里添置东西花了1万元，手里只剩下2万元。

"在家里待了一个月，我觉得再不能待了，再待下去的话，手里的2万元也就花光了。"韩启明和妻子一商量，"还是回杭州。"

2000年年初，韩启明夫妇第二次来到杭州。这次，他又借了一万多元，选了一个相对较好的位置，在环城东路红十字医院对面，菜市场的门口。当时，环城路正好是郊区和城区的交界，对于开餐馆来说，属于性价比较高的位置。

没有意外，这个店的生意同样火爆，不到 20 天时间，他就还掉了一万多元借款。

"开第一家店的时候没经验，牛肉片切得这么厚，还使劲地放，成本特别高，50 斤牛肉基本上一两天就用完了。"韩启明说，后来他请教了一位同村的拉面匠，那个人在不同的拉面馆里面干过好多年，经验相当丰富。此人亲自来到韩启明的店里，手把手地教他怎么切肉怎么卖肉。他说，拉面的卖点不是肉，肉要单卖（这一点和兰州牛肉面馆近百年的做法是一致的），肉要切得跟纸片一样薄，放肉的时候也不要用夹子夹，要提前放在小碟子里，两三片就行，有人要的时候端过去就行，一碟子 10 元钱。

在此之前，韩启明的一箱肉只能卖 2000 多元，经此指点，一箱肉卖到了一万多元。

这个拉面匠还教会了韩启明怎么做凉拌牛肉，怎么做大盘鸡。韩启明这才知道，自己一直不够谦虚，在经营上做的功课严重不足。

韩启明后来在杭州开了 7 家面馆，环城东路的这家店一直开了十五年，在他后来响应海东市政府"返乡创业"的号召回化隆兴建大型牧场之后，这家店交给了妻妹。

韩启明独资的这家店开业不久，马真来到了杭州。

马真是甘都人，是韩启明妻子的表弟。但 2000 年这一次，他来杭州并不是为了开拉面店——事实上，他不怎么看得起拉面人，称他们是"甩抹布的"。此行杭州，他有些趾高气扬，为了买一辆叉车，他从拉萨来到了杭州。当时他在拉萨开了一家物流中心，生意很好，业务量很大，需要一台新叉车，而"杭叉"是当时中国最好的叉车品牌。

这一次，除了见见故人，显摆显摆他的春风得意，他对拉面馆都没有好好瞧一眼。

马真在拉萨的物流中心十个月赚了 15 万元。当时生意好的拉面店一年也能赚这么多钱，但那种没日没夜出卖体力的活儿不是他马真干的。

第二年，西部大开发的诸多政策落地化隆，马真强大的社交能力让他占尽信息优势，特别是那些听起来玄幻瑰丽的信息，总是散发着一种魅惑的光芒，年轻冲动的马真总是奔着那些光芒而去，这次他抓住的项目是植树造林。于是，他转掉拉萨的物流中心，来到家乡甘都的黄河岸边，通过银行贷款和私人借款凑齐 80 万元，搞起了所谓的生态项目——林木育苗。同时，他还搞了一个砂石场。两个项目运作不到一年，一场洪水将一切尽毁，他的身上只剩下 1.8 万元。

"再不跑就来不及了，下杭州吧，找韩启明去，从拉面上找光阴去。"马真每每讲到他的转折点时，都能把自己笑喷。就在一年之前，有同学向他借钱开拉面店，他高傲地甩过去一句："那种甩抹布的活儿能挣上钱？拉倒吧。"

2002 年，马真来到了杭州。

此时，韩启明们已经将下胡拉村差不多一半的人都叫到了杭州，有人在拉面店打工，有人开起了自己的小店，还有一部分人已经腰包鼓鼓地转场别的城市。

此时的杭州，化隆拉面店已经有好几十家，其中就有马真舅舅的一家，那个店的转让费是 8000 元，一天能卖两三千，此时的马真觉得这个数字好诱人。

马真看好的店面在城市繁华区，转让费 9 万元，而他身上只有 1.8 万元。他带着店主去找舅舅。

舅舅带着讽刺的口吻说：“你真的要开？你以前可是天天吃大饭店的人，甩抹布的这活儿你是不干的。”

马真说：“不干咋办？”

舅舅说：“你确定要开？”

马真说：“确定。”

“那好吧！”

舅舅把杭州的亲戚们全叫了过来，韩启明也在其中。

“我先拿 1 万，你们几个看着办。”舅舅给亲戚们说。

这个 1 万，那个 1 万……9 万块钱一下子就凑齐了，当场交给店主。

那家店有些残破，对于见过一定世面的马真来说，这不太符合他的形象。“这家店这个样子我不开，我要装修。装修没钱，然后又去借，这个 2000，那个 2000，共借了 1 万多块钱，装修出来了。但没有桌椅板凳，旧的我坚决不要，我要买新的，但没钱。我跟韩启明到市场去看，看好了以后，我给韩启明说现在你看着办。韩启明拿出 9800 块钱付了桌凳钱。然后，我们回店里等着，过了一会儿，一辆三轮车把桌椅板凳送来了。”

没有物资怎么办？韩启明给各个供货商打电话，送面的把面送了过来，送肉的把肉送了过来，送煤的把煤送了过来……

第二天，看着第一碗面从滚沸的锅里捞出来，舀上牛肉汤，调上辣椒汁，撒上香菜末。"这就是牛肉面吗？"马真心里不由得欢叫几声。

就这样，马真以一个破产前老板的身份开起了杭州的第一家店。

马真说，在当时的杭州，他的店无论从环境、装修还是卫生管理各方面，都超过了其他所有的店。

"这与我以前的阅历有关，要做就做最好的。那时候的我多勤快啊！一次性的筷子上不是有个塑料套子吗？顾客吃饭的时候往往扔得满地都是，我就满地拾。他一扔下来我就跑过去拾，我又是收钱又是跑堂，累得满头大汗，那些顾客看见就不敢扔了，自觉地放在垃圾筐里了。还有小可乐瓶，玻璃的那种，送来的时候框子和瓶子上全是灰尘，我把玻璃瓶擦得亮亮的，干干净净地摆在那儿。"马真说，"这样事无巨细地做了，其他人觉得，这家伙的店就是亮堂，然后，大家都来跟我学。"

这样的起点决定了他以后的拉面历程充满些许绚丽和魔幻。

事实上，在马真进入拉面行业的这个时期，无论是兰州的牛肉面馆还是其他城市的拉面店，人们对就餐环境的要求并不苛刻。没有对比便没有想象，整个中国，不论是大餐厅还是快餐店，唯一的功能就是吃饭，至于对环境的要求，要到若干年之后麦当劳、肯德基开放大中城市的经营特许之后。

这个店开业不到一年就收回了投资。

这样的回收速度并不是很快，因为毕竟是 2002 年了，好一点儿的拉面店转让费动辄十几万，牛肉涨到 16 元一斤，面粉涨到 80 元一袋，房租也高了，员工工资也涨了：一个面匠的工资已经达到 800 元，而在六年之前，马有忠在武汉开店的时候，面匠的工资才 400 元。

融入社区

韩启明正在医院陪护妻子。他的妻子刚刚做完子宫肌瘤手术，此刻正疲倦地躺在病床上。韩启明坐在床边的小凳上休息。

这是韩启明来杭州许多年之后的一个夜晚，大概 9 点钟光景。

此时，电话响了，是两位官员同时打来的，一位是杭州拱墅区的副区长，一位是区委统战部的部长。"你能不能过来一下，这边出事儿了。"两位官员简单地介绍了一下那边正在发生的情况。韩启明说："我老婆刚刚做完手术，我离不开啊。"对方说，事情非常棘手，必须在今晚解决，希望他能克服一下。韩启明稍作犹豫，扔下妻子，前往现场。

这是江干区秋涛路旧货市场旁边的一个拆迁现场，灯火通明，围观的人很多。

拆迁者和被拆迁者情绪都很激动，双方正在对峙。被拆迁者是化隆县巴燕镇寺尔沟村的拉面人，是这个城市众多外来务工人员中的一位。韩启明当然认识他，多少年来，他几乎认识每一个拉面人，他们都是他直接或间接地带出来的，也直接或间接地受过他的帮助。

韩启明静听双方的争辩，大概搞清楚了事情的来龙去脉。原来，面临拆迁的这栋楼的一楼有这位化隆乡亲的一套住宅房，面积40平方米，他花60万元买的，也是他的拉面店。这位化隆人提出的安置条件是，给他补偿一套100平方米的商品房，外加100万元的过渡费。而拆迁方说，按照政策，住宅房只能补偿住宅房，不可能补偿商品房，他们可以补偿一套80平方米的住宅房，并且承诺房子建好后可以给他在原址提供一间100平方米的铺面，只收取50%的租金，供他长期租用。在铺面就位之前，给他一年10万元的过渡费。

韩启明了解了双方的条件后，把化隆乡亲拉到房子里，给他算了一笔账：一、商品房是不可能的，这是政策，不会因你而变。你现在的这套房子是60万元买的，当时这个地段的房价是3万元一平方米，给你80平方米的住宅房相当于240万元，你净赚180万元。二、再给你按50%租金提供一间100平方米的铺面，相当于10万元的商铺给你5万元，你自己不开店，转手租出去，每年也有5万元的纯收入。三、你的店一年也就挣个10多万元，拆迁后的过渡期少则半年多则一年，损失最多也就是10万元，你要价100万元确实太高了。

这位乡亲终于松口了："那你说怎么办？"

韩启明说："你信任我的话就听我的。"

"我信任你。"

然后韩启明找到拆迁方负责人，经过仔细的核算，对方愿意以 50 万元来支付过渡费。韩启明说："那就好，你们准备 50 万元，明天我负责腾空房子，你们来拆。"

为了让拉面人心平气顺，韩启明此时耍了个小心眼儿。他说："现在去把合同打印好，你先签字，金额一栏暂时空着。"并告诉拉面人，过渡费不要期望太高，40 万元差不多就可以了。拉面人说："我相信你，不管多少钱我都签。"

然后，拿着合同给拆迁方签字，金额一栏填了 50 万元，超出了拉面人的期望，双方皆大欢喜。

韩启明对那位乡亲说："明天早上 9 点之前，把你的东西全部清空，房子腾出来。如果 9 点之前没动的话，这些钱一分也没有。"

第二天早上 8 点钟韩启明来到现场，看到房子完全清空了。然后他给拆迁方打电话：你们可以过来拆房子了。

9 点钟银行上班，拉面人收到了钱。

类似的故事不只在杭州，在许多城市都会时不时地上演。化隆县驻外办事处往往扮演的就是调解人的角色，但办事处工作人员并非总是得心应手，这时候，像韩启明这样享有威望的拉面人就得挺身而出，独当一面——比如武汉的马有忠，苏州的周义仁，东莞的马吾买日，他们的私人电话也成为当地公安、城管、民宗和统战部门相关负责人通讯录中最常用的电话之一。

有一次，杭州市政府召开了一个安保会，所有拉面人都被召集到一起，杭州各个区公安部门负责人到场。韩启明被安排发表了一个简短的讲话，他说："我也不会说话，我们现在最主要的问题是搞好团结，我们这些拉面人融入这个城市，邻居也好，政府也好，城管也好，都希望我们稳定发展。团结才能稳定，稳定才能发展，如果你不团结，今天闹事明天闹事的话，你挣什么钱？"韩启明说，这次讲话之后，杭州市公安局治安大队的大队长就成了他的好朋友，任何时候任何地方发生与拉面人有关的纠纷，他是逢叫必到。

为了下一代

那时候，几乎所有的拉面店都是夫妻店，每一对夫妻的身后都跟着三两个孩子。

没有结婚的年轻人是不具备开店条件的，因为人手不够。夫妻档不仅意味着最佳的合作关系，同时意味着最低的人力成本。

《大碗传奇：牛肉面传》一书中写到甘肃张家川的高价彩礼现象时有一段分析，可以说明西北诸省拉面产业发展早期夫妻店的普遍性——

就在张家川劳动力大转移的高峰时期，位于陇东偏僻一隅的这个贫困县迎来了令人咋舌的"天价彩礼"时代，女孩子的学历被"明码标价"，本科女生的彩礼达到 20 多万元。据一些文化学者的分析，"天价彩礼"的主要推手就是牛肉面人。一些牛肉面人衣锦还乡，出手宽绰，推高了彩礼行情。同时，大量的青年外出开店，夫妻店被认为是最安全最节省的模式，投资婚姻和投资餐厅被非常扭曲地拧在了一起。

有必要强调的是，张家川拉面经济的起步要比化隆晚得多。大致的脉络是，化隆拉面进入武汉时代以后，由于大量面馆的出现，化隆本地的劳动力已经供不应求，此时，来自同样贫苦、同样没有本地产业的甘肃张家川的农村青年便搭上了化隆拉面人的快车，成为最早的一批打工人。这些化隆拉面馆在培养出一代代拉面新人的同时，也将张家川人带进了拉面产业。

与张家川人一道搭上化隆人快车的还有甘肃临夏地区的拉面人。虽然临夏市区早在 1980 年代初就已经引进了兰州牛肉面，但就像兰州牛肉面迟迟没有走出兰州一样，临夏市区的牛肉面人也是久久徘徊在狭小的城市里，看不到外面的世界，直到大批的临夏农村青年走进了化隆面馆打工。

韩启明就雇用过一个张家川的面匠，是托人介绍来的。后来，这个面匠开了店。"我们村有个人，他把自己的老店给了他的面匠，自己重新找地方再开一家。那个面匠是临夏康乐的。"韩启明说，这种事情特别多，以前给他们村里人干活儿的打工人几乎都开了自己的店。"我当时喜欢找民和人，那些在我店里干活儿的民和人都开了店。"

韩启明清清楚楚地记得，从他的店里走出去的就有十七八个人，其中既有化隆人和民和人，也有甘肃临夏人。

而张家川人则主要去往武汉，又从武汉分流到全国。所以，如今的张家川人毫不讳言，他们的拉面经济起步于武汉，直到目前，武汉依然是张家川拉面的中心城市。

当然，化隆似乎并未出现天价彩礼现象，大概是因为黄河和湟水很大程度上阻隔了许多荒腔走板的外部气象。事实上，化隆乃至海东，长期以来就是一块相对独立的人文板块，风土人情释放着漫长岁月里积淀的温厚和绵软。我曾经很多次行走在海东的城镇和乡村，她似乎比我的陇中家乡更让我感觉亲切。

回到化隆拉面人。

从韩录在厦门的时代开始，一对忙碌的夫妻加几个玩耍的小孩构成了化隆拉面店的独特情景，从其背后，随即闪现出一个重要的问题：孩子上学。

1990年，当韩录的女儿来到厦门的时候，不费吹灰之力就转进了厦门铁路小学。1999年，马有明的儿子马刚转学武汉的时候，也没有遇到任何阻力就进了公立学校。只能说马刚是幸运的，因为那个时期，外来民工子女就学问题已经开始困扰各个城市的教育管理者，特别在一二线城市。

韩启明在杭州的遭遇具有一定的典型性。

第二次来杭州不久，他的大女儿该上学了，可是上公立学校基本没有可能，区教育局给他的答复是：去私立学校。可私立学校都很偏远，孩子的午饭不好解决——杭州的学生中午不回家，学校有食堂，但没有清真灶——韩启明只能找一个离店近的公立学校，让孩子中午回店里吃。他好多次找区教育局，可这样的事要突破惯例，即使有政策依据，也没人愿意作主，工作人员的答复只能是两个字：不行。

韩启明毕竟上过高中，他很快就想到了一个办法，给浙江省教育厅的领导直接反映。他认认真真地写了一份报告，先交代了化隆的贫困，再写到自己来杭州创业开店就是为了解决温饱，"我们因为没上学所以贫困，现在我们的孩子也上不了学，以后还得贫困，我想让我的孩子和你们这个城市的孩子一样，得到同等的教育。"

韩启明拿着这份报告来到浙江省教育厅。当时的省厅有两个门，前门有保安把守，不让进。后门在小区里，他偷偷地溜了进去，在一楼的指示牌上看到厅长在 17 楼。上午去了一次，厅长不在，下午再去，他看到厅长办公室的门开着。

韩启明戴着化隆常见的线织白帽，手里牵着孩子。

"我敲了敲门。厅长在里面看见了，问干吗的，我说我是拉拉面的（那时候杭州人把我们的面叫拉面）。跑到这儿干吗？我说我孩子上不了学，我就来找你说一下情况。来来来，坐坐坐。坐下后，他叫一个女的过来给我倒了茶。我把我写的东西交给他。他看了一会儿，听我讲了情况，然后把教育科科长叫上来，批了一行字：此人孩子就近上学，所有费用免费。"这一情景在韩启明脑中不知回放了多少次，每次讲述都言简意赅，就像裁剪精致的纪录片。

接下来的情景依旧像一部彩色纪录片的片段——

"你怎么回去？"

"我骑电瓶车。"

"骑电瓶车带孩子很危险。"

"没关系的。"

"你拿着这个东西到区教育局。"教育厅的工作人员指的是上城区教育局。

韩启明骑着电瓶车带着孩子来到区教育局门口，已经有四个人在门口等着，经介绍，一个是副局长，一个是教育科长，还有两个管事儿的工作人员。

"我的孩子怎么办？"

"你不用管，这个事情我们已经安排好了。"

然后，工作人员让他先骑车带着孩子去东园小学，他们马上派人过去。

韩启明到东园小学门口的时候，校长、副校长已经等在门口准备迎接他。

进去之后，孩子被直接安排到班级，书包也准备好了，里面装着书。班主任把孩子安排在了第一排。

东园小学就在他的店铺所在楼的后面，走路也就300米左右，韩启明在店里可以听到孩子们的读书声。

孩子每天可以回家吃午饭。每个学年结束的时候，韩启明都会收到学校发放的一笔钱，这是退给孩子的午饭钱。因为杭州学生的午餐是有补助的，他的孩子不在学校吃饭，这钱就退给了家长。

韩启明有三个孩子，到老二和老三时就直接拿着户口本到学校报名了。上完小学，到初中时，学校更近，离他的店直线距离不过200米。

在杭州，他的三个孩子都完成了中学教育，老二和老三分别上了南京大学和宁波大学。

有了韩启明蹚出的这条路，后面的拉面人在杭州上学就容易多了。每年的开学季，韩启明难免要跑前跑后，帮拉面人的孩子顺利入学。

刚到杭州的时候，马真的孩子才一岁多，多年以后，他的孩子也以同样的方式顺利入学，并在杭州完成了中学教育。马真的小学老师、化隆县政府驻山东办事处主任谭胜林评价他的这位学生和好友时说："我看着他从身无分文一直走到现在，他不但改变了自己的命运，也改变了下一代的命运。现在我说，就算马真破产了，身无分文，他的儿子是大学生，女儿也是大学生，他的人生我认为是成功的。"

韩启明说："拉面改变了我们的下一代，所有在内地上学的孩子回到本地参加高考的，基本都考上了大学，以前我们没开拉面店的时候，我们村没有大学生，高中生没几个，初中生也就几个。开了拉面店以后，十年当中，全村有100多个大学生，都是从拉面店培养出来的。"

2015年，化隆县文理科状元均出自拉面人家庭。

2014年回乡创业之后，韩启明做过村里的监委会主任，这个机构是用来监督书记和村主任的，在此期间，他统计过，下胡拉村有380多户共800多人，十年时间走出了100多个大学生。"如果说没有拉面店的话，我们也培养不出这么多大学生。"韩启明笃定地说。

这一现象在化隆全县非常普遍，甚至在海东，在半个青海，甚至在被化隆人带上这条车道的甘肃张家川、临夏都是如此。拉面人不但改变了自身的命运，也改变了下一代的命运，事实上，他们改变了一个地区的发展轨迹。

第五章　拉面馆 2.0

周义仁来到苏州时，苏州已经有二三十家化隆拉面馆，其中大部分是马二海买的亲戚。马二海买说："我是 1998 年冬天去的，然后我的亲戚们就来了，到了第二年夏天，苏州城里的拉面馆有二三十家。"多年以后，梅加村几乎所有人家都出来做拉面了，马二海买带出来的也有百八十家。

自从马二海买来到苏州以后，这个城市跟杭州一道，成了许多化隆拉面人的迁徙首选之地，也是一些化隆人的创业首选之地。

周义仁是 2001 年 9 月到苏州的。当时西北的天气开始转凉，西宁早晚的空气让人惬意。他想，江南的热浪可能不再令人恐惧了，于是收拾行囊，带上家属，坐上开往南京的火车。

苏州不是周义仁拉面生涯的第一站，第一站还是在武汉——

那个化隆人的集结地和出发地。

若不是怵于武汉的酷热，他可能不会去苏州。不去苏州，他可能不会遇上兰亭广告公司。若没有周义仁与兰亭的相遇，化隆拉面的成长将是另一条路线，其发展将是另一番图景。

在西宁，年轻时的周义仁绝对是个有趣的人。他的父亲曾在化隆的甘都和群科教过八年书，他的童年经历中有两年是在化隆度过的。和食不果腹的化隆农民不同的是，他成长于西宁，有着较为优渥的童年记忆，所以能和生活保持一种谐谑关系，善于发现生活中一些有趣的细节。他上过技校，是一个优秀的汽修工；他开过解放牌卡车，是个出色的长途司机；他喜欢玩相机，拍摄过数万张工厂战天斗地的照片和青海本地的风光照；他参加过北外的函授课程，是函授班在西宁的召集人，后来又跑到学校进修整整一年；他喜欢做菜，开过餐馆，给西宁好多人家做过喜宴，最拿手的是西宁回族本土菜。

这是一个具有创造力的人，他的创造未必都导向成功，比如开餐馆，他可以说是屡败屡战——他那种试图将餐饮艺术化的理想总有点不合时宜——但他是个能在这些过程中找到乐趣的人。

他最喜欢的两个身份是厨师和摄影师。

1998年，以"化隆拉面在武汉"为主题的各类消息渐渐霸居坊间热议榜头条，从化隆的深沟大山到西宁的大街小巷，不受此感染的人越来越少。即使在遥远的兰州，越来越多的人也在热议，有一种叫"兰州拉面"的东西在外地风头正劲，有文化人开始推广"牛肉面一出兰州就变味"的理念。

周义仁就是这一年去的武汉。他刚去的时候，长江上来往的船只还需要俯瞰，不久之后，他发现，长江上的船只可以平视了，就像和街道在一个平面上——这一年的 6~8 月份，长江流域发生了史上罕见的特大洪水，武汉市民也经受了惊心动魄的几个月。

在周义仁的印象中，当时的武汉三镇，拉面馆已经很多，尤其在武昌，因为大学比较集中，拉面馆发展很快，几乎每个大学门口都有，而且每天都有新开业的。

周义仁的拉面馆位于武汉水上运动学校附近，位置比较偏僻，主要的顾客就是当地的学生，生意不可谓好也不可谓不好，假期的时候就有点失落。和甘都人朱振丰一样，如果不是被这座火炉城市的酷热击退，他可能会在武汉待得长久一些。

坚持了一年半之后，他逃回了西宁，就像朱振丰逃回化隆一样。

但生活逼迫他做出妥协，拉面馆的赚钱效应还是不停地诱惑着他。2000 年，他决定在南方再转一圈，寻找一个适宜长期居留的城市，来安放他的拉面板。首先，他来到了成都，这里有一个朋友正在开店，位置在成都大学门口，和他在武汉时的情况一样，面馆的生意全靠学生支撑。当时的成都只有不多几家化隆拉面馆，生意有好有坏，这不是他想要待的城市。然后他跑到贵阳，这里也有几个化隆乡亲在开店，但当时这个城市的消费水平明显不高，他也没有看上。于是，又坐火车跑到上海，后又考察了扬州、苏州、无锡，最后他决定选择苏州，因为在当时的长三角，化隆人只在苏州立住了脚，或者说，在苏州的拉面群体业已成形，而在其他城市，不多的拉面馆都显得孤寂而冷清。

遇见兰亭

2001 年 9 月，天气转凉后，他带着家属来到了苏州。此时的这座江南美城，化隆拉面馆已经不下 20 家，在长三角，可能仅次于杭州。

不像大多数化隆人那样，一到某个城市，三两天时间就找个铺面，简单收拾一下就开业，周义仁不急不躁地寻找铺面，期间他在化隆人的拉面店里进进出出。在他的印象中，那时候的拉面店就是一个面板加两个锅头，支着一个蜂窝煤灶，摆着几张桌子几把椅子。"那时候的政策好，什么手续也不要，只要把卫生搞好就行了。"周义仁回忆说。但苏州的那些店大都不温不火。

大半年的时间过去了，周义仁才在姑苏区王天井巷找到了一个铺面。那个巷道以前是旧家具城所在地，其时刚刚改造完成，街上有上百家铺面，但是因为偏僻，人流量不大，新的铺面也鲜有人问津，所以租金很便宜。

周义仁选择的铺面在二楼，他又在上面加装了一个小三楼。

那个时候，开店就得先打印一个纸质的牌子，过个塑，放在桌子上。化隆人基本都不会说普通话，浓浓的方言无法跟顾客交流，那个牌子就显得十分重要，上面标示着牛肉拉面、炒面片、牛肉粉汤的价格，当时的拉面馆也就这三样，还要分大碗小碗。

周义仁认为牌子过于简单，他看不上。"这个不成嘛，我是多少有点手艺的，得讲究一点儿。"他显然是带着一点儿与众不同的心思加入拉面大军的，"我就去打了个牌子，有这么长（他比画出大概半米的长度），列出了十七八个菜名。"事实上，他想主打青海本土菜，对拉面那种技术含量不高的快餐还是有点看不上，但他也卖拉面，因为拉面是化隆人打开陌生城市的敲门砖。

当时的苏州人是比较封闭的，大部分人都不知道拉面是什么东西。和拉面在许多城市的境遇一样，几乎每个拉面店前都有人围观。

"这里面有什么东西？有胶水的，没有胶水拉不成这样子的。"周义仁模仿着苏州味的普通话说。

特别是看着拉出来的毛细，纤若游丝的面条，在空气中似乎要飘起来，围观的人更是惊讶："有胶水的，有胶水的，这可不敢吃。"

所以，到拉面店吃饭的大多还是外地人。周义仁觉得，拉面的概念和原理还需要宣传，但当时他并没有想到图片，只是在牌子上多了一些提示性的文字。

这样的牌子他差不多用了一年半，有一天突然灵感乍现。

那时，他们普遍使用一种据说是从兰州进购的红碗，也叫高低碗，上面印有"兰州拉面"四个字。周义仁决定用这个碗拍一张牛肉拉面的照片——作为摄影师，他是随身带着相机的。

这是一张精美的牛肉拉面实景图。

当时的苏州有个名不见经传的打字复印店，名叫兰亭——这个名字一不小心泄露了苏州普通人的文化底蕴——店铺并不大，摆着四张桌子，上面有电脑、打印机等设备，老板是个精干的年轻人。因为周义仁离得近，他的第一个牌子就是在兰亭打印的。

周义仁说我这儿有一张照片，你给我放大。

老板说没问题。还把图像的边缘修了一下。

周义仁说你把这个照片放在这个牌子的最下面。

老板很有悟性，立马明白周义仁的意图，做了点简单的排版，一个出类拔萃的牌子就做出来了。在化隆人的圈子里，牛肉拉面第一次有了视觉展示。用周义仁的话说，那是一个经典——照片是经典，设计也是经典。

这是个划时代的事件，发生在 2002 年下半年的某一天。

这张照片只是个引子，它将引出化隆牛肉拉面一个不可思议的时代——视觉塑造产业的时代。

苏州，周义仁，兰亭——这三个名词从拉面历史的烟尘中浮现了出来。在追逐财富的路上，大多数人总是走得很急，低头赶路，很少转头看一看同行的人，后者可能同时在修路。

这个带有兰州拉面实景照片的牌子迅速走红，走红的速度出人意料。化隆人的反应如此之快，长期以来困扰他们的传达和沟通问题因此解决了，而且它很漂亮，具有装饰性和广告效应，他们激动到无以复加。

当时苏州有好多家打字复印店，但兰亭因为有了这张照片而傲立江湖。

这个时期，恰是化隆拉面店蓬勃兴起的时代，和全国许多城市一样，苏州也迎来了越来越多的化隆人，其中有会做饭的，不会做饭的，还有对做饭一知半解的。

整个苏州的拉面人蜂拥而至，兰亭的打印机配置太低，速度跟不上，门前一度排起了长队。

"每天要打100多张到200张，老板急得不行。"周义仁回忆说。

周义仁对老板张竹青说："你这个机器不行。"

老板说："你说要什么机器。"

周义仁说："你先买个好点儿的相机。"

老板说："明天早上10点钟你到我这儿来。"

第二天早上，周义仁过去时，老板给他展示了一部新相机。这是刚刚从上海快递过来的。

周义仁是玩摄影的高手，他说："这是个好货，日本佳能，像素很高啊。"

老板说："这个就归你玩了，你想怎么玩就怎么玩。"

摄影家一见到好相机，体内的多巴胺指数快速飙升。当厨师和摄影师的身份合而为一时，周义仁的灵感如放电般闪烁。他说："明天早上我给你拿两样东西。"

周义仁这里强调的是两样东西，而不只是两张照片。这是这个划时代事件中很重要的内容，因为从此时开始，周义仁最重要的角色将转变成面食设计师。

许多年以后，化隆人说，是周义仁的照片把"兰州拉面"带进了2.0版，但并不是所有人都意识到，这些照片背后有一个化隆特质的"最强大脑"。

照片缔造的奇迹

当天晚上，周义仁开始设计他的第一款新面食——牛肉炒拉面。此前，化隆拉面馆里只做炒面片，这是西北面食谱系中极其普通的一种，周义仁觉得，既然是拉面店，就得在拉面上做文章。他要在摄影家的维度上打造这一盘面，先下一碗拉面，在凉水里拔一下，使其晶莹透亮，然后给其配菜，为了体现出强烈的视觉效果，他用鲜嫩的生菜，再配之以辣椒、肉片和必要的辅料，摆放极其讲究，充分体现了视觉的愉悦感。

周义仁在他的小三楼里搭建了一个简易的摄影棚，主要设施是各角度的灯光。

他反复试验了很多次，终于拍摄出了一盘色彩炫目的炒拉面。

同时，他没忘了把那碗"兰州拉面"重新拍摄一遍。

第二天，周义仁来到兰亭，交出了两张照片。进行排版处理后打印出来，效果相当惊艳。这就是后来所有化隆拉面店张挂的牛肉炒拉面和牛肉拉面照片的第一代版本。

生活在卡力岗山区和黄河岸边狭窄地带的化隆人，对美食的想象力被极度匮乏的物质资源所限制，仓促间走进城市的化隆农民大多并不会做饭，更没机会见识五花八门的面食品类，从厦门到武汉，再到杭州、苏州，大多的拉面店在提供拉面之外，便是在青海的传统小吃如油香、葱油饼上做点小文章，没有什么特别吸引人的产品。周义仁的照片让他们大开眼界，原来拉面也可以这样炒，配菜也无须自己琢磨，照片标示得清清楚楚。从苏州开始，化隆拉面馆开始有了一个名为牛肉炒拉面的品种。

拉面馆又开始纷纷换牌子。但兰亭的设备跟不上化隆人强烈的需求。这次队排得更长，因为高像素的图片让那台打印机不堪重负。

周义仁后来说，兰亭老板张竹青是个很厉害的人，眼光毒辣，就那两张图片所引起的热烈反应，使他立马意识到兰州拉面是一个潜力无穷的市场。此人的魄力也极其罕见，若非他大胆投资，化隆拉面将是另外一幅图景——他老周也就是一个会炒菜的摄影师，他的照片也只能自己挂挂。

张竹青说："老周啊，你做你的菜去，赶紧再拍点图片，一个礼拜以后你到我这儿来。"

就在兰亭老板的脑中已经展现出一幅绚丽的商业图景的时候，摄影师周义仁脑中只有一个想法：我弄的东西，我要第一个挂上。

一个礼拜以后，周义仁接到兰亭的电话。那时候没有手机，隔壁有一个老婆婆家有一部电话。周义仁事先交代过，有事就给隔壁打电话，让隔壁大哥叫我。

周义仁过去一看，是一台崭新的日本机器，日本的墨，日本的纸，是上海的日本公司直接带货到苏州来安装的。

张竹青说："老周啊，你看好，这台机器35万。"

"那个时候，35万是个什么概念？能买一套楼房。我当时住的那套房要价38万，我们连3.8万都没有。"周义仁回忆说。这个记忆是准确的，根据网上资料，苏州市统计局的统计表明，

2002 年 6 月份，苏州市区（不含吴中、相城区）的商品房销售均价为每平方米 2100 元，2003 年的成交均价达到每平方米 3000 元。

有了这台新机器，兰亭也火了，机器从早打到晚，而周义仁的这两张图片很快就火出苏州，火到了无锡、常州、上海，随即传遍了长三角各个城市，并在一年不到的时间里成了各个城市化隆拉面店的标配。

这些照片不但具有审美功能、信息传达功能，最重要的是，它同时也是一个食谱，是新产品制作的指南——它把新产品对厨艺和智商的要求降到了最低。

在一年左右的时间里，周义仁就在自己小三楼的简易摄影棚里，为兰亭和化隆人推出了十几个品种的照片，包括羊肉泡馍和诸多凉菜。

其中有一个有趣的插曲——凉拌牛肉。周义仁为了视觉效果，用力过猛，牛肉在盘子上摆了一圈，中间用胡萝卜雕了一朵花，很漂亮。但是过了一段时间，有位化隆老板提意见："老周啊，这个不好呗，吃饭的人进来以后就要找那朵花，那朵花我们雕不出来呀。"

周义仁只好重做，不只凉拌牛肉，还包括其他的品种，按面馆里真实的样子做，葱多少，蒜多少，都按真实的材料配方做出来，自己的盘子，自己的道具，拍出来以后，就将以前的图片陆续换掉。

大概两年以后，周义仁提供的品种达到了 100 种以上，而兰亭的机器已经增加到三台，后两台的价格分别是二十几万和十七八万元。经这三台机器打印的照片，源源不断地邮寄到全国各地的化隆面馆。

周义仁把他所拍的这些图片资源全部交给了兰亭，自己分文不取。周义仁享受的是创作的乐趣，作为一个在西宁名气响当当的厨师和摄影家，他陶醉在自己的这种面食创制与摄影艺术相结合的世界里，久久不能自拔。

"这些图片的像素都达到 3600 万。一般情况下，一个 G 的存储能拍 1000 张图片，这个相机的功能很强大，我拍照的时候，把它调到最高，一个 G 只能拍到十七八张。那么，它的密度就很大，像素相当高，一张片子放大了，可以达到一堵墙这么大，也不虚。张竹青那时已经会修图，他的图修得非常漂亮，相当精致，用的全是日本原装的设备。"多年以后，周义仁在西宁他的周哥家宴里回忆说，"兰亭独家拥有这些图片的原始资料，这些图片十年二十年都不掉色，只要不晒太阳。"

到了 2006 年，兰亭已经有五台机器在运转。而这几年，正好是化隆拉面大规模兴起之时。

周义仁的这些图片，彻底颠覆了化隆拉面店传统的产品结构，由于大量新产品的推出，所有的拉面馆事实上变成了一个小小的饮食综合体，不论店面多大，产品种类足够丰富。

可以说，是几张照片推动了化隆拉面这个产业进入新的时代。

也可以说，2003 年以后，化隆拉面的迭代升级史就是这些照片的更新换代史。

兰亭老板张竹青极具商业头脑，在周义仁的照片不断推陈出新的过程中，他的广告牌每年推出新的版本，每个版本都体现着新的审美潮流和拉面发展的趋势，引诱着拉面人一年一年跟随着他的节奏更换牌子。

2006 年，周义仁带着张竹青一家到青海避暑，走遍了大半个青海的名山大河。周义仁沿途拍了很多风景照，送给了张竹青。后来，兰亭将这些照片放大制作，成了拉面人在外地的乡愁所系——在苏州就可以拥抱青海的山清水秀。这是周义仁给兰亭提供的第二套产品。一张照片兰亭卖 30 元，而其成本不到 10 元。

不管拉面店赚不赚钱，兰亭却是稳赚不赔。

这就是著名的亚默尔"别人淘金我卖水"的故事的翻版，苏州人张竹青没有化隆人的资源——包括精神资源和社会资源——也可能从来没有想到会与化隆人、与拉面有交集，但是，化隆人来到了苏州，周义仁来到了苏州，他的商业命运由此发生了天翻地覆的改变。在短短几年间，兰亭由一个二三十平方米的打字复印店发展成拥有 400 平方米、三层楼的广告公司。

2007 年年底，周义仁觉得累了不想做了。在洗手之前，他做了最后一个套餐：15 个盖浇面，15 个盖浇饭。这是化隆拉面店中盖浇饭和盖浇面的来源。

长三角一带的人喜食米饭，盖浇饭就是在米饭上浇一碟炒菜，菜和饭分开上桌，由顾客亲自浇上，这是江南人精致生活方式的体现。但在苏州多年，周义仁并没有主动了解这盖浇和饭之间的那种组合方式。有一次他到上海，仔细地观察了盖浇饭的做法，并很快总结出了其特点：米饭不是核心，核心在那份盖浇上。盖浇菜一定是单份炒，比如四个人去了，他们要四样盖浇饭，有人要土豆烧牛肉，有人要西红柿炒鸡蛋，每个菜都得现炒，用一个小碟子盛着，端上桌来，分别浇在米饭上。如果一个菜烧上一大锅，一份一份地给人端上来，那就不是盖浇了。

周义仁发现，盖浇饭不但满足了不同人的口味，而且显示出了食客的品位，同时也提高了餐馆的档次。"他们能做盖浇饭，我为什么不能把它做成盖浇面呢？"他一直琢磨这事儿，对拉面馆来说，这无疑是一个极大的提升。

就这样，周义仁琢磨出了 15 个盖浇品种，做出了 15 个盖浇面和 15 个盖浇饭。

兰亭的设计经过不断的版本更新，此时已经炉火纯青，这两组盖浇系列一经推出，迅速风靡拉面圈，以至于在近二十年的时间里，盖浇面盖浇饭成了几乎所有拉面店的头牌，其受欢迎程度甚至超过了一碗拉面。

至此，周义仁为兰亭更是为青海拉面人创制出了几十类数百个品种的产品，其中包括许多产品的更新升级。

化隆乃至青海、甘肃的拉面人就是凭着他的照片的指引，学会了做饭，学会了设计自己的产品结构，一次次完成了面馆的转型和个人的升级，在湍急的市场洪流中走到了今天。

对话周义仁

你跟兰亭的故事是一个划时代的商业传奇，它推动化隆拉面进入了 2.0 版本。

对我来说，有两件事情成功了。

一件事，我虽然是在城市里长大，但是我的父亲在化隆县当了八年的教师，先是在甘都，后来在群科，所以我对化隆地区有一份深厚的感情。我在那个地方住过两年，对化隆的农民和那个地方的贫苦印象很深，所以我觉得我做的这个事情很有意义。当时化隆人把那个东西打（印）疯了，我就觉得这个事情相当了不起，我要尽心尽力把它做出来。

第二件事，为什么我没要钱？在我们这个民族的文化心理上，有些事情是不能用钱来衡量的。如果当时我把钱要上，二十多年了，兰亭据说发展到几个亿了，我可能也有几十万几百万吧，但是你在现世领到了回报，后世可能就没了。所以对于这个事情，我是想办法把它做好，最后也确实做好了。好多化隆人都不知道有我这么个人，但他们知道兰亭，感谢兰亭，不知道我老周。

> 你是最早把牛肉面视觉化的人。在牛肉面推广的过程中，事实上这一点很重要，不然，这个来自西北的面食，怎么能够打动爱吃米饭的南方人？

视觉化！对了。如果没有我老周，那现在……当然我不能说没有我老周会怎么怎么样，但是这个事儿我做了，在苏州成功了，然后推广到了全国。从产业发展来说，全体化隆人受益了呗，从个体的受益情况看，最大的就是兰亭了。当然，可以说张竹青是个天才，全国的广告公司多了去了，但是他做不出兰亭的图片，原因是他没有兰亭那样的魄力，敢投资，敢买世界上最好的设备。很多人把我的图片拿去翻拍，翻拍出来像素不够。兰亭把图片做到极致了，别人无法模仿，我的那些照片全在他那儿，我一张都没保留，全给他了。

你就从来没有想过那些照片你是拥有版权的，是你的创作成果，是你的知识资产，你是有权取利的？

几年以后，大家都知道那些菜是我做的、照片是我拍的，就有很多广告公司来找我，说我们合资，我给你给多少多少钱。我说我不做，我只能服务兰亭。2007 年年底，我做完盖浇系列后就不做了，但还有人来找我，是我店铺巷子里头的一个广告公司，他说老周啊，我们俩合资，你只提供图片，我先给你 10 万块钱，你拿上先用，然后全部收益我们俩二一添作五（五五分成）。我说我不干。他说为啥，钱你都不爱。我说我很爱钱，但是君子爱财取之有道，我们青海人有一句俗话，那个牛皮包着尾巴上了——我才不做那个事情。

但话说回来，他们做不过兰亭，兰亭的投资方式，他们谁也做不到。他可以把一个活儿做到极致，一般人做不到。看他第一次给我买照相机的时候，我就知道这个人能成功。但是发展到现在这个程度，我真没想到。如今，全中国的青海拉面人，没有一个不知道兰亭广告。我每年都会去苏州一趟，那些图片到现在他仍在使用，机器不停地打，年年都在打。

　　你当时去苏州，进入拉面行业，你的身份与一般的化隆人是有区别的，你是带着思考去的，而且对那个时代很敏感。

　　因为我和双方都能沟通，不仅能和化隆人沟通，而且能和苏州人沟通。刚开始，我是化隆人跟兰亭公司之间的翻译，为啥这样说？苏州人听不懂青海话，青海人又听不懂他说的，尽管他说的是普通话，但他的那个普通话化隆人听不懂。"老周啊，你过来一下，真听不懂。""老周，你过来，你过来。"我就过去了。不是一次两次，也不是十次八次，是无数次。那些图片火爆了嘛，他的电话也就打爆了，全国各地打来要货的，都是纯纯的化隆话，我就给他们当翻译。电话是可以免提的，然后他们慢慢听慢慢听，慢慢就听懂了。

　　从 2002 年到 2006 年，这五六年是全国化隆拉面发展的高峰期，一个城市一年几十家店甚至上百家店地增长。2009 年年底我返回西宁，在苏州近十年的时间里，我给兰亭创造了财富，也给化隆拉面的发展拼尽了全力。这一点，不仅化隆人认可，当地人也认可，我是苏州市平江区的政协委员，化隆人中唯一的一个，当然这是因为我还做了其他的一些事情。苏州的政策好，对拉面人相当友好，我也帮着社区做了一些力所能及的服务，得到了当地人的认可。

　　这很有意思，历史的发端可能就源于某一个"超强大脑"，韩录当年在厦门的时候，是凭着想象做出了一碗拉面，当然也有道听途说的一点儿拉面知识做基础，而化隆人做盖浇饭、炒拉面则完全是凭一张图片做出来的。

个别人可能见过盖浇饭，但他可能没有思考过。江南人吃饭不像我们这么豪放，小碗里只有一点点的米饭，有时候米饭不收钱。有些化隆人可能见过，但他不知道该怎么做，该放多少西红柿、多少青椒、多少土豆，但看了我的图以后他就知道了，包括盘子里放多少米，菜应该盖到几分之几，我都给他显示得清清楚楚。

摄影是我最大的爱好，从 1966 年开始搞，到现在也有五六十年了。我先是在省运输公司当司机，当时只有一种车，就是解放牌卡车，我车开得好，把车也钻研透了，还学会了修理。后来当修理工，车修得好，厂长就交给我一台海鸥牌相机，让我给工会拍照片。那是 1966 年，从那以后我就喜欢上了摄影。搞摄影的人都有个毛病，总是拍不到最想要的那张照片，于是就反复拍反复拍，所以一个晚上我只能做一两个菜。

晚上 11 点钟餐厅下班了，把门关上，然后打开灯，把灯具什么的打好——那些小装置，都是我自己买的，几百块钱一个灯，这一个要阳点儿，那一个要阴点儿，这一个要强一点儿，那一个要弱一点儿，灯光打不好就拍不好——然后下面，炒菜，做好后摆在那儿，开始拍。拍出来，感觉不成，删掉，再拍，满意的有个十张八张，再从里面精挑出一张。就这样，一张照片没有两三个小时拍不出来，一个晚上也就只能做一个到两个菜。就这样，陆陆续续地做，有时候十天八天都不做，太累了，也想不出什么新东西，等脑子里有了我再做。

> 我们好多人都有一种体验，出差到外地，走进化隆人开的兰州拉面馆，感觉它的视觉大于味觉，兰州人的感觉尤其如此。某种程度上，化隆拉面在相当长的时期里，它是视觉推动而不是味觉推动的，动力就是那些照片。

因为很多菜化隆人没见过，别说吃过，见都没见过。牛肉面，化隆人也没见过呗，所以说，韩录很了不起，他把兰州的牛肉面引过来，变成了化隆的拉面。我做的那些菜化隆人也没见过呗，但是看到照片就会做了。

再一个，有了这些照片，顾客也就知道吃什么了，他好选择，好选择就能留住客人呗。江南人的嘴刁得很，你这个西北拉面馆，他不熟悉，看不见东西就不知道你在卖什么。他走进来一看，没吃的，走了。自从挂上这些图片以后，他一看，哦，就这个了，我要这个。尤其是大学生，他们来自五湖四海，什么吃的没见过？嘴也刁得很，你给他一展示，他就知道这是什么了。

所以你说是照片推动的，也有道理，事实就是这么回事。另外，从这个图片的销量能看出来，化隆拉面大规模的兴起是从2002年开始的，兴起的速度相当快，最红火的时候是在2003—2007年，就这五年里开遍了全国，大中小城市都起来了，从哪儿能看出来，就从兰亭的出图量。那几年的生意好得不得了，是最好的阶段，到 2008 年就开始缓下来了。

在苏州近十年，你成功了吗？

生意上没成功，没挣几个钱。为什么？一个是店铺所在的街
道背得很，人流少，还有一个是餐馆转让时没打上钱，别人的餐
馆不开了，转让费起码 20 万，也有 30 万、50 万的，我那个餐馆
打了 4 万块钱，为啥？老周这个餐馆别人开不起，我是炒菜，别
人进去以后干不了，就得倒掉。我的拉面店是唯一有炒菜的，也
是以炒菜著名的，我本身就是个厨师呗。所以，在那几年时间
里，我这儿就是市上、县上各级领导的接待站，先是化隆县的，
后来拉面出名了，就是海东市的，别的饭馆只有拉面，他们不
吃，都要到我这儿来吃炒菜。

你是极少数没赚到大钱的人，因为你是拉面圈
中的异类，你的经历也正好说明了化隆拉面的一个
特性：穷人的产业。它的起点必须足够低，工艺必
须足够简单，大众化程度必须足够高，才能满足 20
多万化隆人的期许。

在那些年里，拉面店赚钱还是相当容易的，致富的多，发
了财的也不少。只要人勤快，肯吃苦，开个店，几年就是几
十万。所以化隆的家家户户都盖起了楼房，有的在西宁城里买
了房，西宁差不多每个小区都有拉面人入住，有人开玩笑说，

拉面人拉动了西宁的房地产业，这不是玩笑。这个产业了不得，化隆人搭上了兰州拉面这一个枝子，闯出了这样一个天下，很让人感叹。

第六章　新市民

2002 年，马吾买日来到东莞时，东莞已经有 4 家化隆拉面店，其中一家是巴燕镇庙尔沟人韩玉龙的。韩玉龙是不久前从广州来到东莞的，他的店算是东莞第二家，第一家比他稍早几天——这个故事后面再讲。

马吾买日开了第五家拉面店。前面 4 家都没开下去，先后关门，马吾买日的店成了事实上的东莞第一家，一直开到现在，而且没打算离开，因为他本人已经成了"新莞人"。

马吾买日是大胡子马有忠众多堂外甥中的一个，二人年龄相仿。

马有忠此前讲过，他有一个外甥从武汉到东莞，后来成为东莞拉面圈的领军人物，说的就是马吾买日。

群科镇向东村临近黄河，现在已经被城镇化的大手笔圈进了城区，但在 1990 年代中期，这个村子大概只比卡力岗山区略好一点儿。马吾买日和马有忠一样，对当时的饥苦记忆犹新，二人求学经历的后半段也相似，都接受过经堂教育，不同的是马吾买日只上过小学一年级——好多人都觉得他完全不像只上过小学一年级的人。

马吾买日比马有忠出去得稍晚一些。1996 年底，他第一次走出化隆，去的是汕头。因为他当时已经学会了拉面技术，希望在汕头找到一份面匠的工作，但当时的汕头只有两三家牛肉拉面馆，是从厦门过去的化隆人开的，生意都不怎么样，大概是因为那个城市当时的北方人不多吧。

在汕头只待了一个多月，马吾买日来到了广州。当时的广州还没有牛肉拉面，有临夏人的两家小餐馆开在三元里，卖的是炒面、拉条子拌面等。深圳中发源老板韩东的哥哥在此开了一家经营牛羊肉的店铺，名叫中发商行。马吾买日就在中发商行打工，任务是给青海饭店和不多的几家清真餐馆配送牛羊肉。

在广州半年之后，他回了趟老家。这时候，他的第一个孩子已经七八个月大了，对未来他有了更多的责任。还是要出去！去哪儿？当时最炽热的消息还是来自武汉。

1997 年 7 月，他来到武汉，这个当时化隆人最向往的城市，他的同村舅舅马有忠已经将牛肉拉面深深地根植在了这个城市。但当时的马有忠还没开分店，就广益桥的那一家店，人员齐备，他没有找到机会。此时，他的众多舅舅中的另一位，甘都人马有永的一位堂哥正在宜昌开店，正好需要一个面匠。

在武汉消磨了两个月之后，马吾买日来到宜昌，给这位舅舅打工。此时的宜昌，由马有永和马牙哥的成功掀起的那股喧嚣逐渐趋于平静，没赚到钱的拉面人要么转场襄樊，要么奔向武汉，马有永堂哥的这家店也没坚持多久，几个月后就关了。

马吾买日回老家看老婆孩子，短暂调整之后，在1998年5月再次来到武汉。这一次，马有忠在民生路的分店已经开业，他在这个分店干起了面匠。

每一个打工人都有开店梦，马吾买日也不例外。

九个月之后，一次偶然的机会，他在一个市场里面找到一个小店面，虽只有8平方米，租金每月600元，但没有转让费。他在宜昌开店失败的那位舅舅给了他一个旧炉子加几口锅，他自己借了几百元交了房租，置办了必要的器具，共投资1300元就开起来了。

这个小店开了两个月，赚了2000元。那时候一个打工者的工资才200元，这2000元对他来说是一笔可观的收入。

之所以打掉这个小店，是因为他的另一位舅舅——马有忠的另一个堂哥在汉正街开了一家店，因为没有拉面师傅，便邀请他合作。马吾买日以技术入股，占三分之一的股份。这个店开了不到三个月，两人赚了7000多元。

1999年4月，因为老婆生孩子，马吾买日回到了老家。在孩子两个月之后，他带着老婆孩子，再次回到了武汉。这一次，他在前进四路找到了一个铺面，全部投资加起来7000多元。这是他正式开的第一家店。

这家店开了三年，彻底改变了他和家庭的经济状况。在此之前，因为经济条件比较差，家里用个拖拉机什么的都要花钱租借。随着面馆生意持续向好，他先后给家里买了一台拖拉机和一辆摩托车，把母亲和弟弟居住的房子全部翻新重盖，还给弟弟娶了媳妇。

2002年，马吾买日把武汉的店留给大哥，和一个朋友一起去了东莞。

互助模式

群科镇向东村至今还流传着一个故事：马吾买日漂泊到了东莞，看到有一个店面要转让，当晚就直接睡在了门口，第二天一早便把那个店面转让了过来。

这个故事是马有明的儿子马刚讲的，他着意表达的是，在他们的家族中，他的这位表亲身上有一种不可多得的独特品质。

马吾买日对这样的传说一笑置之。他说，当时他是凭着感觉走的，那个时候化隆拉面最火爆的城市是武汉，然后从武汉延伸到杭州、苏州，其时上海并不多，广东这边主要在佛山，而不是广州。他先到广州看望了一下中发商行的老板，第二天就去了东莞。

在东莞解放路，他看到一个小店锁着门，上面有沙县小吃的标识，门上贴着一张转让信息。他打电话过去，对方说转让费2万元。当天正好是五一，对方和他约好5号过来。5月5日，他如约和老板见面，最终以1.7万元的转让费拿下了那家小店。

这家店只有 12 平方米，他在门口搭了一个棚子，这样，店内就可以摆 3 张桌子，门口摆 2 张。

2002 年 5 月，投资 2 万元，马吾买日在东莞的第一家"高原王"牦牛肉拉面店开门营业。当时，武汉的一碗拉面三四元，在东莞却可以卖到五六元，"高原王"的火爆有点出乎他的预料，仅仅头三年，他的月收入就可以达到 4 万元。

可以想象接下来的画面，领头羊的身后是络绎不绝的追随者。

和在其他城市产生的效应一样，他在这个听起来遥不可及的地方赚到钱的消息迅速传到了化隆。和他在武汉时产生的效应不同，这次在东莞，他显然被视为一个开拓者，一只领头羊。仅仅几个月的时间里，他的表哥、表弟以及这个亲族网络中的更多人追随而来。

这年夏天，他在向阳路租了一间 80 平方米的房子，最多的时候有 40 多个化隆人借住在他家。"床上不用说了，地板上、沙发上，能睡的地方都睡满了人。"马吾买日回忆道，当时不管是远亲还是近亲，只要是化隆来的老乡，二话不说就留下。最重要的是，这一切帮助都是免费的，就像其他城市的化隆人所做的那样。

在接下来的几年中，仅向东村乡亲就在东莞相继开了近 30 家店，来自化隆全县的老乡在东莞总共开店 800 多家，从业人数 3000 多人。

而马吾买日的拉面店也扩张到 4 家，不过他的店面都不大，后 3 家分别是 20 平方米、30 平方米、80 平方米。

和国内许多城市一样，随着拉面馆的兴盛，蜂拥而至的还有化隆拉面人的徒弟，甘肃张家川人和临夏人，曾经一度，双方以地域为认同形成了对立。

在马吾买日的记忆中，早期的甘肃入行者起步较低，很多是租摊位，在尘土飞扬的街边风吹日晒，一碗面卖 1.5 元或 2.5 元，讲究薄利多销。而化隆人的起点则要高得多，多是店面经营，卫生、环境和拉面的品质更上档次。

在很大程度上，这得益于化隆人从一开始就自然形成的互助模式——亲帮亲、邻帮邻、老乡帮老乡。在这种模式下，野百合也有春天，卑微者也有尊严，一个身无分文的人只要有勇气，就可以被扶上马，慷慨前行，不至于零落到孤苦无依的境地。

这种互助模式也很容易交流思想、弥合冲突、化解分歧，建立新的共识、新的秩序，这使得这个小小商业共同体即便涵盖到大半个青海，也足以平静而从容地发展。

第一代、第二代拉面人中不大识字的人可能超过了六成，维系这个共同体的不是精确的算计而是朴素的直觉，以及由强大的传统黏合起的高天厚土般的情感。当任何社会都不可避免地出现的低端竞争同样侵蚀到这个群体的时候，化隆人很快就形成了自己的规则。

2007 年，马吾买日召集东莞的化隆拉面人商讨解决不良竞争问题，最后形成协约：两家店面之间的距离不小于 400 米。这就是后来被人反复炒作的所谓"400 米红线"行规（在不同的城市，距离有所不同，500 米红线、600 米红线之说都有）。

这个无形的规则相当有效地避免了化隆拉面人之间无谓的竞

争，同时也提升了化隆人的整体形象。

《大碗传奇：牛肉面传》对这一自发的"行规"有这样的评价——

> 青海拉面人用二十五年的时间把兰州牛肉拉面推向全国的同时，也逐步建立起了一套避免恶性竞争的业内自律机制，俗称"行规"，其核心内容就是所谓的"500米红线"（也有300米、400米的说法，大概不同地区有不同的标准），即在一家店的500米范围内不得开第二家店。当成千上万的山区农民涌向同一座城市时，这个自律机制通过亲戚和老乡关系发挥着作用，进而建立一种共济共赢的商业秩序。这个一开始由少数行业领袖协商建立的民间机制，因为行之有效而被迅速推广到各大城市的青海拉面行业，使那些家庭作坊式的弱小个体得以生存。维护这一机制运作的通常是各地的拉面协会——一种未必经过注册的松散的自立机构。
>
> 当那些弱小的大多数突然遭到了强大资本的挤压，这一自律机制就转换为一种救济机制。

初到东莞的一两年，社会并没有注意到拉面人作为群体的存在，直到有一年开斋节，拉面人在人民公园会礼，引起了市政府有关部门的注意。东莞市民宗局很快把这些拉面人纳入他们关怀的范围。"那时候，局长经常到我店里来，问我们有什么困难，需不需要帮忙。"马吾买日回忆说，那时候他的营业执照办了两次了，都没有办成，第三次花了3000元钱还是没办成，每一次的资料他都完整地保存在店里。他把这些资料交给局长，同时告诉局长，"我们拉面馆的人百分之六七十都不识字，不会写字，连自己的名字都不会签的人很多很多，你看这些困难怎么解决。"

民宗局通过市政府，很快与卫生、环保、消防等部门沟通，最后在政务大厅给拉面人开辟了一条绿色通道，"你只需要签个名，其他的所有填表都由他们替你一次性搞定，就是这样，当天就能办下来，"马吾买日还特别强调，"只要我马吾买日签个名，他们免费办证。"

马吾买日何以有如此大的影响力？不仅因为他是东莞拉面行业的先驱者，而且因为他特殊的教育经历使他在商业和公益两个领域都说得上话，在相当一段时期内，他的家是化隆人聚礼和会礼的场所，特别是在斋月里——识字不多的拉面人对他的社会经验和文化指导相当依赖。

就这样，他也成为民宗局和其他政府部门联系拉面群体的纽带。

为了感谢东莞民宗局对拉面人给予的特殊关怀，马吾买日后来作为代表，送了一个匾给民宗局，上面写的是"民族之家"。

在"400米红线"的"行规"出现之前，迅速增加的拉面馆带来的矛盾纠纷让政府有关部门很是头疼，这时候，马吾买日的个人魅力便显露出来。"那个时候，东莞民宗局、公安局一直跟我保持联系，不管我人在哪里，不管白天晚上，凌晨也好，节假日也罢，只要民宗局、公安局打电话，我就立马开车去协助处理这些事。"马吾买日说，"就是因为政府对我们少数民族非常关心、支持，他们有需要的时候，我也得挺身而出嘛。"

新市民的样貌

2007 年开始，经东莞市民族宗教局推荐，马吾买日当选市政协委员，而且连续两届当选。当时的媒体称：东莞市政协打破常规，接受一名非东莞户籍的青海回族人马吾买日担任市政协委员，这在该市少数民族群众中引起了热烈反响。

2010 年广州亚运会前夕，马吾买日又被推荐为亚运圣火东莞传递的火炬手。东莞的这个火炬手阵容共 80 人，其中 40 人为东莞市推荐，马吾买日作为"优秀新莞人"的代表入选。

在担任政协委员期间，马吾买日认为自己最漂亮的一件提案是关于拉面人子女入学的问题。

当时，东莞市外来人员子女就读公立学校实行"积分入学"政策，具体为：以积分排名方式安排外来流动人员入户、子女入读公校。积分由基础分、附加分和扣减分等三部分组成。基础分指标包括个人素质、工作经验和居住情况三项内容。附加分指标包括个人基本情况、急需人才、专利创新、奖励荣誉、慈善公益、投资纳税、计划生育、卫生防疫、登记管理、个人信用十项内容。扣减分指标包括"违法犯罪"和"其他违法行为"两项内容，要求流动人员遵纪守法、诚实守信。

按照这项政策，青海拉面人都达不到标准。那么，他们唯一的选择就是送子女去民办学校，和韩启明们在杭州遇到的情况一样，民办学校都比较远，孩子的午饭问题不好解决。在此之前，所有拉面人的子女都带馍馍到学校，孩子吃不好，饿肚子也成了常态。针对此问题，马吾买日联合另一位政协委员提了两次提案。第二次提案经审查立案后，东莞市教育局于第二年做出办理答复：东莞市 32 个镇街，每个镇街免费接收 2 位拉面馆孩子入读公立学校。这样，东莞公立学校每年可接收 64 位拉面人的孩子入学。

"基本上都解决了，有些镇街有名额但没有孩子，有些镇街孩子多一些，学校也不设限，五六个、七八个都能进去。"马吾买日说，一开始，教育局考虑照顾热爱和从事公益事业的拉面人，他推荐的孩子可以优先入学，但事实上，所有的孩子都能解决。

星期六中午，莞城解放路车水马龙。6 岁的马慧玟穿着粉红色的卡通外套，独自穿过老城区熙攘的人群，走回莞城公安分局正对面的高原拉面店，把买维他奶剩下的两块半交给婶婶。

马慧玟是青海拉面之乡化隆来莞的第二代。十多年来，她的父亲马吾买日，和 3000 多名化隆人，离开家乡，来到 2000 多公里以外的东莞，散落在各镇街生活，他们通过卖拉面建立起了与这个城市的紧密联系。

马慧玟是东莞拉面大王马吾买日的第三个孩子，

正在上一年级。她讲一口流利的普通话，见到在拉面店帮忙的婶婶尤其欢喜，蹦跳着说："婶婶总给我钱买东西吃，婶婶是我的好朋友。"完了她还要别过脸，指着店里二十来岁的化隆小伙计说："这个哥哥才不是我的好朋友呢，他老欺负我。"

这个小伙计是马吾买日带出来的徒弟，一坨一斤来重的面团，在他手中随意拉开叠起，反复几遍，"啪啪"在面粉板上摔打两下，拉开再叠起，如此这般，就能拉出一把细如毛线的面条来。这个过程让马慧玟看得出神。

马慧玟放学之后都回这家小店吃拉面。这是她父亲马吾买日十年前在东莞开的第一家店，另一家就在400多米以外的向阳路上。她兴致勃勃地跑到那家店去找两位哥哥。

大哥马辉军一米六几的个子，头发微卷，大鼻子、小眼睛，长相颇有回族风格，但身穿耐克运动服和球鞋，乍看不易辨认出来。他在读初三，和才上初一的弟弟马辉清一起在店里帮忙端盘子收钱。

一个客人要求在一碗面之外再加面汤，马辉军不答应了，他耐心地跟客人解释，拉面店的规矩就是一碗面里面给足了面汤，不会另外再加汤或卖汤，如果客人另外加了清汤开了先例，以后拉面店就更难做了。

哥儿俩2003年从家乡青海转学来到东莞读书，

对于面店招呼客人的那一套已经很熟悉了，平时中午放学后，他们也回店里帮忙到一点半才去上学。大哥马辉军比较开朗，他和许多同龄孩子一样，爱追名牌，喜欢玩游戏上QQ，泡微博看赛车，但是他没有忘记自己的出身，知道什么能做什么不能做。

2002年5月，马吾买日筹措1.5万元资金，在东莞解放路转租下一间十来平方米的店面，支起一个棚子，买来食材，以约2万元的投入开起了拉面店。

当时整个东莞只有4家拉面店。化隆在全中国已经占去六七成的拉面店份额，拉面单碗售价五六块。马吾买日正在努力站稳脚跟的时候，表哥、表弟以及由此延伸的更多亲戚，也提着包袱来到东莞寻找机会。

马吾买日在向阳路租了一间80平方米的房子，最多的时候有40多个老乡借住在他家。马太太每天起早贪黑地完成工作之后，还要回来给老乡准备吃的，但从无怨言。这一切的帮助都是不计回报的。

53岁的刘姐，是东莞本地一位退休工人，烫着红色的卷发，平时说话大大咧咧的。家住马先生高原拉面店同一条街，毫不讳言曾经因为民族、民俗习惯不一样，对这些人有过误解。

2008年，马吾买日因社会事务办一个企业项目认识了刘姐。刘姐为人很爽快，乐意跟马吾买日分享一些理财经验。马吾买日说小时候因为家里穷，小学一年级都没读完，出来这些年都是靠亲戚带亲戚的作坊式扩张，听了刘姐的一些建议，觉得还蛮新鲜、管用。

马吾买日就认定了这个朋友，他每次从老家回来，都会给刘姐带一些当地上好的面、饼等特产，有好吃的随时就打电话叫刘姐来分享。"他们呀，每天辛勤劳作，早上6点起床，给孩子们做饭，送他们上学后8点回店里干活儿，晚上收档已是11点多，洗个澡就躺下睡觉，鲜有娱乐节目遑论享受。是一群淳朴的劳动者。"刘姐挺理解马吾买日他们的，大家相处久了，马吾买日还能操着有家乡口音的普通话，道出个"身正不怕影子斜"之类的俗话来，刘姐就会开怀大笑："别看他只读了一年书，文才还是有的！"

马吾买日的朋友圈子，也慢慢从经常打交道的政府社会事务办、生意往来伙伴，扩大到街坊、食客。

马吾买日从化隆迁徙来莞的老乡们，总共开了800多家拉面店，估算有3000多人，大约占东莞穆斯林总人数的三成。开始时还有过门店互相抢客的情况，2007年马吾买日牵头，召集了一群化隆的老乡，签字约定"两家门面之间应相隔400米"。所以现在以马吾买日解放路的老店为坐标，往南城方向走两个红绿灯，是马么乃的地盘，往莞城走一条街的距离，是马吾买日另一家店面。

经过十多年的发展，在东莞做拉面生意的化隆人，通过拉面经济，在当地站稳了脚跟。马吾买日还因为热心民族事业，当选为东莞的政协委员，成为广州亚运会的火炬手。几乎每位马吾买日亲朋开的高原拉面店，都可以看到他身穿红色运动服、高举火炬小跑的大幅装裱照片。

马吾买日的小女儿上个学期语文考了100分，数学考了98分，大儿子马辉军的成绩属于中上，这给了他很大的鼓舞。

"我们化隆人太需要有知识的人了，我们这些老乡几乎都是小学一二年级的学历。只有教育能够改变人群的素质结构。"只读过一年级的马吾买日，常常跟儿子回忆，小时候家里穷得没有鞋子穿，天气很冷的时候地上结着冰，他只能一只脚站着晒太阳，等那只脚冷得受不住了，再换另一只脚。现在在东莞这么多年，马吾买日家的条件好了，他有了房、开了奥迪A6，只要儿子读得下去，他就供他留学。

马吾买日说："我们早已经将东莞当成了第二故乡。等到我们这一辈老一些了，就回化隆养老，但是冬天的时候就可以来东莞过冬。南方天气比较温暖、湿润，我们也过得习惯。"

这是广东当地的一家媒体报道马吾买日的文章的部分内容，

当时是 2013 年。

作为融入当地社会生活的新莞人的代表，马吾买日一度成为媒体做相关选题时追逐的对象，特别是在他当选政协委员的那几年。

媒体对马吾买日和青海拉面人的关注有一个重要的社会背景，在当时众多媒体的评述中，东莞市地处我国改革开放前沿，是全国流动人口最活跃、规模最大的城市之一。2012 年底，东莞常住人口 829.23 万人，户籍人口 187.02 万人，而流动人口最高峰值曾达到 1000 万人以上，接近广东全省流动人口总量的三分之一。东莞流动人口来源构成多元而复杂，涵盖了全国 31 个省（市、区），民族构成也包含了我国全部 56 个民族。特殊的人口结构也导致东莞特殊的文化生态。人口是文化的重要载体，不同的群体有着不同的经济状况、生活方式、价值观念等，这些来自不同地域、不同文化背景的流动人群，在较短时间内涌入东莞，他们对城市的认同感、归属感还不强，文化与价值观念冲突难以避免。基于此，东莞确立了推进流动人口融入城市社会战略目标，并通过一系列改革创新消除体制性障碍，社会融合取得显著成效，东莞户籍人口对流动人口的接纳度与户籍人口对城市的归属感同步增强。

马吾买日所代表的青海拉面人在收获自己的劳动成果的同时，也享受着东莞这座城市的发展红利，他们对这座城市的热爱、对生活其中的新老市民的感激是发自内心的。

2009 年，马吾买日在东莞买了房子，当时是为了孩子上学方便，2020 年他把户口迁到了东莞，成了一个真正的东莞人。

现在，马吾买日把更多的精力投身于社区公益事业，准确地说是东莞市政府批建的清真寺的管理，他的生意也有所收缩，在东莞除了一个餐厅，还有一个叫东莞市高原吾麻尔牦牛肉有限责任公司的商行，另外在广州一所大学的食堂里开有一个拉面窗口。

他说大儿子大了，已经结婚了，他要换一种生活方式，继续在东莞的后半段人生。

第七章　办事处

　　算来，马成祥出任化隆县政府驻厦门办事处主任快三十年了，这是一个人的小半辈子。

　　1995 年初，甘都镇副镇长马成祥转任厦门办事处时，厦门的化隆拉面馆只有 26 家，从业人员只有 100 多人。这是一个由韩录、马贵福、冶二买的族亲组成的小共同体，当然，它还在随时扩大之中，到当年年底马有永离开厦门时，这个群体已经有 30 多家面馆了。

　　化隆县的官员显然很早就注意到了这个小共同体的存在，韩录从印尼回来后在美仁新村重开"西北清真拉面餐厅"（当时厦门第一家这个名字还没产生）时，就有县上的官员到他的店里做客，韩录保存的一张合影证实了这一信息，那是在 1992 年。

　　关于设立第一个驻外办事处的背景和动机，我们只能看到好多年以后拉面产业引起社会关注后媒体的报道，内容大同小异，修辞各不相同，其中比较细致的说法是：

> 1994 年时，化隆县政府收到的一些信息显示，新到厦门的这些农民工由于语言不通，加上人生地不熟，许多人都觉得有难无处诉，在思想和精神上存在着不同程度的落差感，而当地政府部门对相继到来的青海"拉面郎"的管理工作也遇到不少困难，针对这种情况，化隆县委、县政府 1994 年决定在厦门成立办事处。1995 年，县委、县政府经研究决定，派富有责任心、工作能力强的乡镇干部马成祥到厦门办事处工作。
>
> ——《党的生活（青海）》2009 年第 007 期《"见到马主任格外亲"》

这个在十多年之后推出的说法显然是经过修饰的。事实上，1994 年，100 多名化隆人在厦门的存在并不为当地人所十分注意，他们的活动圈子狭小到对社区生活几无影响。

按照当时对这个办事处设定的政策，工作人员的工资由县财政发放，办公经费和活动经费自筹。

这是一个非常有趣也充满想象的模式，在下海潮波涛汹涌的 1990 年代，全国不同地方不同行业，出现了五花八门的或默认或鼓励公务员和企事业单位职工下海的政策，其中最诱人的还不是停薪留职，而是兼职下海，就是既在岗又经商。化隆县的这项政策显然属于后者。

厦门·马成祥

马成祥赴任后做的第一件事就是自己开店，其中一家就是转自冶二买——这也是后来很长一段时期保证化隆驻外机构良性运行的基本模式。

作为官方选派的办事处工作人员，马成祥面对的第一个棘手难题就是拉面人子女的上学问题。1990 年 9 月，韩录来到厦门时，他的女儿几乎没费什么周折就转学到了铁路小学，但在五年之后，外来农民工子女上学问题已经成为许多城市的管理者遇到的一大政策性难题，厦门的化隆拉面人同样遇到了这个问题。

一篇出自化隆县委宣传部的报道是这样记叙马成祥的作为的：

> 马成祥抓的第一件大事，就是让随行农民工的学龄儿童及时入学。他先逐家逐户到散落在城市各个街道的化隆牛肉拉面馆了解情况，在走访过程中他发现，许多化隆人举家来到厦门开饭馆，孩子就带在身边。一些到了入学年龄的孩子进不了学校，只好在馆子里转悠，饭馆一忙，大人稍不留意，小孩子就会跑到外面闯祸。让孩子上学，是许多面馆老板共同的心愿，他们多次去当地学校求情，可学校要么收费太高，要么死活不收。"现今的社会孩子上不了学，长大后还是受穷的命，我们做父母的心

里不好受，只能干着急！"一位家长的话，让马成祥的心情格外沉重。

通过细致的调查工作，马成祥立即给厦门市委、市政府写了一份专题报告，请求解决来自国家贫困县的少数民族子女就近上学问题，并在借读费等方面给予优惠。让他没有想到的是，报告送出后不久，厦门市委、市政府就批复厦门市教育局督办此事。教育局对此作出了明确要求：少数民族子女就近入学，借读费减半收取（目前借读费全部免收）。1996年9月，第一批青海化隆籍的15名学生终于走进厦门特区宽敞明亮的教室学习。

事情也并非一帆风顺，虽然拿到了厦门教育局的批文，可因为青海籍学生基础差，学习赶不上，部分学校还是以各种理由把他们拒之门外。在厦门金尚小区开拉面馆的马亥非再的丈夫1997年去世了，一个女人带着两个孩子实在太难了，1999年俩孩子到了上学年龄，想在就近的金尚小学就读，虽然教育局有批示，但学校硬是不收。马亥非再急得吃不下饭，睡不着觉，一脸的愁容。得知这一情况后，马成祥多次找到区教育局和金尚小学领导，请求学校接收两个孩子。一次次被谢绝，一次次碰壁，马成祥却毫不气馁，仅金尚小学，他就跑了8趟！最终，学校拗不过他的"死磨硬缠"，同意接收两个孩子入学。当他高兴地将两个孩子送到教室时，校领导摇摇头："真是拿你没办法。"此时此刻，作为母亲的马亥非再喜极而泣，泪水夺眶而出。目前，已有 70 多名青海籍孩子分别在厦门 23 所中小学上学和幼儿园入托了。

——《党的生活（青海）》2009 年第 007 期《"见到马主任格外亲"》

马成祥的这番操作成为教科书式的案例，后来成为化隆县政府驻各地办事处处理相关问题的行为指南。

据媒体报道，截至 2020 年的十四年时间里，厦门市累计为 450 多名化隆拉面人的子女办理了入学、转学手续，这些青海籍学生分别在厦门 30 所中小学上学，二十多年来，这些学生中先后有 20 多人考进了大学，其中包括厦门大学、天津师范大学等著名高校。

1998 年 9 月，"青海化隆（厦门）个体私营工会"成立，马成祥被推选为工会主席。这是青海省外出农民工成立的第一个工会组织，由青海省总工会给予一定的经费支持。这是化隆县政府派出的第一个"娘家人"马成祥的又一个创举，这使得化隆拉面人以集体的形式接受厦门当地工会组织的帮扶成为可能，同时也为拉面人更好地融入当地社会提供了平台。

1997 年，在厦门市总工会举办的庆香港回归卡拉 OK 比赛中，化隆拉面人韩福明获得了优秀奖；2000 年，马生文等 5 人代表工会联合会参加了厦门市第八届工人运动会；2004 年五一期间，4 名拉面匠代表工会联合会参加了由厦门市总工会举办的职业技术技能比武大赛和"凤凰花节"南湖公园美食展活动。

马成祥无疑是具有相当的组织能力和公关能力的人，可以想见，他同时具备很强的说服力。2001 年，他被任命为海东地区驻厦门办事处副主任，不久后升迁为主任。这个办事处的职责范围其实包含了整个福建省，服务对象也不止于拉面人，而是包括了所有海东在福建的农民工。

那篇出自化隆县委宣传部的报道列举了一些事例——

2006 年，互助县东和乡山城村 21 岁的武尚福在福建泉州文宝公司打工时右手不慎被注塑机压碎到医院做了截肢，出院后被认定为五级残疾，公司只支付了 1 万元的医疗费后就不再承担责任。就在武尚福最无助的时候，得知这一情况的马成祥迅速与泉州市总工会联系，要求这家公司按照工伤有关的法律规定给予应有的赔偿。经过近一个月的交涉谈判，这家公司最终支付了武尚福 15 万元的赔偿金。

马福成夫妻是来自平安县古城乡的农民工，在厦门经营一家小拉面馆。2007 年 2 月 7 日晚，这对夫妻 3 岁的儿子马玉龙不幸遭遇车祸，经抢救无效后死亡。哭成一团的马福成夫妻不知找哪个部门解决问题，他们想到了办事处的马主任。马成祥很快跟当地交警部门取得联系，经过数次交涉后，2 月 12 日，当地交警部门就拿出了处理结果：主要责任方支付马福成抢救费 1.5 万元，一次性赔偿 15 万元，并依家属要求，将尸体运回青海老家。

2017 年 1 月 15 日，来自化隆县公伯峡隆康二村的农民工韩牙古白为拉面店采购货物时不幸遭遇车祸死亡。因肇事方为酒驾，负全责，保险公司不予理赔。死者家有 60 多岁的父母亲，还有妻子和两个孩子。马成祥得知后，第一时间赶到殡仪馆。他一边安慰家属，一边联系交警部门，请求尽快尸检，明确责任，此后帮助家属踏上追责之路。马成祥找到厦门市湖里区法律援助中心，帮死者家属办理法律援助手续。赔偿的分歧点在于，是按照青海当地经济收入标准还是按厦门市民经济收入标准赔偿。马成祥和律师经过近六个月的努力，法院认定按厦门市民经济收入标准赔偿，死者家属最后拿到了 65 万元赔偿款。

马成祥坦言，他几乎跑遍了福建省所有的城镇，海东人将拉面馆开到哪里，他就跑到哪里，即使是非常偏远的地区他也去过，因为他要掌握各地拉面馆发展的情况，发现哪里没有拉面馆，他就介绍新来的拉面人去哪里创业。

据媒体报道，二十多年来，马成祥先后为农民工协调处理各种纠纷 120 多起，挽回经济损失 400 多万元。与此同时，办事处配合厦门民宗、伊协、治安、计生等部门做了大量的协调工作，使拉面人这个特殊的群体在厦门在福建逐渐成长成熟起来了。

里程碑

2003 年，至少有两个具体的事件影响了化隆县委、县政府的决策。

第一件事：2003 年初，青海省化隆县委、县政府接到来自广东省有关部门的一封"邀请函"，函书内容的主要意思是请求化隆县在广州开设一个办事处，协调管理新近在广东各地如雨后春笋般冒出来的化隆拉面馆及从业人员。而此时，距第一批化隆拉面馆 2002 年 9 月进入广州才过去了几个月，其时已经发展到上百家，正以每月 10 家的速度增长。（《中国民族》2009 年 9 月 24 日《化隆牛肉拉面·新疆羊肉串》）

第二件事：2003 年年初，曾任职德恒隆乡此时为政协干部的马常明怀着对拉面馆的极大兴趣，以个人身份到珠三角和长三角多个城市跑了一圈，历时 40 多天，他看到了化隆拉面正在经济发达地区蓬勃兴起的盛况和巨大的财富效应，同时也看到了拉面人在所在城市的困境，比如子女上学难、与当地政府部门沟通交流难、遇到合同纠纷没人帮助等。回到化隆后，他向县委、县政府提交了一份调研报告，并申请设立上海办事处。（作家出版社李成虎《嗨！化隆人》）

这时期的化隆，牛肉拉面霸居公众话题热榜长期不降，而且热度持续升高，韩录、韩东、冶二买等先驱者均衣锦还乡，不但在西宁买房置业，而且一亮相就是行业翘楚，韩录是牛肉拉面业的领头人，韩东是酒店行业的领头人，冶二买是餐饮业的领头人，更让人热血沸腾的是，只要被编织进"拉一代"们的关系网，就有可能母鸡变雄鹰，乌鸦变凤凰，"牛肉拉面"四个字有着"芝麻开门"般的魔力，能给所有人打开一个魔幻般绚丽的世界。

而此时的中国大地，正是经济异常活跃、财富快速增长的时期，从城市到农村，全民的创业精神、冒险精神持续激发着全社会的创造力，化隆县的官员们已经无法忽视拉面经济给这个国家级贫困县带来的影响，以及给职工干部个人带来的机遇。

2003年上半年，县委、县政府派出了几路人马分赴长三角和珠三角的一些城市考察，考察人员中就有时为李家峡工委主任的冶生明。

这次考察的成果之一，便是县人事局给政府提交的报告——《关于在有关城市设立劳务办事处的报告》，后面附有一份化隆人经营拉面情况的调研报告。县委常委会在审议报告时把"劳务"二字删掉，直接使用"政府办事处"，如此一来，办事处就是一个政府派出机构，可以和当地政府对接。县委常委会随即做出决定，向各大城市派驻化隆县政府办事处。

这无疑是一项具有开拓性和创造性的举措，它意味着政府开始对自发形成自发组织自我发展的化隆拉面行业承担起了必要的责任，蓬勃发展的拉面行业也让政府看到了农村发展、乡村振兴的前景。组织部门随后通过"自我推荐、组织选拔"的形式在全县党政机关、事业单位和乡镇在职干部中遴选派驻人员，据说当时报名者蜂拥。

为了管理驻外办事处，化隆县成立了驻外办事处管理中心，设在就业局，主任由就业局长兼任。

《大碗传奇：牛肉面传》从更为宏观的视角分析了这一举措的现实意义——

"站在工业文明入口处"（法国社会学家孟德拉斯之语）的化隆农民很快受到了现代城市秩序的考验。社会学家对"农民工进城"现象的论述同样适用于化隆人，虽然基于城市中心的视角未必公正，但大多数比较粗糙的概括基本指向一些大同小异的困境：户籍制度带来的子女入学问题，跨地区流动带来的计划生育问题，证照不全引发的城管矛盾，生活习惯引发的社区纠纷，地区间风俗差异带来的理念冲突，歧视与反歧视、排斥与反排斥带来的紧张，诸多模糊而又确实的问题，一股脑儿地呈现在这些刚刚走出大山的化隆人面前。基于自己的认知体系和行为能力，这些在本质上被定义为"农民工"的创业者几乎无力单独面对这样的困境。由于对城市规则的茫然无措，个体的乏力让他们变得格外敏感，于是，他们常常成群结伙，紧密的亲缘关系和老乡关系使他们在陌生城市总是以群体的形象存在，过于显著的服饰标志又加深了其形象的公众印象。随着进入城市愈深，与社会的张力也就愈大，他们受到的排斥也就愈加强烈。作为刻板的公众形象的一部分，这些人常常用过激的行为维护自己原本脆弱的权益是其中最为人乐道的。

　　而以化隆一些官员和学者的视角，他们的观察往往带有自责的色彩，诸如"我们的人文化素质低，法律意识淡薄""有些人把乡村的习气带到了城市"，等等，都是比较普遍的看法。在 2003 年之前，化隆县政府不断接到来自广东、江苏一些城管部门的函件或电话，在以官方的名义抱怨这些拉面人给城市管理带来的种种麻烦之余，委婉地请求化隆县政府能够帮助他们解决这些问题。

　　时任县长马吉孝对此做出的反应具有划时代的意义，在后来的化隆拉面人眼里这是一个里程碑式的官员。

　　2003 年因此也成为化隆拉面发展史上的一个里程碑。

　　这一年，化隆县政府开创性地推出两项举措，一是向化隆拉面密集的城市派遣办事处，负责协调拉面店与当地政府的关系，为拉面从业人员在办理暂住证、子女上学、计划生育、处理经济纠纷诸方面提供帮助，同时以政府之手规范拉面人的经营行为，使失序的化隆拉面行业回归秩序。二是给外地创业的拉面人派发一本"打工护照"——以县政府的名义颁发的劳务输出证。这个证件的设计独出心裁，充满了温情和良苦用心，扉页上是县长马吉孝撰写的前言，在以谦卑的语气介绍了化隆之后，恳请化隆人所在的地方政府，对这些来自国家级贫困县的人尽可能地提供帮助。后面是化隆县计生、公安、教育、民政、就业等部门的审核意见。这本"打工护照"在改善化隆人的劳动创业处境方面发挥了重要作用，据说，在江苏的一些城市，正常办理两证和经营手续需花费 1300 元，手持"护照"的化隆人只需交 60 元即可。

从 2003 年 8 月开始，化隆县政府先后分五批在全国 65 个城市设立了办事处，选派工作人员 98 名(后来，经过裁撤合并，保留了 48 个办事处 62 名工作人员)。这些办事处的工作人员多是县属机关、事业单位和各乡镇的干部，政府给他们的待遇是：工资由政府发放，活动经费由他们自己开拉面店赚取。

第一批派出去的 22 名干部均与县政府签订了合同，合同中最重要的一项内容是他们每人每年必须完成 20 人的劳务输出任务，合同期五年，也就是说每位工作人员总共需要带出去 100 人到所驻城市就业。在当时热潮涌动的拉面热的背景下，这样的任务指标并不高。

然后，拿着一纸化隆县政府签发的公函，这些办事处的工作人员分别去往上海、广州、苏州、杭州、济南、武汉等城市。

广东方面发给化隆县委、县政府的"邀请函"也得到了积极回应，李家峡工委主任冶生明转任广州办事处主任，他是这一批中出发最早的人，在别人还没有准备好的时候，他已经到了广州。

有媒体报道了冶生明初到广州的情况：

> 2003 年 7 月，化隆县驻广州办事处主任冶生明带着他的 6 个部下，在广州建起了四处流动的驻广办，7 个人都是公务员。"我们是国家重点扶贫的贫困县，县财政极端困难，政府没有给任何经费，驻广办的一切费用全部自理，包括住房、交通、手机等一切费用。"满脸皱纹的冶生明说。驻广办 7 人中，除了冶生明，其他 6 人要么是自己就在开拉面馆，要么是帮助亲戚在开，拉面馆维持他们驻广办的全部活动经费。
>
> ——《广州日报》2005 年 8 月 18 日《两千"驻广办"彰显广州影响力》

另据报道，冶生明在广东不到一年的时间里，他个人先后开了 7 家拉面馆，其中 4 家转让变现，自己参与股份的 3 家面馆 2004 年的收入达 10 万元以上。与此同时，他还将亲戚圈中的 38 人带到广州、佛山等城市开店，算是超额完成了合同任务。

同时，政协干部马常明也如愿成为上海办事处主任。

我们同样可以从媒体的报道中管窥当时的情形：

> 马常明刚到上海时的经历几乎与所有到上海经营拉面馆的化隆人一样，那时，他连住的地方都没有，用他自己的话说，就是个"挎包办事处主任"。

他每天边找店面，边调查化隆人在上海开拉面馆的情况。每天天一亮，马常明就骑上旧自行车，带着一个灌满白开水的大瓶子出发了。"我整天在街面上转，找到一个老乡的店，就进去聊一会儿，灌上点水，然后再找下一家。晚上走到哪里，就在那个店里借住。"三个月后，他基本摸清了情况，也为自己找到了一个店面，位于松江区的九亭镇。拉面店开起来后，他交给弟弟经营。这样，他终于有了一个自己的落脚点。马常明初来上海，就已电话不断、忙碌奔波了，他成了在沪老乡们的依靠。老乡们的面馆店面合同到期了，要续约，他怕老乡因缺乏法律知识而吃了亏，便马上赶过去，帮着看合同上的条款。碰上店面的拆迁问题，他又是那个站出来成为保障老乡利益的交涉者。他常常说，只要合乎法纪的，他作为老乡与政府沟通的桥梁，应该尽最大努力，保障他们的权益，让他们在上海生活得好一点儿。

——青海新闻网 2009 年 3 月 6 日《马常明和上海的 1600 家化隆拉面馆》

马常明初到上海时，上海有多少家化隆拉面馆已无法考证，但一定不会很多。西北楼老板韩玉良是 2003 年到上海的，他认为他是上海最早的一批拉面人，一开始他是给哥哥的拉面馆跑堂。"当时的上海人都不吃拉面，好多人过来看一下，不吃，我们就把案板支在门口，表演拉拉面，吸引过路人。他们看到拉面可以拉得这么细，特别好奇。慢慢地，把他们吸引进来，慢慢地认可了，才装修了厨房。就这样，拉面在门口做，炒面在厨房做。过了三四年，上海的拉面就遍地开花了。"

而在化隆官方的材料中，在接下来的一年多时间里，办事处主任马常明东奔西走，详细统计在沪拉面馆的信息，截至2004年底，被登记在册的数量达到596家。上海，这个中国第一大城市如此迅速地接纳了为生计而奔波不息的青海农民，以其开放包容的胸襟为他们提供了安身立业之所。除了化隆人，此时的上海，来自循化、互助、西宁、平安、贵德、尖扎的农民所开的拉面馆至少达到了140家。

也就是说，在上海一地，截至2004年底，"青海拉面馆"就有至少700多家——无论它叫兰州拉面还是西北拉面，抑或叫兰州牛肉拉面。

苏州 · 唐文福

唐文福是2003年第一批赴任苏州和张家港办事处的。此时的苏州，化隆拉面馆已经达到了500家左右。

转岗之前，唐文福是县政府办公室的干部，曾任职发改委，做过县经济体制改革办公室主任，这是个让许多人羡慕的职位，但唐文福却有自己的想法："我在政府的那个楼上待了二十多年，刚好有这个机会，出去为拉面人做点事，自己也挣点钱。"

唐文福说："我们第一批出去的时候，县上说所有工作人员待遇不变，公务员也好，事业编制也好，都不变。没有经费，出去后先做好自己，站住脚，然后再把工作做好。"

当时的许多办事处主任都是匆匆赴任的，以为拿着一纸公函便可畅行无阻，结果一头扎进乱麻团，受了不少的委屈。唐文福因为在机关工作二十多年，拥有丰富的对外合作联络工作经验，所以他赴任的时候，必要的文件、公章的启用通知等都准备齐整，全部带在包里。"在走之前，我先跟苏州市、张家港市的发改委联系，因为办事处的工作应该是属于经济协作方面的，归发改委管。我给两地的经协办写了一个基本情况，把我们政府发的函附在后面，发给他们的发改委、民政局，三天就批下来了，给我发来了传真，是两地政府同意设立化隆办事处的函。"唐文福说，"全国的办事处中，只有我是拿着当地政府同意在苏州、张家港设立办事处的函上任的。"

拿到这个函，他一过去，马上就自掏腰包，做了个牌子，找了个像样的拉面店，挂在它的门口，办事处就这样成立起来了。

别人的办事处在包包里，你的办事处还有个店面。

那是一开始，后来当地政府给我解决了办公室。在陌生城市，你想要站住脚，就需要与当地政府配合，要做出点成绩来。刚去的时候矛盾纠纷特别多，我们一知道状况就给他们打电话，或者是他们先知道给我们打电话，双方都第一时间赶到，妥善地把这事情处理完。慢慢地，他们发现我们的协助工作很重要，便给我们解决了办公室、打印机、传真机、电脑等，包括那些牌匾，全都给我们解决了。所以，现在我们的工作基本上走上正轨。

现在享受这种待遇的办事处多吗？

不多，也就武汉、苏州、张家港、无锡、上海、广州等少数几个办事处。

当时你是靠什么来筹措经费的？开店了吗？

没有。当初有这个想法，因为化隆有个人欠了我很多钱，可他又还不了。他家没儿子，就是几个女儿、一个外孙。那是我以前上班的时候，他朝我借的钱。我曾帮助他在化隆、西宁开过店，他的家人炒菜、烧烤、拉面全都会，我当时有个打算，既然他还不了我的钱，我就帮他在下面（江苏）开店，我出钱，他经营。结果下来以后，他却生病了，我又垫了些钱给他看病。病看好了，没几年他又去世了。店也就没开成，真正的人财两空。作为公职人员，我没条件自己开店。

那你的办公经费怎么来？拿什么补贴？

拿工资啊。

工资不够呀。

不够就借呗，找领导想办法，能报就报点，报不了就自己出，没办法。

你在那个地方十几年，一直没有自己的事业？

前面说的开店那个事情没实现，之后，西宁城北区正在开发生物园区，我有个朋友在西宁开了好几家卖青海特产的店，他自己也研发有不少产品。然后我签了几份合同，在苏州、张家港、常熟开了三家店，卖青海特产，这样我就不用自己出资了。一开始，办事处的事儿比较多，平时出去工作的话，店里的事顾不上，精力也顾不过来，就主要靠和药店合作。慢慢地，资源多了，也掌握了一些技巧，干脆不和他们合作了。我自己买了冰箱，卖虫草呀什么的。

你老家是化隆的吗？

我祖籍化隆的，生在尖扎县。

想象不出你们跑到当地的各个部门，民政局呀民宗局呀，是怎么求爷爷告奶奶，给化隆人服务的。

流动人口是属地管理，我们是协助他们管理。那时候除了学生上学的事和一些刑事、治安案件之外，也没有多少事儿要去求他们的。

刚去的时候，八年左右的时间，艰难得不得了。人家（拉面人）不认我们，认为我在外面开拉面馆，自己挣钱，与你政府有什么关系。那时候开展工作真的很难，好多找我们让我们帮忙处理的事是治安方面的，打架啦，交通事故啦，矛盾纠纷啦，特别是房屋租赁，有合同的，没合同的，他们搞不定了，就来找我们。我们出面给他们办了很多很多事。事情办成了，他们觉得理所应当，办不成了，他们就觉得你欠他们的。

> 拉面人来到陌生的城市，举目无亲，没知识，没文化，又不识字。在这个情况下与当地居民和政府部门发生的冲突多如牛毛，各种各样的麻烦，他们自己没能力担当，肩膀太瘦弱，承担不起，最后肯定要找你们嘛，因为你们是政府的代表。

苏州对拉面人不是一般的好。因为苏州的外来务工人员很多，各个省、各个民族的都有，但他们却专门针对拉面人出台相关政策，政府函抬头写的是"关于青海回族子弟入学的函"。这都是我们办事处帮着办下来的，费用也是我们付的。

包括城管、卫生等部门，都对拉面人好得不得了。

办事处工作开展起来以后，我们建立了13个流动党支部，除了办事处人员之外，大部分党员就是我们的拉面人，入党积极分子现在有200多人。

现在你们办事处人基本上都有自己的生意?

没有,大部分人没有。最近几年,政府不允许公职人员做生意,但有活动经费,基础经费是 5000 元。哪怕办事处有 10 个工作人员也是 5000 元,然后根据你管理的人数和工作量大小,适当往上加一点儿。最近几年的经费还是有保障的,虽然不够,但是拨付多少就是多少。

唐文福口才很好,记忆力超强,他所讲述的故事细节生动,妙趣横生,让人常常忍俊不禁,捧腹大笑。这些故事中既有拉面人的辛酸、无奈、无助,也有主任们的机智、辛劳、委屈。在处理各种事情的过程中,他对与苏州市及江苏其他城市的各个局委、市长、书记、区长打交道的故事娓娓道来,如数家珍,那既是波光流转的城市烟火,也是麻乱纠葛的职场秘辛。让我对办事处的意义有了更深的理解,只可惜,有些故事只可作为谈资,不宜形诸文字。

济南·谭胜林

谭胜林是 2003 年第一批被派出去的办事处主任,虽然设立的是济南办事处,他负责的却是整个山东。

这是一个年轻时就不甘雌伏的人,大学毕业后在甘都镇做过教师，马真是他的学生。后来他被调到县城建局，1997 年还组建了化隆的城管，当时的名称叫城市监察大队，化隆县的市容市貌管理办法和市容管理办法还是他起草的。2000 年，"化隆造"声动天下时，他被派到一个造枪最严重的村子做了一年多的村支书。

他的妻子毕业于西南大学生物学专业，和他一起在甘都镇当过老师，后来调到化隆县畜牧局做技术工作，期间在西宁注册了一家生物公司，利用业余时间经营生物制品。

谭胜林在赴任济南办事处主任之前帮衬过妻子的生意，积攒了一些商业经验。他认为在办事处主任里面，他算个特例。"好多办事处主任出来之前是单位工作人员，对生意一窍不通。所以我们最早出来的 22 个人，几乎一大半都回去了，第二批出来的也有许多回去了，为什么？待不住。有的主任从这个城市转到那个城市，转的原因是什么？他们生存不下去，没经费，连续三年一分钱都没有。到了第四年，每年的经费多的有五六千元，少的有 2000 元，给我是 3000 元。一年 3000 元能干啥？从 2015 年开始，又给到 8000 元，最近几年开始又有所增加。"谭胜林说。

由此看来，当初那些兴高采烈赴任的办事处主任中，并不是所有的人都实现了在职创业的梦想。除了一开始选择了拉面店的人，其他的人多多少少体验了一番颠沛流离的艰辛。

谭胜林没有做唐文福那样粮草先行的准备，一头扎进陌生的山东后才发现，县政府开具的那一纸公函没什么作用，"根本没人理会，不把我们当回事儿。"谭胜林说，当时的山东各地政府，可能还没有注意到化隆拉面群体的存在，没遇上什么事儿，就不把你当回事儿。于是，他便成了一个地地道道的流浪者，"一枚公章一个挎包，挎包里面就是'办公室'。"事实上，这也是大部分办事处主任共同的境遇。

流浪者谭胜林先把山东转了个遍，他要选择一个合适的城市扎根。当时潍坊只有两家化隆拉面馆，一家刚刚倒闭，一家还在勉强撑着，威海、烟台一家都没有，他转了一圈连饭都吃不上。如果发展拉面馆，这些城市潜力无穷，后来他的确将很多青海人带到了那些城市。

但初到山东的谭胜林只能选择驻扎济南，因为这个城市不仅繁荣，而且吃饭方便——他不是冲着开拉面馆去的，所以首先关注的是自己的生活是否方便，他在济南古老的回民区租了一套房子安顿了下来。

在一篇题为《黄河往事》的怀旧散文中，谭胜林颇为用心地描绘了他的这一套住处——

> 我家住泺源大街回民小区1区，东西向的二楼。窗外是丘处机的道观——长春观。往西十几步出了长春观街，就是南北走向的饮虎池街；东边隔着围墙、栅栏是趵突泉公园，里面有我最喜欢的诗人之一李清照的祠；北边出了剪子巷就是五龙潭公园，往北继续步行约30来分钟，穿过制锦市，就是大明湖。三面荷花四面柳，一城山色半城湖。

那一年，谭胜林35岁，他说："我是挈妇将雏来到泉城济南的。"果决地让妻子放下西宁的生意，显示出他对山东的商业生态是充满热望的。和大多数办事处主任的想法不同，他从来没有想过去开一个拉面店，虽然他的服务对象是拉面人。

一开始去的时候，你靠什么生存？

我是 2003 年出去的，2004 年我们贷款买房子的时候，我和妻子的工资合起来才 1600 多块钱，还掉 1048 元的房贷，手头只剩下 500 多块钱。当时银行的工作人员还说，你俩贷这么多钱，剩下这点钱怎么生活？她的话让我至今记忆犹新。在济南，我租了个房子，两室一厅，因为在顶楼，所以房租比较便宜，每月600 元。当时我们的工资卡是农行的存折，出了青海省就不管用了，全国没联网，取不上钱了。于是放在家里，没拿过去。这样的话，我就从内心把自己想象成一个没有工作的人，每天骑着个电动车奔波。

在西宁开公司的时候，我们是广州康嘉达生物公司、陕西505 集团保健品公司、药品公司及广西、四川等几家公司在青海的总代理。到了山东以后，我跟济南的总代理联系上了，我说我做你的分销商，他当然很高兴了。在青海我们是总代理，比如一种药六块五一盒，到了他那儿，他加两块钱，八块五，但是我没有风险。我拿了他的一些药，钱先欠着，铺到各个药店里面。

有一天，药店的老板给我打电话，让我赶快过去，说是从聊城过来的一位顾客要参芪降糖胶囊 30 盒。我手里没货，就跑到部代的库房里面拿了 30 盒，一分钱都没投，赚了 700 元。一会儿工夫，这个月的房钱和水电费都挣来了。后来，我自己也开了家药店。

一开始，主要做医药，后来医药不行了，我就给沃尔玛这些大型超市供应西北的特产，像济南市场上的青海牦牛肉干就是我最先做起来的，还有青海的油茶、甘肃庆阳的新一代甘草杏，都是我供应进去的。很快地，我就融入了当地，基本忘记了我是有公职的人。

但你是和县政府签了合同的，是有任务的。

工作当然要做，每年都要汇报，上面领导也会下来视察，视察的时候我要接待。2003 年，短短几个月，我就发展了 8 家拉面馆，比如威海，当时一家都没有，我叫我三个堂叔过去开了三个面馆，然后把化隆、民和、循化的好多乡亲带过去，一年以后，威海就超过了 50 家。

不要说一年 5 家，一年 50 家我都能完成。特别是 2009 年济南亚运会以后，拉面馆像滚雪球一样，发展速度太快了。以济南为例，亚运会之前有 20 家，但是亚运会之后，就开始暴增，2010 年就一下子从 40 家增长到 80 家，翻倍地增长，现在（疫情之前）已经有 300 多家了。刚才说了，威海，我堂兄是第一家，现在已经有 100 多家；潍坊以前没有，现在有 200 多家；烟台也是从无到有，现在有 100 多家。整个山东，仅化隆拉面馆就超过了 1000 家，如果加上整个青海和甘肃的，超过 2000 家了。

山东这边的情况和长三角不同。长三角那边，按周义仁的说法，2008 年达到了高峰，而山东这边的发展明显滞后一些，但这时候就不仅仅是化隆人了，海东其他县和甘肃人的拉面馆也占据了半壁江山。

是，化隆人的超过了一半，其他海东人和甘肃人走的还是化隆人蹚出来的路，他们好多都是先给化隆人打工，再从化隆面馆里走出去的。

我给你讲一个具体的例子。我在济南站住脚以后，2005 年就把爱人和孩子接下去了。但是下去以后，爱人干个啥呢？济南芙蓉街是最繁华的街道，有一天，我看到这条街上有个电话亭要转让，我准备把它盘下来。我跟老板谈转让费的时候，旁边过来一个人，说老乡你要这个电话亭干啥？我看他在那儿卖瓜子，一听口音是甘肃临夏的。我说乡亲你怎么在这儿？他说我开饭馆开烂了，欠了 8000 元（还是 6000 元）的债，不敢回家，手里面只剩几百块钱，就在这儿摆了个瓜子摊。他说只要不回家就有机会，就在这儿等着。

这样的人不少，饭馆开倒闭了，再去给亲戚家饭馆打工，或者悄悄地从这个城市离开，到另外一个城市，隐姓埋名，打上一两年工，挣点钱，先不还账，再开家饭馆。这样的人很多。

这可能与个人的运气和能力有关，拉面这个行业本身是不会亏的，有些人可能只是出师不利，但最后还是会挣到钱的，比如你讲的这个临夏人，如果后来他还是选择拉面，应该会成功的。

开拉面馆成功的是绝大多数。我媳妇和我自己后面将近20户人，除了我和我妹妹、小姨子吃公家饭外，其余的都开拉面馆。我是看着他们的生活在发生改变，都在西宁买了房子，都有小汽车。要是当农民的话，永远不可能。尤其是我的亲弟弟，是当时的中专生，司法学校毕业的。2001年毕业以后，已不分配工作，然后一直在外面干，什么都干过，甚至当过营业员，但干的时间都不长。2005年去了深圳，在深圳中发源干采购，结婚后到杭州西湖边和小舅子合伙开了家拉面馆，干了两年后又到广州独自开了家拉面馆，至今还在干。经过这么几年打拼，刚40岁的时候已经在西宁买了房子，家里面也盖了400多平方米的楼房，有一辆十五六万元的车，比他干其他行业的同学都好。

你感觉自己成功了吗？

怎么说呢？从财富的角度，离当初的目标相差甚远。但是，我享受到了体制的呵护，也体会了市场的快乐，既锻炼了自己，又服务了百姓，这样的人生几人能有？感谢那届县委县政府的大胆创举，给了我们机会，让我们换了脑子，开了路子，走出了不一样的人生。

对我来说，最大的收获在孩子的教育上。我女儿是初一转到山东的，在济南上了6年中学，儿子是小学一年级转过去的，初三转到西宁，相当于在济南受了8年教育。一双儿女后来都考上了好的大学，现在都有好的工作，特别是儿子，在上大学期间，既是校园广播的主播，又是班长。因为在济南时他长期练习查拳，身体素质好，是运动健将。我不能说我的孩子比别人的更优秀，但我的孩子懂得敢拼才能赢的道理，敢冒险，不懦弱，脑子活，我认为这与他们在山东受到的教育有关系，在那种教育环境中耳濡目染，孩子眼界不一样，思想不一样，后来选择的人生也就不一样。从这个角度看，我算是成功的吧。

东莞·马永忠

马永忠是第二批派出去的办事处主任，2004 年到东莞，2015 年转到海口。

在东莞十一年，马永忠和其他城市的许多主任一样，开了家自己的拉面馆。"因为一开始，县上没有经费，开拉面馆挣了钱，出去给老百姓办事的话，交通费啊住宿费啊都是自己出的。"

和大多数主任一样，马永忠的工作就是帮助没有文化甚至不会书写的拉面人签合同办手续、解决矛盾纠纷、办暂住证等，和当地政府对接管理事宜。

马永忠和马吾买日在拉面人的服务和维权工作中有交集，但基本上分属两个层面，政府层面的对接，只有马永忠出面，有时还得依靠办事处的上级主管。

马永忠到任的第二年，2005 年，根据国务院《无照经营查处取缔办法》和广东省《查处无照经营行为条例》规定，广东省开展了一场清理无证照经营专项行动，各个城市先后出台执行方案并付诸行动，其中所谓的"中山事件"对化隆拉面行业冲击巨大，一时间造成了广泛的不安，成为当时化隆人的一个痛点。

"行动之前，政府也是宣传了一段时间，要求办证，但我们的老百姓没文化，很大意，大部分不去办。有的人去办了，可不会写，一次办不上，就天天去，三趟五趟还办不上，也就不管了。城管给他们开会，他们也讲不清楚，跟城管还发生了几起矛盾。"马永忠回忆当时的情况说。

这一年5月25日，中山市在全市范围内开展查处取缔无证经营的专项活动，化隆人经营的拉面馆因大多数无照经营成为整治的重点。在当天及随后的几次行动中，中山市130多家拉面馆中有近百家因无证经营而被清理（另一个说法是，中山市有200多家拉面馆，有证照的只有20多家），估计经济损失近千万元。

"当时我们在中山有办事处，但说不上话，化隆县也派了副县长、局长去协调，人家理都不理会。"马永忠说，因为中山是地级市，化隆县派出的官员跟对方不对等，"中山让我们吃了大亏。"

东莞市的行动方案也差不多同时出台。"中山事件"造成的震动让东莞的拉面人惶惶不安。马永忠感觉到火烧眉毛，他要做的是迅速向东莞各部门打报告，提出折中方案，恳请当地政府柔性执法。这个报告的核心诉求是统一办证。"个人单独办证的话，大部分拉面馆的经营面积达不到要求，厨房有厨房的面积要求，我们也达不到。还有商住楼可以开店，家属楼底下不能开，我们的好多人都是在家属楼底下开的。"马永忠说，"如果统一办证的话，这些问题都可以绕开。"

这个报告的导语部分沿用了当时流行的化隆官方叙述，讲尽化隆县的自然条件之恶劣，土地之贫瘠，农民之贫困，"由于地处边远，交通不便，信息闭塞，自然灾害频发，产业结构单一，缺乏最基本的生存条件，群众生活十分困难……从 20 世纪 90 年代初开始，饱受煎熬的化隆人民为了摆脱贫困落后的面貌，凭着自己的辛劳和汗水，不畏艰辛，走南闯北，寻求发展之路，异地开办化隆拉面店增收，首批走出去的人在厦门、武汉开办拉面店成功后，在他们的影响和带动下，广大化隆贫困农民南下北上创业发展……"在这样动之以情的叙述之后，马永忠代表办事处提出了化隆拉面馆统一办证的请求。

2005 年 6 月 24 日，东莞市政府的一个会议纪要记录了办事处工作的成果。这个由东莞市人民政府办公室发布的文件显示，这个会议的主题是"研究我市穆斯林饮食店无证照经营整治问题"，市民族宗教局、事务管理局、卫生局、工商局、国税局、地税局、城管局、公安消防局、环保局等单位负责人参加了会议。

这个纪要共有三条内容，从中可以看出东莞市政府对待化隆拉面店的"柔性"态度：

　　一、关于思想认识问题。会议指出，我市目前正开展无证经营专项行动，将涉及大量无证经营的穆斯林饮食店。处理好穆斯林饮食店无证经营问题，关系到市民的饮食卫生安全，关系到市场公平竞争，也关系到社会和谐稳定和民族团结，各镇区和有关单位必须加强认识、高度重视、创新思维、各尽其责、能力配合，争取把穆斯林饮食店纳入正常的行政管理。

二、关于工作原则问题。会议要求，在开始穆斯林饮食店无证照经常整治工作中，要遵循"公平对待、合理引导、完善管理、加强服务"的原则：（一）开始工作既要符合国家的法律法规和民族政策，也要结合实际情况适当变通处理，不能存在任何歧视行为，尊重他们的民俗习惯；（二）要加强与穆斯林饮食店从业人员的沟通，耐心宣传教育，合理引导、利用他们的内部组织架构，推动他们接受行业管理；（三）各部门要完善管理制度，改进办事程序，提高办事效率，避免因手续烦琐打击他们主动接受管理的积极性；（四）穆斯林饮食店办证工作中可允许由他们的代表代理，集体办证。要安排专人提供协助，跟踪服务。

三、关于具体措施问题。会议决定，各有关部门要研究适当降低穆斯林饮食店办证的门槛，给予一定的优惠措施。卫生条件方面，只要经营场所固定和从业人员身体健康状况符合规定，其他条件可适当放宽。其他如工商、税务、环保、城管、消防等方面的要求也要适当放宽，并减免一定的税费。近期要在莞城开展穆斯林饮食店办证的试点工作，具体由市民宗局牵头，会莞城区办事处及有关部门，

通过与穆斯林饮食店从业人员代表具体沟通联系的
方式，集中办证。试点工作结束后，总结经验教训，
形成实施意见，召开一次全市性会议，推广由镇区
牵头负责、集中办证的做法，具体由市民宗局负责。

这个纪要的第三条让马永忠和拉面人激动不已，东莞在此后
的化隆人口中，成为他乡明月中最明亮的那颗。"经过我们协调
以后，先全部办证，然后逐步解决。对于不达标的，这一次可以
开，转掉后就再不能开了。再开的话，店铺面积、厨房面积要达
标，而且不能在家属楼底下开。"马有忠说，"如果不是这样，一
下子都关掉的话，老百姓的损失就大了。大家都是小本生意人，
有些人贷了款，有些人连家都扔掉了，有些人光一个人出来，啥
都没有就到东莞来了，免费住，免费吃，钱不够的话大家借给
他，还帮他找店，就这样开了一个，因为达不到要求让关了店的
话，损失太大了。"就这样，东莞的拉面店基本上都办了证。

东莞的经验在广东省内起到了示范效应。在办事处和工作组
的协调下，到2006年，广州、深圳、佛山等城市也推出了类似
的柔性措施，适当放宽了办证条件，使众多的拉面店免受专项行
动的冲击。

值得一提的是，中山市人民政府办公室在第二年即2006年9
月29日发布的《中山市开展无照经营专项整治行动月工作方案》
中专门强调以下两条：

各职能部门从疏导登记着手，尊重历史，城乡有别，适当降低准入门槛，放宽申报条件，简化办事程序，对第一阶段调查摸底的无证无照经营户，区别情况，引导一批具备基本条件且无重大危险的无证无照经营户申领证照。

领会政策，区别对待。各镇区要强化大局意识、责任意识和服务意识，坚持"教育在先、查处在后，疏导为主、取缔为辅"，区别不同情况，切实加强引导、扶持和规范。对专业区域、下岗职工经营的无重大危害的行业以及经营条件、经营范围、经营项目符合法律法规的，要督促、引导其办理相关手续，转为合法经营。

可以说，中山人很快向化隆和青海拉面人张开了热情的怀抱，拉面人也主动调适自己，无证经营的时代渐渐退去。

在东莞，化隆拉面馆一度达到800多家，后来受2008年金融危机的冲击，减少到400多家，后来又恢复到1000家以上。而在广州，青海拉面店超过了1800家，化隆人开的就有1200家。广东的拉面店主要集中在广州、深圳这样的大城市，其次是东莞、佛山这两个中型城市。

"路是老百姓自己走出来的，政府的职责就是要引导规范，使它走上健康发展路。"马永忠说，和大部分办事处主任一样，他也是化隆拉面的受益者，不仅在西宁买了房子，而且供读了两个大学生，"如果凭工资，肯定做不到。"

第八章　漂泊者

　　每个拉面人都有一个家加一组家。一个家指的是卡力岗山区或黄河岸边的小院子，它们几乎都经历过衰败—荒弃—翻新的过程，在这一过程中，化隆人和其他海东人由自给自不足的前现代生活跨入财富自由自主的现代生活；一组家指的是创业路上的一个个漂泊者之家，只有极少数人可能会选择一个城市长期栖居（如马黑买、韩启明、马真、马有永、周义仁、马吾买日），而绝大多数拉面人，从一开始就走在漂泊之路上，从一个城市转到另一个城市，从大城市转到小城镇，从东北到海南，从内蒙古到广东，在现代中国，很少有一个以地域为纽带的庞大群体，在华夏大地上进行过如此频繁如此持久如此大跨度的自发性的漂移，他们每到一地都会建立一个完整的家，丈夫、妻子、孩子甚至老人、兄弟姐妹同居一堂，亦苦亦甜，亦喜亦忧。就在这一个个异乡的家里，他们完成了自我的蜕变，改变了"化隆人"（海东人、青海人）这个词语的内涵。

漂泊者都是不甘于平庸、不满足现状的人，他们的路总是在远方，他们的家总是在异乡。

漂泊者在行走的过程中，与世界产生更多的接触，与社会产生更多的互动，他们在提升自我的同时，也改变着自己小世界里的人文生态。

在化隆，在海东，在青海，每一个漂泊者个人的传奇，构成了整个拉面群体的传奇，每一个漂泊者个人的奋斗史，构成了拉面人的这部史诗。

朱振丰：家在远方

从武汉回来后，朱振丰本来暂时忘掉了拉面，因为他的化隆第一家干洗店生意很好。

这位前黄金公司的员工对武汉的酷热还心有余悸。

他的妻子似乎比他更有勇气，或者说对拉面的致富效应有更深刻的体会。当她和一位姐妹去重庆旅游的时候，看上了一间门面房，马上就给丈夫打电话报喜。"她为啥热衷于拉面馆？"朱振丰说，"因为利润好，而且开一两年或几个月转出去就能赚钱。"

听从妻子的召唤，朱振丰把干洗店打给小姨子，飞赴重庆。

这是在 1999 年，重庆还几乎没有拉面馆。朱振丰的拉面馆并没有受到预期中的追捧，重庆人口味很重，对当地人来说，他所奉献出去的这碗面味道太淡了。如果换作别人，可能会及时调整调料比重，做一碗够麻够辣的牛肉拉面，但朱振丰却消极地等待重庆人的认可。这个面馆开了九个月，只赚了一万元。再也没有支撑下去的必要了，把店转让给当地的一个女孩子，朱振丰和老婆回到了老家。

他的弟弟朱振云和他一起从襄樊转战武汉时，因为没有找到店面，曾在他的店门口烤羊肉，后来去了合肥，开了一家店，似乎赚了一些钱，再后来又转往郑州。

此时，朱振云在郑州的生意很好。朱振丰在家里也待不下去，便跑到郑州，一面给弟弟帮忙，一面寻找店面，但郑州并没有留住他。一个月之后，他跑到了上海，除了见识了一下大城市的繁华之外，并没有找到合适的铺面。就这样且行且找，一路找来找去，找到了安徽淮南。

朱振丰发现，淮南人爱吃面，有一种叫扁担面的面食被视为当地特色，但跟西北的牛肉拉面没法比。朱振丰找到一个批发市场，里面整整一排门面房全是空的，房租也很便宜，每月1000元，和房东一商量，租金可一月一交。他先签了一年合同。

2000年，淮南有了第一家化隆牛肉拉面馆。

这个面馆给他带来了极大的惊喜，也给了爱吃面食的淮南人极大的惊喜，一开起来就很火爆，一碗面两三块钱，一天能卖一袋半到两袋面，牛肉也便宜，房租又不高，所以利润很高，收入相当可观。

这个店开了两年，期间，化隆县城周边村子有20多户人家踏着朱振丰的脚步追随而来，"淮南的第一拨拉面人全是我带过去的。"朱振丰说。

两年之后，有一个新来的人看上他的店，两人一商量，5万元转了出去。之所以如此痛快，是因为朱振丰已经不满足于这个小店，他想开一家大点的。

如他所愿，在淮南的第二家店一天能卖六七袋面，"这一家店把钱赚了。"朱振丰说。

在淮南，夫妻二人把两个孩子也带了过去，孩子们没有任何障碍地入学面馆附近的小学，一个上一年级，一个上四年级。

这家店又经营了两年，因为家里有事，他们转让了店，回到了化隆。

在家里待了四个月之后，朱振丰又出发了，这次去的是广州。

这是2004年，朱振丰在家里接到一个朋友从深圳打来的电话，他说他一个月能存3万元，"我不相信，这也太多了。"他说。"真的！"朋友向他保证。

于是，他南下广东，第一站去的是广州，因为他的舅子在广州市开店，生意也很好。

此时的广州，冶生明的化隆办事处刚成立不久，但广州的拉面店不是很多，化隆人主要集中在佛山。因为佛山这样的中小城市投资门槛较低，对于大多数化隆人来说，是再合适不过的选择，而广州的消费水平太"发麻"（青海方言，厉害的意思），一般人"吃不住"（青海方言，承受不住的意思）。已经在淮南赚取第一桶金的朱振丰看上了广州。

这一次，他比以前从容很多，在广州找店找了一百天，才在白云机场生活区里看好一个店面，接了下来。这个店他一干就是九年。

在朱振丰的印象中，自他到广州的这一年——2004年开始，一直到2008年，广州的拉面馆如雨后春笋一样涌现，是突飞猛进发展的阶段。朱振丰的这一印象和周义仁在苏州感受到的全国气象基本吻合，广州只是比苏州稍晚两年，比佛山也稍晚两年。这时候，厦门和武汉的一代拉面人已经积累了相当的资本，新一代有资本积累的人也进入到拉面行业，他们中许多人选择了大城市，珠三角的广州、长三角的上海迎来了拉面馆的兴盛时期。

朱振丰在广州的这个面馆能摆7张桌子，他雇了4个人，经营时间也不算太长，晚上9点半下班。因为人流量大，加上价格也高，一碗面能卖到4元，开业不久之后，每个月的收入除掉各种开支，他能存2万元。

广州的天气对来自高原的化隆人来说同样酷热，因为巨大的财富吸引，很少有人抱怨。被武汉的酷热逼退的朱振丰在广州却忍了下来。

"我在广州开了九年，在厨房里炒了九年，牛皮的皮带断了四条，是被汗水腐蚀断的。房子没有通风，客厅里面装一个3P的空调，根本不起作用。当时不知怎么想的，广州那样的天气，一个摆几张桌子的小面馆，里面还烧的蜂窝煤，七芯炉子整天烤着，你说人受得了吗？媳妇晕倒了，不知道是中暑，还以为是别的病。我隔壁刚好有一家诊所，进去一看，人家说是中暑了，用酒精把身体擦拭了一遍，又买两根冰棍放在太阳穴两边。过了一会儿，人就醒过来了。"回想起那些辛苦而兴奋的岁月，朱振丰憨厚地笑着说，"洗不上澡，晚上坐在大盆里面，一个浇一个洗。挣钱很快乐，可那苦一般人下不了。"

2013年，为了给妻子看病，他们决定打掉饭馆。正在这时，有一个小伙子来到他的店里，群科古城人，曾是他在武汉开店时的小工。"这个孩子我五年没见了，三天前我还梦到他，三天后他就来了。他并不知道我要转店，聊天过程中他说他想盘个店，我说你要看上的话我把我这个转给你。"朱振丰说，有趣的是，九年前，正是这个小伙子给他提供的白云机场生活区这个店面的信息。

2013年初，在转让了广州的店之后，他和妻子回到化隆。

三个月之后，朱振丰又出发了。这一次，他又跑了小半个中国，且行且找店。

第一站，他来到了内蒙古呼和浩特市，这里的拉面馆以平安人居多。循着一条转让信息，他找到了一家平安人的店，一天能卖二千七八百块钱，一年租金7万元，合同两年一签，24小时经营，每天只能休息两个小时，他犹豫一番，选择了放弃。

然后，他又跑到了安徽淮北，因为有信息说这里有个店要转让。他考察了这个店，一天能卖三四千块钱，房租不高，在医院旁边，人流量很大，但因为店面结构不好，他考虑将来不太好转，而且没有清真牛肉供应，意味着牛要自己宰。

这时候，他接到家族里一个小朋友的电话，他说你在淮北干啥，赶快到徐州来。于是，他坐上大巴，不到40分钟就到了徐州。这个小朋友的店位置很好，在徐州中医学校后门，门面房只有一家，面价一碗三四块钱，因为是简易房，租金便宜，一年一万元，两口子加一个洗碗的，一天能卖一千七八百块钱。

在徐州的三天里，他发现大街上没有拉面馆，不多的拉面馆都在小巷子里。

此时，他又接到一个朋友的电话，说你在徐州干吗？赶快到南京来。

他到南京一看，这个城市真好啊，车水马龙，人流量大，消费水平也高。那位朋友的店在南京市通宝电子厂门口，火爆得不得了，早上还没开门，外面就有人排着队喊："老板开门，老板开门。"老板就在里面喊："我们的面还没和好。"他怯怯地问朋友，一个月能挣多少？朋友说刨去所有开支，能赚个八九万元。

这个朋友也是一个漂泊者，在南京的这个店开了两年之后，120万元转掉了。此人后来跑到上海，160万元转来了一个店，一年多一点时间就收回了投资。

朱振丰说："这时候的拉面人已经认识到，城市越大越容易赚钱，消费高，人流多，打工的人上班紧张，拉面来得快，匆匆吃一碗就走了。"

这一次，他在南京立住了脚。

2013年7月，朱振丰掏45万元接下了一个200多平方米的大店，厨房很大，店内两卧室一卫生间一洗澡间，餐厅里放了12张桌子。但因为没有装修，上一家一天只卖一千五六，所以转让费要得也不高，55万元，他讨价到45万元拿下。开了37天以后他进行了装修，花费5万元，把店收拾得富丽堂皇，用他自己的话说"舒服得很"。

这个店是他和舅子合伙开的，生意一直很平淡，开了一年，一天2200元的营业额，死活也上不去。第二年7月，他给了舅子16万元（当初投资10万元），打发他回化隆。令人称奇的是，从舅子离开的那天开始，他的营业额持续上升，不久便达到了一天二千七八。朱振丰形容当时的情况："我用电饭锅蒸米饭，舅子在时一天一锅，他走后一天九锅十锅。"

这个店在南京航空航天大学后门，外国留学生多。他的老婆社交能力强，经常把留学生拉过来，请求教她说英语，土豆怎么说，米饭怎么说，面条怎么说。如此下来，她不但学会了很多英语，还和学生们交上了朋友，生意就是那样好起来的。

在南京开了四年半，2017年年底，他把店转掉了。这一次，在他身上又发生了件令人称奇的事，此前有人出价98万元转让，他没答应。这次刚释放出转让的消息，第二天就有化隆老乡来接手，放下5万元定金后开始观察，从这一天开始，营业额持续下降，没有任何缘由，最后无奈以55万元的价格转掉了。

之所以从南京回来，是因两个跟随他们一路漂泊过来的孩子大了，儿子已经工作，准备娶媳妇，女儿大学毕业，准备参加工作。此时，他的家已经搬到西宁，有房有车，生活看起来十分美满。

等一切安排妥当，他决定在家门口继续开餐厅。2018年夏天，他在西宁城北交通学校旁边找到了一个店面，这是一栋小楼，总共320平方米，带有一个超市和一个烧烤店，因为大街上没有门面房，无人竞争，所以生意很好，一天能卖 3000 元左右。最终，他以 45 万元的转让费接了下来。

他的上家显然不是个成熟的经营者，朱振丰从菜品质量到环境卫生、服务档次几方面下了一番功夫，餐厅的营业额迅速大飙升，很快他就卖到一天五六千块钱。

这个店的主要消费者是职校的学生。开了两个学期，可观的效益让他信心大增。趁学校放暑假，他对餐厅进行了重新装修，桌椅全换了。

新餐厅刚经营了一学期，疫情来了。

等了一年，学生没出来；等了两年，学生还没出来。房东说要么把房租交了，等；要么把房里的东西全部留下，走人。

他选择了后者，近 60 万元的投资被时间化为轻烟。

朱振丰说："疫情之后，我很想接着干。但是没有流水，没有营业执照，贷款贷不出来。"

马学明：在路上

进入拉面行业二十年，马学明似乎一直在路上。他把每一个城市当成了驿站，他在其中充电加油、补充给养。他一路奔波，一路成长，把奋斗者的漂泊状态放大到了极致，一如现在，他对拉面的想象力又刷新了拉面界的普遍认知。

群科镇的成长环境与卡力岗大山深处不可同日而语，20 世纪

90 年代的卡力岗孩子大多没有完成九年义务教育，群科镇的马学明可不一样。初三毕业那一年，马学明报考了一个中专，当年那个学校的分数线是 368，他考了 521。这个成绩很快就对他失去了意义，因为家里的一些变故，他放弃了上学。

马学明说他喜欢物理，尤其是电学，他可以做到不学自通。家里的事情过去之后，他开始自学电机学，用了十个月的时间搞通了电机学的基本知识，如汽车电路、交流电机、直流电机，等等。随后，他通过考试招工进了六一桥旁边的一个国营电机厂。

在这个厂干了十个月，他认为电机行业的全部手艺已不在话下，然后跑到化隆县扎巴镇的阿岱街上开了家门店，修理汽车、电机。

那是他的第一次创业，时间不长就关了门，并不是因为生意不好，而是因为他很快意识到修理电机只是个手艺，而且是一个即将被淘汰的手艺，当时集成电路已经出来了，凭这个手艺吃饭的日子不会太长。

2002 年夏，21 岁的马学明去了上海，因为他的好多亲戚都在上海开拉面馆。

此时的上海，化隆拉面人进去不久，面馆还很少，而且都在远离市区的小城镇。

马学明去的是松江区的九亭镇，距上海市区 18 公里，因为四年前松江才撤县设区，区属的各个城镇此时正迎来大规模的开发，外来农民工很多。

马学明的姨夫正在这儿开店，因为主要面向来自北方的农民工，生意相当不错。马学明觉得开个拉面馆也太简单了，只要开门就有生意，而且只卖拉面就行，连炒面那样稍微复杂点的东西都不需要，大碗 3 两 3 元，小碗 2 两 2 元，一袋面能卖 300 多元。

在当时的九亭，几千块钱就可以开个店。因为当时没有转让费，而且租金很便宜，多是一月一交。几十块钱一张桌子，几块钱一把凳子，一口锅，一个七芯炉子，随便买张二手桌子，铁皮一钉当面板，就可以开起来了。

马学明曾经见识过像样的餐厅。他的父亲曾在西宁开过农家院，那可是各种炒菜俱全的，他曾在农家院实习过一年，由于对复杂的餐饮比较了解，所以当看到当时的化隆拉面馆时，他的认识被瞬间刷新：这个东西太好做了。

但他的要求比较高，门面要稍微阔气一点儿，收拾得要稍微干净一点儿。他选择的店大概 100 平方米，在当时全国各地的拉面馆中，这属于面积很大的店，租金每月 800 元，一月一交，押一月交一月。

2002 年夏天，马学明正式进入拉面行业，花了 1.2 万元开起了第一家店。

第一家店他开了 40 天后，以 3.2 万元的价格转掉了。这并不是他开店的初衷，但正开着，有人过来要求转让，双方一商量，转让费很诱人，他就断然转掉。这个店投资 1.2 万元，40 天的纯收入加上转让费，他净赚 3.5 万元。

在 2002 年，这样的高收益令人心潮澎湃。

这个案例也使他找到了一条与众不同的赛道。

马学明的第二家店选址九里亭镇，这是松江区下辖的另一个小镇。这家店与第一家完全不一样，那时候所有拉面馆还没有装修，但他的店有了装修，还配了桌布。这使他的店与其他人拉开了距离，"装修档次的这种意识，所有人都没有。我把环境弄得稍微好一点儿，我的消费群体就稍微高端一点儿，我的面就卖得贵一点儿。"在牛肉拉面大小碗分别卖三元两元的时期，他的面卖到了四元三元。

"卖这么贵，有人吃吗？"参观他的店的化隆人有点不大相信。

刚开始，和第一家店一样，他只卖牛肉拉面，后来增加了炒面。炒面在西宁叫炒炮仗，当时有的店已经开始做了，但不多见。再后来，他又增加了牛肉炒饭、炒刀削面。对于一个在西宁父亲的农家院实习过的拉面师傅来说，这点创新并不难。

这个时期，有所装修的店并非马学明的这一家。据他所知，闵行区七宝镇的七宝老街里有一家民和人开的拉面馆，装修档次很高。那家店是从一家蛋糕店转过来的，装修可谓精美，老板只是把桌子椅子一换，就营业了，生意特别好，一天能卖2000多元。而马学明在九里亭镇的这家店一天也就卖四五百元。

正是这家蛋糕店的装修和它产生的效应，让马学明意识到装修的重要性。

在这家店里他还看到了大盘鸡，这在化隆人的面馆里是不可能见到的，而且，这家店里已经有了专门的厨师。它的出现突破了人们对拉面店的想象。

第二家店开了四个月之后，他又转掉了。这次在转让费上赚的没有第一家店的多，但经营性收入还是很不错的。

这时候，他的手里面已经有五六万元现金了，在初涉拉面行业的化隆年轻人中，就算有钱人了。"自己就不知道天高地厚了，有点飘了。"和来自卡力岗的化隆人不同，马学明并非没有见过大钱，但五个月时间里赚这么多钱，还是有点快。

为什么要转？

"快！钱来得快。在店里面靠经营赚钱太慢了。"马学明说，"那会儿空间太大了，整个九亭镇只有两家店。九亭镇是什么概念呢？有我们一个城东区大。九亭镇以前是最早的工业园区。他们对西北人没什么概念，我们戴着白帽，人家女孩子看见我们就捂着嘴笑。很稀奇我们的帽子为什么不掉下来？"

2003 年，中国刚刚加入世贸组织两年，国际资本大规模进入中国，这个国家正以前所未有的速度推陈出新，新的经济模式迭代更新，市场经济的理念正冲击着旧的商业理念，有知识有思想的年轻一代以全新的姿态踏入这个朝气蓬勃的时代。来自青海僻地的马学明在上海这样的国际大都市，感受到的气象与别的人大不相同。

他本是奔着姨夫去的。姨夫是他的前辈，是他进入拉面行业的引领者，但很快他就发现他们中间的代差。

第二家店转让出去之后，他就买了一辆电瓶车。姨夫们的第一个反应是："哎呀！你买这个电瓶车，你回家的时候怎么办呀？物流的托运费挺贵的，火车也不让带，那么大的东西，你怎么带回去？"

在姨夫这一代拉面人的观念中，挣钱和省钱是生意的一体两面——这和喜欢名牌、善于享受物质生活的韩录是多么的不同，而韩录显然不能代表那一代化隆农民——如果自行车能解决问题，为什么要花 2000 元买辆电瓶车呢？事实上，姨夫们也是这样过来的，他们最初找店的时候就是骑着自行车，从上海骑到昆山，再到苏州、南通，为了不错过合适的店面，只能骑着自行车边走边找。

而在马学明的观念中，骑自行车太慢了，效率太低了，而且关节受不了，还可能把自己骑废了。

接下来，马学明用了五个月的时间寻找下一家店。这时候，他已经不是拉面行业的小白，他对位置和环境有了更高的要求，他整天踅摸在陆家嘴、黄浦、闸北这样的繁华地区，差的店看不上，好的店拿不下来，心气越来越高，身上的钱越来越少，在花掉了近 2 万块钱时，他决定还是回到松江区，因为这里是他最熟悉的地方。

在九亭镇旁边有个泗泾镇，镇里有条步行老街。他对这个地方比较熟悉，这次，当他来到这里的时候，他要找的第三家店出现了。

花了 7000 多元的转让费接手后，他对店面进行了装修，在格局上做了点改变，并且做了墙裙。那时候做墙裙的店是非常少的，在化隆拉面店中，这是唯一的，所以在档次上显得别具一格。

在差不多相同的时间，马吾买日在东莞遇见了沙县小吃，马学明在松江也遇见了沙县小吃，旁边还有一个吉祥馄饨，这两种后来名气大噪的小吃在此时的松江显然比牛肉拉面要流行一些，因为这两家店生意相当火爆。

马学明此时已经有了品牌意识，他想与化隆老乡们那种低端的"兰州正宗牛肉拉面"拉开距离。于是，做了更精致的门头，上面打的是"精品拉面"，下面一行小字：来自兰州。

当时，化隆人已经把"兰州拉面"推广到长三角的主要城市，"拉面"与"兰州"已经无法分割，如果去掉"兰州"，拉面便不是西北的了，更不是化隆人或青海人的了，那样的话，这碗拉面不但成为无根之木，而且成为无源之水。

所以，"精品拉面——来自兰州"是作为新生代拉面人的马学明此时唯一能做的创新。

马学明也把案板和锅支在门外，把拉面过程的表演性发挥到极致，和第一代的韩录们不同的是，马学明更注重细节，他用玻璃把操作空间与马路隔开，服务员穿同样的衣服——这使他的店看起来更接近大上海的气质。

从这家店开始，他的店里不住人了。因为员工们不洗脚，住在店里的话，餐厅的气味特别大，天天催他们洗脚也无济于事。还有，住在店里休息不好，因为天气太热了，是那种让人受不了的热。于是，他便找了个民房，一个月租金300块钱，也挺高的——在西宁租那样的房子也就八九十块钱。

"其实我当时也没有太多的想法，没有想着要做品牌，只是朝着这个方向走，想多赚些钱。想多赚钱就得想办法，别人的一碗面两三块，我想要提成三四块，甚至五块。"马学明说，"当时在上海浙江路有一家面馆已经开始卖五块钱了，但没生意。老板是西宁人，面做得非常好，是按照传统的原汤的做法做出来的，真的好吃，可当地人不吃。店铺不大，也就三四十平方米，摆了两张木头桌子。装修也不是太好，相对来说比较简单，但是墙上挂着字画，是关于牛肉面文化的。我特别注意了他的碗，是兰州的那种边儿有点厚的白瓷碗。那是我第一次在上海真正看到那种碗。"

因为来上海前，马学明在西宁待的时间比较长，他见识过牛肉面的本来面目。汤是牛肉原汤，肉不是肉片儿而是肉丁，地道的兰州牛肉面的做法，但那个西宁人最后失败了，开了半年多就关门了。

这是他在2003年的见闻。

非常有意思的是，与此同时，一个叫大胡子的兰州人做的却是完全不同的牛肉面。这家店位于闸北区的火车站，汤还是兰州的那个汤，面还是兰州的那个面，但他把牛肉给红烧了，"虽不难吃，也算不上好吃，但生意很好。"马学明清晰地记得这家店铺的门前有两三级台阶，是那种老上海的极具年代感的房子。

这两个案例让马学明感慨良多：兰州人把牛肉面开成上海样儿，西宁人把牛肉面开成兰州样儿，结果大不相同。

在这个时期，马学明遇上了周义仁和兰亭——准确地说，是周义仁和兰亭的作品。

"看了以后，震撼！我们什么都不会做啊，当时就看着那些图片，开始在厨房里面研究，但是做出来跟图片的差距很大啊，然后就……走，去苏州。"马学明专门从上海跑到苏州取经，学习周义仁是怎么做的，回来之后再研究，再做。"老周的那些图片就是一个指导手册，里面放的啥东西都能看得见，洋葱、红辣椒、绿辣椒、大葱、胡萝卜……"

当时和马学明一样跑到苏州取经的人不少，那时候感觉苏州就是拉面人心中的"延安"，是灯塔矗立的地方。

马学明的这第三家店卖得很好，但没开多长时间就关门了。因为打架了，跟对面沙县小吃的人。那时候沙县小吃还不多，在步行老街也就两家，比较多的是吉祥馄饨，后者是上海本地一家公司开发的小吃。沙县小吃的老板是安徽人，他认为这家"精品拉面"馆抢了他的生意，便找来五个安徽老乡来闹事，双方打了一架。

2004年，马学明跑到了合肥，和他的小舅舅开了一个店。开起来十几天他就走了，因为他觉得意义不大，生意虽然不错，但环境不是他想要的。店开在合肥市区，其时正在搞拆迁，街面上乱七八糟，尘土飞扬，而且合肥的消费水平低，人文环境也跟上海没法比——虽然在上海，但拉面的消费群体主要是农民工。

然后，他再次回到上海，待了几个月都没找到合适的店铺，就打道回府，回到了西宁。

2004年，马学明在西宁结婚了。

婚后不久，他来到了苏州，因为岳父在苏州开店。

岳父和周义仁很熟悉，所以那段时间，他对周义仁的关注更多一些。"那时候就经常去老周那边，他在观前街，我记得很清楚，人很精神啊，很佩服那个人。"当时，拉面人中要结婚的，不愿意回化隆设宴待客的，就在周义仁的店里办。在马学明的记忆中，周义仁做的里脊、袈裟——那些青海本土菜让他印象很深。

苏州的拉面馆已经很多了，还有人络绎不绝地进来，所以投资门槛也被抬高了。他感觉这不是他的理想之地，跟上海相比，面价不高，成本很高。

随后他又来到上海，兜了一圈还是没找到合适的店铺。

此时，他接到一个朋友的电话，那人在天津宝坻开着一家店，面价还是三块四块（那时已经涨到了三块四块了），但是花两三万元就能开个大店。

他去了天津。宝坻当时只有两家拉面馆，生意都非常好。他在这儿首次见到了凉菜。拉面馆可以卖凉菜，土豆丝一大盆一大盆地往外端，还有鸡蛋。凉菜加鸡蛋，这是他在上海时根本没有意识到的。

在天津的三个月让他眼界大开，周边的很多地方连一家拉面馆都没有，他认为要开就选市场空白的地方。随后他又来到了唐山。唐山丰润区已经有几家店了，生意都非常好，一家店一天卖两三千元很容易，因为成本不像在苏州、上海那样的高消费城市，这个营业额产生的利润相当丰厚，有的店里有七八个员工，完全走出了传统的夫妻店模式。在2004—2005年，这样的店即便在厦门、武汉那些牛肉拉面市场比较成熟的城市也不多见。

从丰润区又辗转到了唐山玉田县鸦鸿桥镇，这是个有名的土产加工基地，全国80%的土产都出自这里，家家户户都在生产铁锹、铲子、镐、扫把等各种农具，人流量非常大。关键是，这里还没有一家拉面馆，市场完全空白。

在鸦鸿桥镇，他投资1.2万元开了一家店。这是他所开的第四家店。

这家店火爆到什么程度？

"早餐时间就可以卖两袋面。疯狂到什么程度了？有一次我的汤还没调完，还没有放调料，什么都没有放呢，就是一锅肉汤，等我知道的时候锅里就剩这么点儿了（不到两寸深）。有个顾客说，今天的面有点淡了。我一尝，可不是嘛！什么都没放就卖完了。然后，村里有一个给我帮忙的小伙子对我说，让我把这个店转给他。我说可以，转给你。"马学明说，"9 万块钱转给他了，我只开了十一天。"

那十一天是怎样的体验？

"连睡觉的时间都没有，晚上只要你门开着，就有人来，因为那个地方在凌晨 4 点钟时，有大批的大货车来拉货。司机多，没地方去吃饭，餐厅都关着门，只有卖包子什么的，全是地摊。卖得太疯狂了，人累到什么程度了？拉面师傅和我，我们回房以后连鞋子都来不及脱，直接躺在床上就睡着了，身上全是油，根本不讲究环境什么的，在上海的那些要求完全没有了。只要你能忙过来，就能赚钱。"马学明说，店铺转给那个小伙子后，赚大钱了。

然后马学明就打电话给朋友："这儿生意好，赶快过来。"

朋友们跑过来了，他却跑了。这次他跑到了唐山乐亭县的唐海镇，即后来的曹妃甸。那里一家拉面馆都没有。

这时候，马学明的手头已经有十几万元的现金了，在一处繁华的地方他发现一家 300 多平方米的大店，上下两层，非常阔气，旁边是加州牛肉面。加州牛肉面的店铺装修得非常漂亮，一碗面能卖八九块到十块钱，一天能卖六七千元。

　　就像发现了金矿一样，马学明决定开在它的旁边。于是花 3 万块钱把那家店盘了下来，一经装修，店面既宽敞又阔气。然后从青海请来了拉面师傅、炒菜厨师，一下子叫来十几个人。

　　这家店一开业就做到了一天一万多元。"我给别人说一万多的时候没有人相信。一万多块钱呢，不可能，拉面馆一天一万多，酒店一天才多少钱。"

　　这家店的火爆程度碾压加州牛肉面，对方一天只卖六七千。四十天之后，加州牛肉面就关门了。

　　当时曹妃甸正在建设之中，人流量很大，只要开门，就有生意。

　　紧接着，他在乐亭开了第二家店，选址汽车站旁边。那时候人们出行都坐长途班车，汽车站往往是一个城市人流最多的地方。

　　这家店一天的营业额从五六千元到七八千元。

　　"这时候的我已经膨胀了，赚钱太容易了！"马学明说，赚了钱以后，他的心思就转移到了玩乐上，天天到处跑，花钱如流水，生意上的事基本不管了。

　　此时，有朋友在内蒙古向他发出了召唤，他把店撂下不管了，坐着飞机就去了内蒙古。有朋友调侃道："这个马学明疯了，有两个钱就不知道天高地厚了，开始坐飞机了。"

　　内蒙古围场县，在大青山后面，盛产玛瑙的地方，人流如织，有些人手里攥着一点点东西，张口却是天价。这个地方"钱途"无量。他的目光又转到了内蒙古。

此时，他在唐山的店已经盛极而衰。汽车站的那家店生意还一直比较稳定，滑落得不是太厉害，从一天五六千、四五千到三四千。这家店并没打算长期开，但一直转不出去，因为月租金8000元对一般人来说，是个天文数字。后来，有一个湟中人接手了，转让费35万元。而第一家店的情况急转直下，由最初的一天卖一万元到后来的三四千、两三千。他后来总结说，当时的化隆人，包括他自己完全没有做好准备迎接大时代，也就是说意识还跟不上。这家店虽然以气势逼走了加州牛肉面，装修也不错，但是服务和产品跟不上。客人的期望值还是挺高的，当时他做炒菜，传菜的服务员、吧台都有，跟一个炒菜馆是完全一样的，但是客人进来消费完以后觉得不值，营业额就开始慢慢下滑，他完全失去了信心。后来，这家300平方米的店以区区6万元转给了一个群科人。

马学明撤离唐山的时候，乐亭的这个小镇已经有五六家拉面馆了，虽然曹妃甸的建设如火如荼，但拉面的生意都很平淡，大部分店一天能卖到五六百、七八百元就很满足了。

离开唐山后，马学明去了内蒙古。他没有去围场，而是选择了锡林浩特，因为这儿连一家拉面馆也没有，感觉跟来到乐亭时一样，面对着一个巨大的市场空白。

很快地，他就开起了在锡林浩特的第一家店。这是他开的第七家店，生意没有在乐亭那样火爆，但一天也能卖四五千元，在当时的全国拉面行业，这依然是让人惊异的营业额。

锡林浩特当时已经有一种扯面，看起来和牛肉面一样，但汤色发黄。这可能是拉面一家独大的原因。

紧接着，他又在那个地方开了第二家店。因为在发现好地方后他喜欢把朋友们叫过来，然后那些人又来了。来了以后，他们先后开了4家店，而马学明也顺势开了他的第三家店，他们在这个地方一共开了7家店。

不幸的是，他的第三家店发生了火灾，虽然损失不大，但借着这件事，他把自己的店全部打掉，回到了西宁。

2008年，马学明去了昆明，本来是去玩的，一不留神开了一家店。

在昆明的环城南路游玩时他看到了一家鸡蛋面馆，其实就是一碗面条，在一栋老房子外面，人们天天排队吃，情景有点像20世纪八九十年代的兰州牛肉面馆门前，好多人没地方吃，就在路边吃，吃完把碗摆在马路牙子上就走了。马学明一行观察了几天，天天如此。"那时候真是太膨胀了，我说就在它旁边开。"马学明说，其实他们不了解，人家那个店已经开了四十多年了，有漫长岁月的积淀。

非常任性地，他们把旁边一个开得好好的店硬给盘了下来，转让费16万元，总投资20万元。这笔钱在当时能买下一套房子。

只是简单地收拾了一下，拉面馆就开业了。顾客的反应完全出乎他们的意料，几乎没人进来。好不容易进来一个人，要吃米饭。下一个人进来，还是要吃米饭。这时他们才发现，昆明人不吃面——至于旁边的那家鸡蛋面，食客吃的不是一碗面，而是四十年积淀的情感。

"花那么大代价转来的店不能就这样耗下去啊，客人吃啥我们就做啥。"马学明说，他们便买来电饭锅做米饭，可昆明人还是不吃。这怎么回事？好在有一个本地人给他们传授了秘籍：云南人不吃电饭锅蒸的米饭，米要用木桶蒸，这木桶不是普通的木桶，一定要用橡木桶。

然后就去市场上买了一个橡木的大木桶。这次学谦虚了，花钱找了一个人教他们做米饭，教了几次，学会了。然后天天做炒饭，居然做起来了，不久之后，一天能卖一袋半米，营业额达一千五六百块钱。

主要顾客是旁边培训学校的学生，但学校几个月之后搬走了，然后每天的销售额就降到了七八百块钱。这种情况下，已经没有继续开下去的价值了，于是把店转了出去，赚了2万元。

在昆明前前后后十个月时间，对马学明来说，相当于买了个教训。在此之前，他的心态是"这赚钱也太容易了"，或者干脆可以翻译为"对马学明来说，赚钱太容易了"。经这家店的煎熬，他终于醒悟，许多事情并非自己想的那么简单。"一定要沉淀下去，一定要学东西。"他对自己说。

在昆明的这十个月也是他创业过程中最重要的经历之一。离开昆明时，他的心里已经有两支烛火在摇曳，都是被旁边的同行点亮的。

其一：旁边的一家天麻鸡，生意仅次于旁边的鸡蛋面。天麻鸡老板很年轻，整天在门口坐着下象棋，几百平方米的大店，桌椅板凳很简单，可以说是席地而坐的感觉，凳子很低，桌子也很低，生意非常好，可以说天天火爆。后来，这个老板又在旁边加盟了一家饵丝店。饵丝是云南的流行小吃，和米线相似，顾客购买之后边走边吃，学生们也很喜欢。这家店很小，且紧凑，三四个人忙活着，一天能卖三四千元。马学明花了大量的时间和老板聊天，慢慢地知道了品牌是怎么回事，引流是怎么回事——这和他在上海、唐山无意识中与同行拉开距离的概念完全不同，而且这是他此前没有意识到的东西。

其二：有一天，这家店做了个大招牌立在门口：红烧鱼一条一元。马学明很是不解，一元钱怎么能赚钱啊？慢慢他就知道了，其实这一块钱一条鱼是有条件的，顾客必须点菜达150块钱以上。就是在这个招牌的吸引下，顾客蜂拥而至，七八个人就餐很划算，等于白送一条鱼。马学明慢慢地有了认识，原来营销可以这样去做。

2009年，离开昆明，马学明去了广州。此时的广州，拉面馆遍地开花。当时的情形是，初涉行业的拉面人普遍选择小城市甚至偏远的小镇，因为那里的投资门槛低，而完成原始积蓄的拉面人已经把目光聚焦到一线城市，大都市养大鱼。

但此时，马学明手里的钱不足以在广州立足。他跑到三水市（现佛山市三水区）的一个小镇上，转让了一个店。这是当地唯一的一家拉面馆。

这家店开了十一个月，赚了十几万元，相对于当初在松江和唐山，这个收益不足挂齿。

2010年，他被一个埃及人叫到了深圳。这个埃及人是一个中国人介绍的，汉语说得很好。埃及人说："你脑瓜子这么机灵，干什么拉面啊？教你做西餐。深圳这边外国人多，阿尔及利亚人、埃及人没地方吃饭。深圳只有高档西餐，没有普通的西餐。"马学明便在罗湖区向西村投资 20 多万元盘下了一家店，开始学做西餐。学了三个月以后，他可以应付外国人的各种点餐。其实西餐不像中餐那样复杂，加工很简单，鸡肉米饭、羊肉米饭很好做，甚至法式甜品慕斯也没问题。

西餐的利润真的很高，阿尔及利亚咖啡从非洲进口过来，一大包 60 多块钱，取一勺子，放点儿方糖，一杯的成本几毛钱，卖到十块钱。这个利润比拉面的高得多。

但是，就在西餐店做得风生水起之时，他的孩子生病了，他需要天天在医院陪孩子，西餐店也没法做下去了，干脆转掉了。

然后回到了西宁。等孩子的病好了，他又重新出发，这次去的是天津。

这是在 2012 年，化隆拉面大繁荣开始后的第十年，周义仁开启化隆拉面馆 2.0 版的第十年，也是化隆拉面开启野蛮生长模式的第十年。

马学明把昆明的启示和深圳的经验如数发挥在天津的那家店上了。就位置来说，那家店并不好，西青区外环南路，他去的时候旁边已经有三家店关门了，其中一家的门口上还贴着"兰州拉面"，标牌齐全，但房子空着。他选择的店位置相对较好，月租金 8000 元，不算便宜，但这并不构成最主要的因素。他对自己的店进行了全方位的装修，复制肯德基的风格，墙上全用肯德基的木质板材，桌子是肯德基式的连体桌，厨房跟肯德基一样是全透明的。

在整个青海拉面界，这是前所未有的。当时，在气象台路有家马子禄牛肉面——兰州乃至全国最耀眼的牛肉面品牌，中国牛肉面的旗帜——也没有这样前卫的装修。

这家店给青海拉面界带来的疑惑可想而知，"马学明啊，这几年是赚了点钱，但是你还是太狂了。店不能这样开，这个地方很多人都关门走了，你是开不起来的，你还这样去装修店面，我们自己家里面都没有这样装修，你这样只能是给别人装修房子。"

他专门到兰州雁滩买了一个品字锅，价格1.5万元。在整个天津，他是除马子禄以外第二个使用品字锅的。有了这个锅，他就完全按照兰州的模式开始做了。

那会已经有U盘了，他在U盘里下载一些青海风光的纪录片，墙上挂着一台大电视，整天播放着纪录片。

所有能想到的元素都有了。这是一个现代版的拉面馆。

在门头上，他也进行了简约化的设计，就四个字"兰州拉面"，这与当时流行的"高原拉面　炒面　盖浇饭……"一类花哨芜杂的门头拉开了档次，后者更像一个车马店，而马学明的更像是现代化的宾馆——这同时也是肯德基的形象要义。

店开起来了，但是没生意，一天也就卖五六百块钱。

"那时候我人已经沉淀完了，我明确地知道自己想要什么，心里不慌。"马学明说，"好多朋友们来了，同情地说我就知道你这个地方开不起来。"他也只是报之以微笑。

买了品字锅就得做真正的牛肉拉面了。他仔细地研究兰州牛肉面的做法，到处打听，以前他都是把盐、味精、大料直接倒进锅里，再在开水里面加上肉汤，兑出来的汤总是发黑，也不在乎。有时候兑出来的汤没有味道，也从来不管。但在这家店上就不一样了，他对标的是马子禄牛肉面。

同时，他对自己的产品做减法，卖得好的产品保留下来，慢慢地沉淀了十多个产品，其他的全部去掉。

同时开始建立管理机制，细致到一个中午要用 20 块抹布，每块抹布怎么叠，怎么摆放，放在什么位置，用什么颜色的抹布，都有严格的要求，甚至拖把桶里面放几盖消毒液都有标准。

钻研产品和管理的结果是，这家店慢慢起来了，从最初的一天卖五六百到一千，到两千。从两千一下子跳到三四千，又慢慢做到了七八千。这时候，他的店已经是天天爆满，是整条街上最耀眼的明星，周边地区的很多人专门开着车过来吃。

"最好的时候，我一个月赚 9 万元！"马学明说。

做了一段时间以后，马学明发现门头上的"兰州拉面"给他带来了不利的影响。发现这一点是因为有不少人反应："老板，我那天去大胡同吃了，牌子跟你一模一样，进去吃了以后，真正的差远了。"这让他意识到，得做自己的品牌了。紧接着，他注册了一个"露泰牛肉面"，先把门头换掉，再定做自己的餐具，沿着品牌的方向发展。

"在那个店之前，我所有的钱都不是通过经营和产品赚的，而是通过疯狂地转让店面，其实赚的是投机的钱。"马学明说，"这时候我把心收回来，开始认真地做餐饮，在产品和经营上与别人拉开了距离，那种成就感和通过转让店赚快钱的感觉完全不一样。"

但这种成就感还是受到了挑战，市场正以超乎想象的速度迭代升级，即使像马学明这样反应敏捷的年轻人也一时看不懂，何况广大的化隆、青海拉面人。

兰州的马子禄牛肉面已经开始了新的扩张模式，就在马学明的眼皮子底下。马子禄有专业的设计、统一的形象、统一的模式，在天津新街、南开等地段开始复制了，而且都是上规模的大店。马学明意识到，他的产品和经营还不足以与马子禄去抗衡，而对手已经来到了他的身边，他在这片区域内一家独大的地位眼看不保，竞争已经到来，他的趋势是可想而知的。

于是，他果断将店转掉了。

这是2013年下半年，他重新走上了漂泊的道路，这次的走法和以前完全不一样。

这次他带着更多的疑惑和思考，马子禄的模式显然是一个新的方向，牛肉拉面的经营能不能肯德基化？如果能，核心的要素是什么？资本显然是一个要素，但可能并不是核心要素。是半瓶水的学者们鼓噪的那个标准化吗？似乎也不是。

在他的"露泰牛肉面"的旁边有一个罐罐鸡店，是湖南人开的。马学明花了很长的时间研究那个店的产品和经营，他发现它的生产流程非常简单：在一口大缸里把鸡肉全部装好，剪开料包，直接倒进去了，然后吊在炉子里面烤。老板说料包是总部发的。马学明好奇地问："总部发的这个里面全部配料都做好了？你们什么都不用配装？"老板说不用配装，只要把鸡肉称好放里面就行了，加生姜两三片，再放点儿葱、胡萝卜块，把料包倒进去即可。还有一点点缀，就是事先在一口大锅里煲着鸡汤，加料包的同时加点儿鸡汤进去。鸡肉烤好以后直接上桌，同时上碗米饭。
过程就这么简单，客人很多，生意很好。

这里面最核心的就是那个调料包，由总部统一配送。

牛肉拉面是不是也可以这样做？

从这时开始，他有了研发调料包的想法。

第九章　探索者

　　按照周义仁的观察，大概从 2002 年开始，化隆人开始成规模地离开卡力岗山区和黄河岸边的滩涂地，洪流一般涌向高度商业化的大都市，他们就像突然闯进大草原的饥饿羊群，面对广阔无际的丰美水草，不同性格、不同见识、不同志向的人表现出了不同的反应，有些人不断迁徙，总是在寻找更加肥美的草场，在漂泊中实现个人的价值和财富的梦想；有些人则栖居一地，精耕细作，不断垦殖，打造自己的新家园，探索一亩三分地里的新模式。

统一品牌

杭州这个城市展现出的巨大包容性和由内而外散发出的魅力让人甘之如饴，无论从生意角度还是孩子上学角度，马真和韩启明都离不开这个城市，他们几乎从一开始就主动把身体和心灵尽可能地融进了这座城市。

最重要的是，杭州是距离新思想新理念新模式最近的城市之一。

在 2009 年之前，二人像两条伸手可及的平行线，各自开着七八家店，每个月各自都有十多万元的收入，生活过得自在而不失奢华。"那时候开着小轿车，天天在江浙沪玩，天天到河边搭个帐篷，不是钓鱼就是烤肉，舒服得不得了。"马真不无夸张地描述他们当时的日子。

但这样舒服的生活很快就发生了改变，因为他们不再满足于这种过于低端的挣钱模式。在江浙沪那样令人眼花缭乱的商业环境中，新的经营模式不断创造着瑰丽的商业神话，新闻媒体和互联网推动着各种各样的新商业理念的传播，各种总裁班、大师课不断地激发人们的商业野心。

过于自在的日子和不安分的心使二人有意识地接触各类现代商业信息，并自觉地改造自己的大脑，调适自己在这个商业时代的姿态。

"在创业初期，我们俩都是背着债务上路的，当时没有退路，必须往前冲。没有钱，总有一双手吧，下苦谁不会？我们都是农民，什么样的苦没下过？在自己的店里吃住，生活上基本没什么开销，一年下来就有收益了。"马真说，"然后把亲戚们叫下来，他们当时都种着地，可以说一穷二白，家里有什么？最好的有辆手扶拖拉机，有头牛。电话打过去，拖拉机先别卖，把牛卖掉，把羊卖掉，下来跟我们一起干。下来以后怎么办？睡地铺，地上铺个纸板子，搞成一个大通铺，就睡这儿。然后骑着自行车去找铺面，看这儿有一个，行呗，开；那儿有一个，行呗，开。没钱吗？大家凑，这个凑口锅，那个凑几张桌子几把凳子，没有租金，也帮你凑上。就这样，一家店一两万块钱就开起来了。大家都开起来了，各自为阵，有的发展得好些，有的发展得差些，互不相干。"

但是有一天，他们突然意识到，这不对啊？我们是一个共同体，为什么不能抱团取暖呢？我们联合起来不就是一个团队吗？团队是有更好的议价能力的，比如装修时大家都要装空调，普通价是8000元，但我们一次性采购二三十台，工程价就是6000元，团队的价值就可以体现出来了。

可是怎么联合呢？大家坐下来商量出一个合作方案，每个人签字，以后就联合做事了。可是这没有操作性，谁来主持，谁来负责，谁来做具体的事，这都是签个字所不能解决的。

直接推动他们进行改变的是另一件事：

在2009年之前，马真和韩启明的亲戚圈已经有了近40家店，这个数字随着亲戚网络的延展还在增加。这些人所用的牛肉都是由自己宰的，大家轮流负责，这次你去，下次他去，宰回来后分给大家。但是时间长了问题就暴露出来了，有的人认真负责，有的人吊儿郎当，这就导致勤快的人干得多一些，偷奸耍滑的人坐享其成。"为什么总是我去？你们给我什么好处啊？""那就这样吧，每斤肉加一块钱，给那个干活儿的人。""那还不如成立一个公司，大家入点股，专门找一帮人专职干这个事儿，这不就解决了吗？"

这时候，韩启明这位带头大哥的作用就彰显出来了。

2009年，杭州河湟风清真餐饮服务有限公司成立，韩启明为大股东，马真为法人代表，冶红海为股东之一。在马真有限的信息中，这是青海拉面圈第一家从事供应链配送的公司。

和十年前马有忠以个体形式在武汉做牛肉配送不同的是，这家公司一旦成立，它就得进行公司化的制度建设和团队建设，它就不可能只是做牛肉配送这样简单的业务，也不止于蔬菜、米面油等食材配送。

有了配送体系做支撑，做连锁就有了可能。

在当时的中国，连锁经营是个炙手可热的概念，不论是零售业还是快餐业，奢谈连锁经营成为时尚的标签。1987年，肯德基在北京开了第一家店，这是国内餐饮业从单个店面走向连锁经营的发端。1995年马兰拉面连锁餐饮公司成立，标志着中式快餐走向了以标准化为基础的连锁经营。但马兰走的是直营模式，其崛起的前提是强大的资本和完整的管理机制。杭州的化隆拉面店都是业已存在的独立个体，在没有资本和技术统合的情况下，唯一可行的模式就是自愿加盟连锁，由连锁公司在统一的品牌下提供运营辅导和资源共享，加盟店拥有完全的所有权，整个加盟体系相当于抱团取暖。

马真和韩启明开始认真思考连锁加盟的问题。

"当时每天跑到人家快餐店里去看管理和服务，半夜的时候就去看他们的加工和配送。"韩启明所说的快餐店是当时在杭州已经形成气候的成熟连锁店，许多品牌在当时可是熠熠生辉的，"他们是一个配送中心加一组连锁店。每天晚上下班的时候，所有店把单子发到配送中心，配送中心整体做好以后，第二天上班前配送到店里，店里直接使用。比如我们的一个拉面店，切菜的一个人，炒菜的一个人，洗菜的一个人，洗碗的一个人。而他们怎么弄的？比如他有 100 家店，配送中心只有五个人，从早上干到晚上，把那 100 家店所要的东西全部做好。而我们的拉面店也有五个人，实际一天一人干两三个小时，但得支付一天的工资。"

就是在这样观察学习的过程中，他们有了自己的发展路线图。

在杭州河湟风餐饮服务有限公司成立的基础上，同一年，他们又注册成立了杭州伊滋味餐饮管理有限公司，开始做自己的连锁品牌。

据说，这是化隆拉面史上第一个连锁品牌。

一开始的路线图并不复杂。

第一步，发展自愿加盟商。先设计了一个漂亮的门头，那时候还没有亚克力纸，马真就在一块铁皮上面蒙一块喷绘布，图案是通过周义仁找兰亭设计的：伊滋味牛肉面。画布上还画了一头牦牛、几棵虫草、一个牛大碗，旁边有个汤瓶，上面写上"清真"二字。

在河湟风所覆盖的供应链配送体系中，他很快就为18家拉面店挂上了"伊滋味"的门头。但这只是形式上的改变，将"兰州拉面"更换成了"伊滋味牛肉面"。

第二步，开办自己的合作经营店。由公司出资开店，找人经营，双方各占50%股份。这种模式在当时的化隆拉面圈并不鲜见，马吾买日在武汉时就与一个舅舅进行过这样的合作，使他得以积累了人生的第一桶金。韩启明在杭州开的第一家店也是这种模式，韩玉龙在广州的第一家店亦然。马军海在武汉所做的"公司＋农户"合作模式也是这样的，公司出资开店，农户负责经营，双方互利共赢。这是有钱人与没钱人基于商业规则的一种组合，是对传统的化隆互助模式的扬弃。所以，当它被大范围推广时，自然要面临观念的冲突和信用的考验。

在马军海那儿，这种模式带来的结果是"铁打的店面流水的老板"，等农户积累了足够的资本，他就要单飞，合作经营只是他腾飞的跳板——这个故事将在后文中呈现。

马真的连锁经营模式显然想要跳出这一"合作陷阱"。

马真骑自行车或摩托车去找铺面——这种工作通常是不能开小车的，因为要随时停下来察看店铺，自行车和摩托车更方便停靠——找到铺面，就到二手市场淘二手货，桌椅板凳、锅灶，等等。然后找几个装修工人，花最少的钱把铺面装修好，把"伊滋味牛肉面"的牌子挂上。经营者早在自己的店里干活儿呢，他们很早就从化隆来到了杭州，许多人已经成为拉面、调汤的行家，早就有了开店的野心，只是苦于没有启动资金。现在好了，他们不需要花一分钱就有了自己的店，虽然只是半个老板，但未来的大门就这样豁然打开了。

牛肉、蔬菜、面油等常用物资由河湟风公司统一配送。

一个月到了，双方该结账了。那时候没有收款机，更没有微信、支付宝，所收的硬币、纸币全都捆扎整齐，在那儿放着。也没有账目，全凭着朴素的信任合作来报账，除去人员工资、水电费、原材料费等成本支出，"老哥，你看这是这一个月挣下的钱，一万块。""行行行，五千我拿走，五千你留着，下个月继续合作。"

但是，这个模式却没有走下去。马军海遇到的问题在马真这儿还是未能避免。

在化隆县一家宾馆，晚上我和马真都睡不着觉，他给我绘声绘色地讲述他的"伊滋味"所遭遇的那些尴尬事。"大概有这么几种情况，"他说，"现在想起来我就笑得不行。"

一种情况是，天有不测风云，本来那家拉面店开得好好的，但是旁边的市场搬走了，生意一下子掉下来了。

"大哥，这个店不行了，开不下去了。"

"不行我们就换个地方呗。"

"大哥，换个地方的话你找别人吧，我再去找一个铺面。"

合作就这样结束了。

还有一种情况是，合作已经进行了一段时间，突然有一天他来了，带着老婆、孩子，还提着水果花篮。一开始，还不好意思开口，临走的时候还是把目的说出来了，"大哥，你看这家里开支大，娃娃要娶媳妇儿啦，现在赚得也不多，这家店你就转给其他人吧，我们一家人再去开一个店。"是啊，他已经有了资本积累，为什么还要做半个老板呢？

又一个"铁打的店面流水的老板"的模式。即便在很长的一段时间里还能勉强维持，但它与教科书所描述的连锁完全不是一回事。

那些挂牌的加盟店也出现了类似的问题——这就是第三种情况。

问题首先出现在牌子上，"伊滋味"给加盟者（挂牌者）究竟带来了什么样的好处，时间的流水冲刷出了答案。

"伊滋味"牌子在一位亲戚的店面挂了两年之后，这位亲戚郑重地找到他，很严肃地说："哥，我有一个事情说了你不能生气。你千万不能生气，你生气的话我就不说了。"

"好！"马真说。

"我想把这个牌子换掉。"

"换成啥牌子？"

"换上兰州拉面。"

这位亲戚告诉马真，当初挂这个牌子是觉得它漂亮，字好看，但挂了两年之后他发现很多人都不知道"伊滋味牛肉面"是啥个东西，是从哪儿来的，是不是兰州的，这影响了他的生意。

小伙子说："哥，'兰州拉面'这牌子我自己去做。我就是想做个实验，如果挂上以后能多卖500块钱，你就原谅我，好不好？如果卖不了500块钱，我原挂回来。"

实验的结果是，换回"兰州拉面"的牌子后，他的店一天多卖了七八百元。

"拆下来的牌子他没敢扔掉，怕没法给我交代，于是把它放在了房子的卫生间里面。他说哥，钱卖起来了，这个牌子怎么办？我心里极不舒服，能怎么办？我说，收废品去。"马真说。

连锁经营

马真把这样的努力称为艰难探索，他所依托的这个拉面群体还没有进入现代商业社会，但这并没有影响他在连锁经营上的野心，他决定对标当时成熟的杭州知名快餐连锁企业的模式，打造自己的拉面连锁品牌。

2010 年，伊滋味公司高薪挖来了当时杭州一家知名快餐连锁企业的高管，组成了一支堪称强大的管理团队。这个团队中至少有三个人已经具备一流商业精英的底色：

李鹰：业务发展顾问，浙江大学工学硕士，两家上市公司十一年工作经验，曾任人力资源经理、产品经理、业务规划和解决方案高级经理。

万莉：业务发展顾问，浙江大学工学硕士，台湾上市公司四年工作经验，领导研发团队，曾与日本 EPSON、RICOH 等公司开展合作业务。

全海志：业务发展顾问，浙江大学动物营养与饲料学博士，目前在一家畜牧高科技公司从事研究工作。

接下来的故事用生活语言不好叙述，我需要结合公司的文件资料才能厘清——

河湟风公司制定的初级目标可以简化为：打造一个直营样板店，建立一个冷链配送中心，建设一条中央厨房生产线。

这个目标显然在 2011 年就已经初步完成，而中央厨房的建设还处在一个动态过程。

在 2012 年提交给化隆县的一份报告中，伊滋味是这样介绍自己的：

> 杭州河湟风清真餐饮服务有限公司：旗下现有特色餐饮品牌"伊滋味"快捷连锁餐厅旗舰店一家；"青海人家"特色店两家，伊滋味·化隆牛肉拉面五家，伊滋味冷链配送中心一组，中央厨房生产线一条（在建）。共有从业人员 160 人，公司资产达 1500 万元，2011 年销售额为 2150 万元，年利润 850 万元。
>
> 伊滋味自创立之初起，始终将打造杭州样板型清真餐饮品牌为己任，坚持"特色、创新、现代、规范"的品牌铸造原则。今后我们的发展目标是成为杭州清真餐饮业的龙头品牌，辐射长三角地区，在全国快餐行业中具有一定的知名度。
>
> 2009 年至 2011 年连续三年被杭州市评为优秀少数民族企业；
>
> 2010 年被评为浙江省少数民族企业家协会的先进集体和优秀会员；

　　2011 年被评为浙江省义乌青海商会的特约嘉宾
会员和先进集体；

　　2012 年，被评为海东地区就业创业工作优秀
企业。

　　这份 2012 年的报告对当年的目标描述为：力争在上海、浙江、江苏等区域开设 20～25 家连锁餐厅，成为长三角地区最有影响力的快餐品牌之一。对于 2015 年的目标则描述为：建立和稳定长三角区域中式快餐第一品牌地位。

　　后来的事实是，2014 年，伊滋味精心打造的直营样板门店因为经营失败而关张，伊滋味公司在烧掉近 900 万元之后宣布重组。

　　2023 年 8 月，在从化隆群科到西宁的车上，马真向我详细讲述并分析了伊滋味品牌昙花一现的绚烂和寂寞——

　　他的直营样板店选址杭州最豪华的写字楼，不论从店面设计到内部装修、运营管理，都堪称一流。

　　"那个样板店一开始做得特别好，中午高峰时排队能排到 200 多人，一直排到马路上去了。但这只是一个假象，时间长了发现了致命的缺陷。因为我们开在写字楼里，白天大家上班，中午的时候吃饭的人特别多，但到晚上的时候顾客都回家了，没人。中午的工作量越大，你用的人就越多，中午结束以后一直到晚上都没人，可人员工资和房租是按天算的，下午和晚上的时候是空转的，成本不就上去了吗？"

　　但这只是致命的一方面，另一方面来自误判，产品设计之前所做的功课不足。他的店面是卖牛肉面的，所以没有考虑到顾

客的诉求。"因为在南方，米饭和面的销量差不多各占一半，我们的拉面产品还不够牛，还没到让顾客吃面不吃米饭的程度，当我们发现这个问题想调整的时候，事实上已经来不及了。还有一个就是我们的肉成本很高。在南方，快餐只分为荤和素两种，他不管你荤的是什么肉，当时牛肉的价格是 28 元一斤，猪肉 14 元一斤，这样的话，我们的肉的成本就是别人的两倍，你说你是牛肉，要贵一点儿，那不行，顾客肯定全部跑掉了。"

所以，这个精心打造的样板店从一开始就失去了挣钱的功能，但它存在的意义也很突出，就是要通过这个店建立连锁的标准化体系，打通从中央厨房到门店的通道。

他在配送中心的建设上也投入了巨资，建立起了从采购到仓储、物流、城市配送的完整体系，"我们集中两台大货车，集采，既便宜又新鲜，从牛肉到调味品再到蔬菜，采购来了给各个加盟店配送，这个是多少斤，那个多少斤，然后记账，最后统一结账。我们还负责硬币供应。在拉面一碗 3 块、4 块、5 块、6 块的时候，得使用大量的硬币。如果一碗 6 块钱，人家给你 10 块钱，你得找 4 个硬币，这样的话店里的硬币不够用。总公司的任务之一就是给他们配送硬币。后来收银系统统一了，我们做收银系统的时候还没有互联网云储存，没有光纤。我们的店都是一个名字：伊滋味。我们办了很多会员，会员的信息在会员卡上，跟信用卡一样，他在 A 店吃了碗面，用会员卡一扫，钱就扣了。他到 B 店去的时候，也可以刷卡结账，但是若 B 店不是我的直营店，是加盟店或者是合作店，他卡上的钱是扣在总店的账户上。这笔钱要返给 B 店，这就需要后台处理。那时候没有云计算，一个后台服务处理器非常巨大，店里没办法装，我们就在电信公司一年5万块钱租了两个服务器，用宽带接到我们的店里，连通我们自己的财务。"

这样的体系看起来非常完美，但在运营的过程中却难以为继，原因是大多数的化隆拉面人对这一套配送、结算体系怀有疑虑："为什么是你说了算？为什么我们得按照你的方式行事？"对于那些夫妻店来说，他们只是希望通过"卖面—收钱"这样简单的交易形式实现挣钱的愿望，把除去日常开支之后的钱存入银行，然后看着自己账户上的金额不断增长，而对于那些复杂的记账、计算、结算过程，他们实在难以消化。

慢慢地，马真发现，许多拉面店开始悄悄地摆脱他的配送体系，自行采购，即便那样采购来的东西价格稍贵一点儿、品质稍差一点儿，但他们更容易获得小店经营者的踏实感。

事实上，到2013年，伊滋味的产业结构是这样的："伊滋味连锁餐厅旗舰店"1家，"伊滋味牛肉拉面馆"5家，"青海人家"特色饭店2家，参股化隆拉面馆8家。

真正让马真的连锁模式走入死胡同的是中央厨房的坍塌。

"央厨必须是中午生产，晚上结束，然后包装，配送，到门店营业开始之前全部配送到位。央厨提供的是半成品，我们的央厨生产出来的产品没问题，但是，我们的门店数量不够多，央厨生产的东西当天卖不掉，第二天就不新鲜了，口感也下降了，这就造成了产品没有竞争力。"

"还有一个，"马真说，"门店不够多，规模上不去，降本增效的目的达不到，成本下不来，产品价格上就没有优势。我们的门店只有 20 多家，支撑不起整个车队、仓储、物流、城配供应链体系，最后是央厨把门店拖垮了，央厨也就随之坍塌了。"

"如果有 100 家店的话，我们的这一套体系是可以良性运营的。"马真说。

"自从把这个搞上以后，你的使命感也好，责任感也好，情怀也罢，心一天都没闲过，觉一天都没睡好。一天到晚的各种焦虑，各种烦恼，各种问题，随之而来各种蜕变，各种委屈，甚至打过退堂鼓。我说的每一句话都是用钱换来的，不是用嘴巴换来的。以前，我普通话说得不好，不会用电脑，不会做 Excel 表格和 PPT，现在都掌握了，都是被逼出来的，因为我不可能养这么多人，那只有自己拼命干。"马真说，"那几年，整夜整夜地熬夜加班，经常睡在办公室里。办公室里面有一个榻榻米，晚上小枕头一枕就睡了，老婆有时候半夜到办公室来找我，因为电话打死也不接，睡着以后电话听不见啊。"

在马真的电脑里，还保存着一份在青海有关商业会议上展示过的 PPT，主题是：引进高端海外投资，打造现代连锁餐饮，全面拉动青海特色产业。

这个以河湟风公司的名义展示的文件在描述规划背景时，把当时青海拉面经济的现状概括为：数量增长快，水平提升慢；很少连锁扩张，品牌意识淡薄；附加值和创新能力不够；融资仅限于政府贴息贷款和小额担保贷款；核心是人的问题：小富即安心态、缺乏宏大目标和战略规划、没有培养核心管理团队、员工基本没有正规培训。

而河湟风公司显然是为改变这样的现状而来，为此他们制定了一个中长期发展目标：

第一阶段：

第一期投资 4 亿元，外资占 70%。主要建设目标如下：

引进外资，成立一家大型餐饮控股企业（青海省）；

选定专业合作社订单生产，选择屠宰加工合作企业（青海省）；

团队建设和产品研发；

机场、高铁、中心汽车站形象店建设（浙江省和青海省，共31 家）；

牛、羊、鸡、清油、辣椒等食材加工产业园一期建设（海东工业园）；

高级职业技术学院建设（西宁）。

目标：第一阶段计划投资 4 亿元，在青海注册 2 亿元，成立合资的青海河湟风控股公司，即本项目运营单位。

第二阶段：

第二期 10.5 亿元，外资占 50%。主要建设目标如下：

建立专业合作社联盟，完成绿色食品、有机食品、GAP、HALAL 国际认证（青海省）；

覆盖产业链上下游的信息化和物联网建设；

长三角一二线城市商业区连锁店建设（110 家）；

长三角机场高铁汽车站连锁店建设（40 家）；

食材加工产业园二期建设（青海省）；

高标准规模屠宰加工企业资本运作：并购或控股。

第三阶段：

环青海湖生态农业观光园区建设。

这份文件显示了马真和他的团队当时堪称宏大的商业野心，其规划的基础是河湟风公司当时正在参与发起的"中阿产业平行基金"的项目，这个项目意在将当时正在寻求欧美以外市场投资机会的阿拉伯资本引入中国。

2013 年 10 月的一天，马真累成了肺结核。早晨醒来，感觉胸口压了块巨石，胸腔疼痛难忍。他被送到了医院，随即被隔离起来，强制住院。

这次住院向他发出了警示，他的身体已经支撑不起高强度的工作，他的团队无法胜任他过于宏大的商业目标。

2014 年 5 月，海东市市长张晓容率领了一个调研组，赴广州、厦门、杭州、苏州、上海考察调研当地拉面经济发展情况。在杭州，调研组考察的重点是杭州河湟风清真餐饮服务有限公司。在媒体的报道中，张晓容市长有这样一句话："这些拉面老板讲的是普通话，看到的是全国市场，懂的是现代市场经营理念，他们是海东最为宝贵的人才。"

在张市长的鼓励下，韩启明回乡创业，转身投资拉面产业链的上游产业——生态养殖，并成立了化隆县马阴山现代生态牧场。

2014 年 10 月，伊滋味直营样板店关门，众多加盟店的连锁也走向没落，央厨的试验宣告失败。

2015 年，伊滋味公司重组，所有摊子由马真接手，韩启明和冶海红撤资离开。

马真坚信伊滋味公司还能起死回生，就像他坚信连锁经营的路是通的，而他此前的失败和教训历历在目，每一个细节都成为教科书式的案例，为他完善连锁模式提供支撑。

他开始义无反顾地做减法，第一个砍掉的是中央厨房，然后砍掉了管理团队——那么多的人不养了——最后是快速收缩，将全部的精力和资源放在开店上，而且不再幻想对已有化隆拉面店的整合，每家店从选址到管理都亲力亲为。

到 2019 年，他的新伊滋味的全套运营体系建设完成，第一家新样板店运营也很顺利，但是，疫情来了……

转换赛道

2013 年下半年，马学明在山东诸城做聚礼时，收到了一张麻辣烫的宣传单。这是一个小册子，设计讲究，制作精美。"马金龙麻辣烫"就这样撞到了马学明面前。在洗车的时候，他把这个小册子详详细细地看了一遍，一下子刷新了他对"两化"（化隆、循化）人的认知。然后决定给马金龙打个电话。

宣传册上留着马金龙的手机号，但没有打通。

打掉天津的店以后，马学明陷入了迷茫期。从 2002 年开拉面店到 2013 年脱手"露泰牛肉面"，他已不可能回头再开单店挣辛苦钱，或者通过倒手店面挣快钱，如果接下来还是做餐饮——

他指的是餐饮而不是拉面馆——那么，就得做项目——容易复制可以连锁的品类。他最熟悉的还是牛肉面，但牛肉面的标准化是一个瓶颈，几乎无法突破，没有标准化就不能复制。天津的"露泰牛肉面"他已经做到了极致，从产品到服务打造得足够完美，但它不可复制，在他放出转让的消息后，谁都不愿接手，因为一般人做不到那样精细。

牛肉面不可复制。一个老板纵使开了十多家店，他也只是开了十多家单店，建立在标准化基础上的连锁则完全不是这样。马子禄牛肉面也只是品牌统一下的规模扩张，与马兰拉面和肯德基式的连锁也不在一个频道上。

在将近四个月的时间里，他和一位亲戚开着车在全国奔跑，重点还是在南方。两人花了七八万元，跑了一大圈，最后从上海到了连云港，又从连云港到了日照。两人感觉到已经无路可走了，项目不好找，做牛肉面又不甘心。

"我们去找马金龙吧。"他对亲戚说。日照离诸城也就60公里。"这几个月在外面跑，天天吃牛肉面，胃口已经退化了，我们去吃个麻辣烫。"

在诸城，走进马金龙麻辣烫店后，他们被震撼了。一条长长的窄道，四五米宽、三十几米长，地上铺着水磨石，桌子椅子全是几十块钱的便宜货，墙上是 KT 板做的价目表，有一行文字写着"来自循化撒拉尔麻辣烫"。桌子上只有一盆麻辣烫，其他的啥也没有。地上到处都是擦完嘴的纸巾，要服务没服务，要卫生没卫生。但是，店里的人乌泱乌泱一大片，生意好得让人震惊。

两人要了一份麻辣烫，尝了一下，心就凉了。"这个东西可能是本地人爱吃，要想推向全国，没有可能。"

这也太颠覆认知了。要产品没产品，要管理没管理，要装修没装修，马金龙麻辣烫的秘诀在哪里？

给马金龙打电话。这次打通了。马金龙说他在青岛，下午3点到诸城。这会儿是上午11点。

下午3点，马学明和马金龙第一次见面，一个化隆人，一个循化人，两人聊得非常投机。马金龙说："你这人很有思想，千万不要走，我要去宁夏，宁夏回来以后我俩好好聊聊。"

那时候的马金龙没有公司，只有山东诸城这一家店。

马金龙去宁夏的三四天里，马学明了解到，这个麻辣烫的主要供应对象是生意不好的拉面店——当时有部分拉面店附带售卖麻辣烫。

从宁夏回来后，马金龙带马学明看了麻辣烫料的加工车间，在一所民房里，仅一个火炉上面支一口锅，如此而已。

"你就用这个供应拉面店啊？"

"我们还有一家店，在济南。"马金龙说。

"我们去看看。"

然后驱车200多公里来到了济南。

济南的这家店不是马金龙的，只是由马金龙供料，装修比诸城总店略好一点儿，有点品牌的感觉，一天卖两三千块钱，生意没有诸城的好。这是唯一一家马金龙供料的独立麻辣烫店，其余还有30多家是兰州拉面店附带的麻辣烫。这些拉面店的麻辣烫生意平平，一般一天卖二三百块钱，好点的能卖到四五百块钱。有一个老板说："马金龙的料不行，有一天发苦，有一天太辣，有一天太麻，有一天油多，有一天油少。""反正就这样做吧。"
可马金龙一副别无他求的神色。

马金龙说，他现在总店的生意不错，但不知道接下来怎么
做，怎么走出去。

马学明把那几年书上学的、实践中总结的、脑子里思考的一
股脑儿兜售出来，说得马金龙眼里直放光。

"我们一起干吧。"马金龙说。

"不行，我要把这个东西打通了，然后才能跟你一起做，不
然就是不负责任。"马学明说，"你给我加盟一家店，我先把这家
店开起来，走通以后我俩一起做。"

2014年，西宁南小街，马金龙麻辣烫在山东之外的第一家加
盟店开起来了。

这家店的设计上颠覆了当时中式快餐店的传统，几乎完全借
用了肯德基的要素，经营面积足够大，里面装有一个肯德基式的
滑滑梯——麻辣烫的主要消费群体是妇女，这个滑滑梯让年轻的
母亲们喜爱不已。

这个店从一开始的一天两三千元，很快就达到了七八千元，
相当于诸城总店的营业额。这在西宁算是个奇迹。

马金龙这时成立了公司，他邀请马学明去山东的公司总部。

马学明来到诸城。马金龙非常慷慨，总店的股份按150万元
作价，给马学明30%。

马学明觉得，当时他已经将整套模式吃透了，要想布局全
国，得先从诸城做起。"我的要求是，必须把旁边那个门店租下
来，我注资50万元作为股金，全部砸到这个店上。"马学明反复

强调，"不能乱花，50万元必须全部放在这个店，我来出方案。"

一个月以后，旁边的店被盘了下来，然后找人设计。此时，两人发生了第一次分歧，马金龙认为麻辣烫店不需要设计，"我用的是水磨石的地，几十块钱的桌子椅子，生意那么好。"

马学明认为："如果要全国发展的话，必须要做一个形象店。这个店必须按照我的想法去做，如果你听我的，我就进，如果不听，我就走。"马学明的想法是，如果马金龙连最起码的理念都接受不了，他就没必要跟着他干了。

"那行吧，听你的。"马金龙妥协了。

当时在诸城，麻辣烫最牛的品牌是杨国福、张亮，事实上这也是全国最牛的两个麻辣烫品牌。那么，如何找差异？此前，马金龙和杨国福、张亮拼的是什么？价格。马学明认为："这不行，单纯从价格上竞争，我们完全没有优势，因为清真食材受限，我们的食材成本本来就比别人高。那么，我们的优势在哪儿？民族。"马学明跟设计师反复沟通，充分使用民族符号，最后拿出了马金龙麻辣烫旗舰店的方案。

这家店盘下来时只有200平方米，设计过程中他们扩展到460平方米。

这家店闪亮登场，犹如横空出世，高峰时一天卖到3.6万元。这是什么概念？是马金龙以前总店的五倍。

一个月不到的时间，旁边的杨国福麻辣烫就关门走人了。

麻辣烫是暴利，但还有提升的空间。运营不久，他们对产品提价，从11.8元提到13.8元。同时，把装在篮子里烫的形式改成单锅单汤。这样，整个操作模式更加简洁，出餐时间更短，盈利空间也得到了提升。

山东单店的生意已经做到了碾压同行，但此时，杨国福和张亮在全国已经辐射了上千家，而马金龙还没有走出山东诸城——西宁店在马学明离开后疏于管理，生意日渐下滑，最后不得不关掉——要辐射全国，诸城的这个店不是合适的旗舰店，因为它太大，460 平方米的经营面积容易给寻求加盟者带来错觉，如果达不到这种规模就做不出效果。

新的旗舰店开在哪儿？两人又一次出现了分歧。马学明认为，马金龙麻辣烫的主要加盟群体是本民族的人，他有可能是前拉面人，也有可能是新的创业者，但无论如何离不开拉面的磁场，新的旗舰店应该选在西宁，以西宁为中心向全国辐射。但马金龙认为，西宁的店已经关门了，已经错过了最佳时机，而且西北的水很深，在自己不够强大的时候不能跳进这片水域。

两人的争论持续了三个月。最后，马金龙妥协了："行，我给你 35 万，这个店你开，开起来就开起来，开不起来就当这 35 万我扔了。"

2016 年下半年，马金龙麻辣烫西宁旗舰店落户海湖新区。之所以选择海湖新区，马学明的解释是，这里有比较大的年轻消费群体。

这个店投资 50 万元，楼上楼下 176 平方米，刚一开业，生意相当火爆，一天能卖到八九千至一万元。

这个店成了马金龙麻辣烫品牌的转折点。到 2017 年的时候，马金龙麻辣烫平均两天半开一家店，最多时一天有 9 家店加盟。

这种拓展速度可谓惊人，一年下来，在全国各地有近 400 家马金龙麻辣烫开业。

"钱来得太快了。2017 年，胡吃海喝，信马由缰，就这样挥霍，账上还趴着 1300 万元。"马学明说。

但是，到了 2018 年，情况开始出现微妙的变化，拓展陷入停滞。

此时，马学明才 37 岁，马金龙 30 岁出头，年轻的冲动容易带来一地鸡毛，成功的喜悦之后难免陷入轻狂，"马金龙跟我的毛病是一样的，因为太年轻了，对资金呀，用人呀，方方面面已经收不住了。十天的时间里，可能只有两三天的时间用在工作上。"马学明说，"我们两个人都有点骄傲，对方的意见都听不进去了。"

2018 年，马学明决定离职。他对马金龙说："朋友可以继续做，从你这儿走出去后，我坚决不碰麻辣烫，我不会跟你竞争的。"

接下来五个月的时间，马学明又开始寻找新项目，奔波在全国各地。而马金龙那边的压力越来越大，公司的运营乱套了。

"他天天跟我讲，你回来吧，我们还是一起发展。我也提了一些要求，现在怎么做，未来怎么发展，我们得有一致的思路。这段时间，我也反思了一下，我也有不足之处，可能是沟通的方式方法不对。"马学明说，"我对麻辣烫还是有感情的。我就提了自己的要求，他也下了一个很大的决心。"

再次回到公司，马学明获得了比之前更大的权力。他认为当时公司管理上最大的要害是财务混乱，便从财务入手开始清理整顿。但这难免伤及别人的利益，公司的气氛变得紧张，马学明也成了明枪暗箭瞄准的对象。

在公司的发展方向上，分歧再一次爆发。马金龙要做哈入乃土豆粉和马金龙鸡排，马学明反对，反对的理由是当时最主要的方向是深耕已有产品，提高核心竞争力。

马金龙在公司面对的阻力越来越大，而马金龙开始走向沉默。马学明知道他该走了。他说："我走吧。"马金龙没有吱声。

出来不到两个月时间，马金龙再次寻求马学明的帮助，因为据说是甘肃、青海、宁夏三个区域的加盟商乱套了。"兄弟啊，不行啊，甘青宁地区都是你发展的，现在这几个地区的加盟商不好管理，问题也比较多。"马学明回忆马金龙的话说，"这三个区域由你代理，永久性地由你来代理。但是我们合同上要体现出原料得由公司总部负责提供，你不能自己生产，公司很需要你。"

马学明没有答应。于是，马金龙找到了马学明的母亲，让老人劝说马学明答应合作。

当时一个区域的代理费是 30 万元，马学明就按 30 万元的标准，共计花了 100 多万元拿到了三个区域的代理。然后又以 50 万元的价格接手了西宁的总店——这个店由于马学明的离开，当时已经亏损。

马学明说，他做了一年，甘青宁三个区域的加盟店增长了 18 家，而马金龙在全国只新开了 6 家。

同时，其他区域的门店数量开始出现整体性的下滑。马学明回忆说："公司里有人就给马金龙吹耳旁风，马学明拿走的这三个区域是公司主要的生意来源，他把这三个区域拿走，等于他是公司的老总。"

然后又是一次谈判。马金龙要求将这三个区域的代理权全部收回，西宁店也要收回——这个店在马学明接手四个月后开始盈利了。

双方不欢而散。马金龙收回了甘青宁三个区域的代理权和西宁店。

2018 年，在马金龙要求收回西宁麻辣烫店的时候，马学明的第一家酸菜鱼店开业了。

第十章 回乡创业

无论怎么理解，2014 年是化隆和海东拉面人集体性转身的年份。这次转身当时被称为回乡创业。

据媒体报道，这一年 5 月 11 日至 17 日，由青海省海东市政府组织，海东市市长张晓容任组长的调研组，赴广州、厦门、杭州、苏州、上海考察调研当地拉面经济发展情况，并就从事拉面的务工人员子女入学难、融资难、技术培训、经营管理、驻外办事处建设及"四风"方面存在的问题等，面对面征求拉面行业务工人员意见，零距离倾听民声。

媒体的通稿说，海东拉面经济在经历了艰苦创业、规模发展阶段后，已迈入转型升级的关键时期。如何让牛肉拉面走出散小、低档的困境，成为海东市政府迫切需要解决的问题。目前（2014 年），海东在全国 270 多个大中城市中，经营牛肉拉面为主的各类餐饮店达 2.18 万户，常年务工人员达 15.2 万人，全市靠拉面经济生活的群众达 20 万人。年实现餐饮业综合收入 10 亿元以上，占全市农民人均纯收入的 49.6%。

在一周的调研中，调研组一行先后走访慰问了拉面经营户 20家、杭州河湟风清真餐饮服务有限公司等企业 6 家，考察调研了海东在厦门举办的创业培训班，并组织召开拉面经营户代表、驻外办事处负责人、当地民宗局、总工会负责人等参加的座谈会 3次，共征求意见建议 8 大类 35 条。

在调研中，海东市市长张晓容说，拉面经济是海东贫困山区农民脱贫致富最直接最有效的一条路子，市政府将高度重视，认真研究扶持政策，促进转型升级，切实提高群众收入。

在另一篇媒体报道中，海东市市长张晓容说："这些拉面老板讲的是普通话，看到的是全国市场，懂的是现代市场经营理念，他们是海东最为宝贵的人才。我们要深化农村金融服务体制等各项改革，在融资等各方面为他们回乡二次创业提供支持，同时帮助更多农民实现致富梦，推动海东民营经济和县域经济发展。"

海东市政府此时显然对于这支自发产生、如今正在表现出蓬勃之势的拉面人创业队伍寄予很高的期望，并向其中的成功者送上了橄榄枝，希望他们在海东的经济发展中发挥一定的作用。而作为在外漂泊多年、积累了相当商业经验和市场资源的拉面人，也对海东市政府的召唤作出了热情的回应。

韩启明的"二次革命"

2013 年，韩启明当选为海东市撤地设市后的第一届政协委员。

2014 年，张晓容市长在杭州考察河湟风公司时，韩启明对市长说："我们化隆人基本上都出来了，留下那么多荒地，现在有 60% 的土地处于撂荒状态，比如我们村大概有 1000 亩荒地，后面有七八千亩的草山，我可以流转下来，搞一个生态牧场，发展拉面经济的上游产业。在生态牧场里，可以完成种植饲草、牛羊养殖、屠宰配送等，让青海的绿色牛羊肉通过拉面店这个渠道走向东南沿海。"

这个建议的实质指向拉面经济的"全产业链"发展路线。2009 年，中粮集团提出"全产业链"战略之后，这一概念被各个行业的精英不断思考、补充和完善，到此时，其理念已经深入人心。全产业链模式是将上下游形成一个利益共同体，把最末端的消费者的需求，通过市场机制和企业计划反馈到处于最前端的种植与养殖环节，从而形成由田间到餐桌所涵盖的种植与采购、贸易 / 物流、食品原料 / 饲料原料及生化、养殖与屠宰、食品加工、分销 / 物流、品牌推广、食品销售等多个环节构成的完整的产业链系统。在韩启明看来，拉面产业天然地具备全产业链模式的基因，因为从一开始，它就建立在一个经济共同体的基础之上，现在如果将产业的上游（养殖、加工）接入这个共同体的生产链条，拉面经济的全产业链系统就建立起来了。

韩启明的想法得到了张市长的首肯。市长邀请韩启明回乡创业，政府将给予一定的政策扶持。

当年，韩启明带着他雄心勃勃的商业计划回到了化隆，经与县政府协商，在二塘乡庄子湾村建立了生态牧场的筹建基地，并开始土地流转。

2014年11月，22440亩土地流转的手续全部完成。

2015年4月30日，海东市马阴山现代生态牧场正式开工建设，张晓容市长兴致勃勃地参加了开工仪式。对韩启明来说，这是他人生的一个高光时刻。当时，他对媒体说："现代生态牧场是拉面经济的上游产业和海东市现代农业发展的重点，我从不断发展壮大的拉面经济和海东大力发展现代农业的一系列优惠政策中看到了机遇，也看到了现代生态牧场的潜力和希望，这次我拿出自己的全部积蓄，希望能通过现代生态牧场建设，实现自己回乡创业的梦想。"

马阴山现代生态牧场项目第一期计划投资1700万元。2016年基本完成了基础设施的建设。

2016年3月，天气阴冷，马阴山广大的草坡上衰草稀疏，一些平整的土地已经被翻过，等待着开春的草籽。这是我第一次来到牧场，韩启明一家正在一间简易的泥砖结构的棚屋里生活着。屋子里生着煤炉子，既用来取暖，又用来做饭，只有一些简单的旧沙发、旧桌椅、旧床铺支撑着家的气息。这就是一个成功者二次创业时的姿态吗？

韩启明表情平静、语气温和地说："现在不做产业链就没有出路，我现在做的是食品产业的全产业链，从种植饲草、养殖到屠宰、配送、加工、销售的整个产业链，可以理解为拉面人的'二次革命'。"

这个牧场的主体面积有 140 亩，当时已经建成 6 个牛棚和 6 个羊棚。谈到牧场的前景，韩启明说："我自己种植饲草，今年将种植全膜马铃薯 1000 多亩，饲草玉米 1000 亩，饲草燕麦 5000 多亩，这样，夏天把牛羊放在山上不管，冬天喂自己种的草，养殖的成本能降到 40%，然后自己屠宰、配送，成本又降了下来。现在这个牧场，我第二期的计划是前面搞养殖，后面做个跑马场，把旅游带进去。"

从 2015 年到 2019 年疫情前，韩启明计划中的 1700 万元投资全部注入了这个项目，这些钱除了他的全部家底外，还有政府提供的贷款 500 万元，和一些补助加起来 200 多万元。

2023 年 5 月 3 日，在化隆群科，我再次见到了韩启明，他一大清早就风尘仆仆地来到宾馆。那些日子他特别忙，连接电话的时间都没有，微信留言后他也到深夜才能回复，他说正在备耕，各种事像群山一样向他压过来。而在前一年秋天，我试图见他的时候，他还是这样的状态，有天晚上 10 点多了，我和马真赶到他在马阴山的基地，居然没见上他，因为那时他还在山上黑灯瞎火地忙收割。

看不出他和七年前有什么不同，他依然目光坦荡，依然语气平缓，他说如果政府的政策有一定的连续性和稳定性，他现在就不会这么艰难。到目前为止，他只实现了第一期计划中的养殖部分，他现在种的地很多，所有的资金都投到种植养殖这一块了，因为没有后续资金，其他的计划还处在暂时搁置状态。"但我不会放弃，1700 万元投进去了，也没法放弃。我现在正在寻求合作伙伴，如果有新的资金注入，比如 300 万元，按照现在的市场价，300 万元我可以购进 1000 头小牛，饲料都是自己种的，1000 头小牛养上三年的话，最起码是 1000 多万元。"

"前景还是比较明朗的？"我说。

"是的，全产业链是一个不得不走的方向，我们走得缓慢了些，我说过嘛，这是拉面人的'二次革命'，我必须坚持走下去。"韩启明说。

马黑买的海尼尔

马黑买的南翔牛肉面是张晓容市长在厦门视察的面馆之一。

马黑买还记得张市长在座谈会上讲的话：为了保护三江源，化隆退耕还林，为国家做出了贡献，但这些化隆人最终都要回来的，回来以后怎么办？土地不能种了，就业压力很大，会带来一定的社会问题。市政府认为，化隆牛肉面必须转型升级，想办法让有眼光有品牌的拉面人回乡创业，政府可以设立发展基金，提供贷款，扶持一批优秀企业，让他们回馈乡梓，带动家乡人致富。

就是在这次座谈会上，马黑买下定决心，回乡创业。

2014 年，由马黑买、贾海武、马文俊、马春虎、治发宝等化隆拉面人发起成立的化隆华泰餐饮开发有限责任公司在群科新区开张，公司申请注册了"海尼尔"牛肉面商标，决意打造青海本土牛肉面连锁品牌，与此同时，马黑买还向国家专利局提交了"阴阳配面"技术的专利申请。

2015年8月，"海尼尔牛肉面"旗舰店在西宁城东区大众街开业，它打出的口号是：做一碗好面。作为韩录最著名的弟子，马黑买在这个店推出了他和韩录创制的"厦门拌面"，这种以"阴阳面"为基础，配以特制浇头的拌面，因为被冠以"厦门"的名号，而深深地镌刻着第一代拉面人的创业印迹，在此之前，它已经被韩录通过震亚牛肉面带进了西宁。此时，因为海尼尔牛肉面品牌的走红，这种拌面受到新闻媒体的关注，西宁的面食因此被注入一道新鲜的口味。在当时的西宁街头，偶尔会看到名为"厦门拌面"的饭馆，显然，其源头是厦门的化隆拉面馆，这意味着，第一代拉面人回馈乡梓后在饮食界享有的影响力。

2015年的"清食展"开幕当天，是海尼尔牛肉面大放异彩的一天。《西海都市报》的一篇新闻特定描绘了当时的情景——

> "来来来，坐下尝尝我们青海的拉面。"5月15日早，"清食展"刚刚开幕，海东展馆外的化隆拉面展台前挤满了人，热情的拉面人招呼着来自世界各地的客人。
>
> 政府搭平台，企业老板唱"大戏"。展台前，化隆回族自治县的拉面师傅马黑买忙得不可开交，这是他第一次参加"清食展"。"不知道今天会来这么多客人，准备的食材有些少了。"面对这么多的外国

客商，马黑买有些紧张和激动，赶紧给来往的客人介绍拉面的制作工艺。

早上，食客们比较偏爱马黑买制作的干拌面，这也是他的拳头产品。"拉了 20 年拉面，对面的研究也已经 20 年了。曾在多个国家学习面点技艺，就是想把拉面做得更好，更有特色。"马黑买说，他在厦门的 4 家拉面馆来的都是回头客，认准的就是这个味儿。

一整天，马黑买的展台前都是宾客满座。"一共卖出 1100 多碗面，3 位拉面师傅累得抬不起手。若不是食材太少，估计能卖 1400 多碗面，后面来的客人都没吃上。"离开展会前，马黑买有些遗憾。

马黑买的合伙人贾海武是自山东烟台返乡的第二代拉面人，2003 年他在烟台开了第一家拉面馆，后来又把面馆开到烟台大学。

2016 年 4 月，我在西宁参加海尼尔"墙上爱心"拉面公益活动启动仪式时，见到的贾海武是一副黑黝黝的浓须美髯，他的两句话给我留下了深刻的印象，一句是"化隆人在南方拉面二三十年了，土生土长的孩子在南方成长、上学，上了大学，婚嫁时被父母亲把面馆跑堂的配上了。这怎么行？大学生怎么可能和跑堂的结婚？父母亲一看，不行，还得跑回来。跑回来怎么办？现在青海像保护眼睛一样保护着三江源，中华水塔嘛，土地退耕还林了，如果他们上来，没田可种，怎么办？这些人最好的方式是融入到城市里面。"第二句是"吃一碗面，就是在三江源种了一棵草，开一个拉面店，就是在三江源种了一片树林。牛肉拉面人融进城市里，就是为大美中国做贡献。"

开一个拉面店，就是在三江源种了一片树林！信然。

对于资源匮乏、产业单一又远离商业大都会的化隆县来说，向拉面产业要就业要发展是当时普遍的共识，成功的拉面人就像家门口的明星，既亲切可信又朴实可爱，他们的魅力为年轻的化隆人提供了人生指南。

2016 年，化隆县把拉面经济带动群众脱贫致富作为产业带动脱贫致富的重要内容，于当年 3 月推出"带薪在岗实训＋创业"计划。按照该计划的实施方案，以全国的化隆拉面店为载体，将精准识别的贫困户与拉面店对接，由村党支部负责协调，拉面店老板负责在店内对贫困户进行一年以内的"带薪在岗实训"，让贫困户在拉面店边带薪边接受培训，掌握拉面技术后，政府为其提供三年贴息贷款 5 万元，助其开店创业。该计划的目标是四年培训 5000 人。

在"带薪在岗实训＋创业"计划之后，化隆县政府又在全县 12 个贫困村实施"一村一店"精准扶贫计划，这个计划主要将扶贫产业发展资金、扶持较少民族资金等国家补助资金以折股量化形式与品牌拉面店合作，以 50% 的比例各投资 50 万元，拉面店每年以 10%（5 万元）给予贫困村分红，同时每店将运营成本、投资金额、年底经营状况、盈利能力等进行单独核算，县乡政府机关或村委可委派代表或工作人员参与村店的经营管理以及安排扶贫对象到店进行"带薪在岗实训"。"一村一店"精准扶贫计划将利用四年时间，实现贫困村"百村百店"目标，通过"带薪在岗实训＋创业＋分红"的模式，增加群众入股型收入和工资性收入，推进拉面经济转型升级。

海尼尔牛肉面旗舰店成为这个计划的首个签约单位。

2016 年 7 月 25 日，海尼尔"一村一店"精准扶贫项目签约仪式在西宁举行，化隆县五乡十村代表在签约仪式上签订合同。根据媒体当天的报道，马黑买表示，海尼尔委托专业评估机构对自身的有效资产进行了评估，并进行了司法公正，在保证金不受影响下，合同期内认真履约，保证每年拿出 10% 的利润，对贫困户进行分红。

而据化隆县政府网站化隆快讯当年 11 月的更新消息，海尼尔签约的贫困村数量有所增加："目前，我县共有 12 个村 213 户 772 名贫困群众将 415.8 万元（人均 5400 元）的产业发展资金投入到'海尼尔'品牌拉面店实施'一村一店'计划，年底人均分红可达 540 元。"该报道没有提及其他拉面店，这似乎意味着，截至当年 11 月，华泰餐饮是唯一参与了这一计划的企业。

但我从别的渠道获知，这篇官方报道反映的情况并不全面，至少当时卡什代村村主任马军海在武汉的公司也参与了这一计划——这是另一个故事。

我第一次与海尼尔相遇时，马黑买和贾海武正是踌躇满志之时，他俩告诉我，海尼尔品牌在西宁、烟台、厦门的连锁店达到 19 家，除了西宁的旗舰店，其他店都是几位股东的现成店，此时已经实现了品牌统一，海尼尔已经成了青海拉面第一品牌，一天的营业额达到 62 万元。但这只是转型升级后的第一步，接下来，海尼尔将走向海外，马来西亚店正在筹建之中。此前一年，马黑买等人曾赴马来西亚进行过一次考察。

2017 年 4 月 28 日，海尼尔牛肉面马来西亚吉隆坡店开业，贾海武负责这个店的运营。在开业当年，这个店每天能卖出 200 多碗牛肉拉面，日均营业额 4600 多元人民币，在消费水平并不怎么高的吉隆坡，这一业绩符合贾海武的预期。马来西亚是一个对中国非常友好的国家，该国华人约占三分之一，正因如此，当年 12 月 24 日，马来西亚电视台的美食节目播出了一期专题节目，介绍海尼尔和中国牛肉拉面。

出租车一进入群科镇，我对司机说海尼尔，司机嗯了一声。

我很好奇："海尼尔很有名吗？"

司机说："知道。"

这是 2023 年 8 月的一天，我第二次去海尼尔，不为见马二沙，只为悄悄地吃一碗厦门拌面，因为午饭时间到了。

群科海尼尔是马黑买的表弟马二沙开的，是其众多加盟店之一。

马二沙当年在厦门南翔牛肉面店打工的时候，他的哥哥在家陪父母，因为母亲身体不好，兄弟二人从浙江衢州回到了家。见马二沙在家里也帮不上忙，舅舅便带着他去厦门打工挣钱。母亲病逝后，哥哥带着嫂子北上东北做拉面师傅，马二沙继续留在厦门。那时候家里太穷了，饥一顿饱一顿，除了黄河边上的几亩地，几乎一无所有。马二沙在拉面馆打工，最强烈的感觉是"拉面店吃得好住得好，比在家里幸福多了"。

2004 年，哥哥在上海浦东新区找到了一个店面，打电话叫他过去。第二年，他从厦门直接到了上海。兄弟二人一起创业，每天休息三四个小时也不知道累，营业额能达到每天七八百元，很是心满意足。

在上海三年之后，兄弟二人跑到广州花都区花山镇，花 11 万元打了一个店，一天能卖一千二三百元。这时候的整个花都区已经有二三十家化隆拉面馆。五年之后，父亲身体又不好了，兄弟二人轮流看护父亲，一人开店时另一人陪护。

2016 年，轮到马二沙回家陪父亲了。在此期间，他想到了一个长期性的解决方案，就跑到西宁找马黑买：我想在你这儿学点手艺，回去在老家开一个。马黑买说好啊。马二沙领着自己的侄子在西宁的海尼尔总店学了三个月，正好群科有一家店要转让，马二沙叔侄将其接手过来。

群科海尼尔的装修吸收了海东民居的元素，明黄色的木制隔断典雅而简约，明厨亮灶里面的一切有条不紊，年轻的小伙子、小媳妇简洁流畅的动作让人赏心悦目，单是欣赏其制作流程就给人极大的享受——店里的一切都流露出精心设计的痕迹。这家店完全复制了西宁海尼尔旗舰店的模式，"我俩一心一意地做，生意慢慢好起来了，现在稳定了。"马二沙说。

这家店成功之后，哥哥把广州那家经营十年的店免费留给了外甥，回到群科，在弟弟的店里重新做起了学徒，学习海尼尔的产品和管理模式。学成之后，到尖扎县康阳镇开了一家海尼尔。

群科海尼尔门前有一个小型停车场，在一排轿车中有一辆宝马。我同行的朋友说："这辆车好啊！"马二沙憨厚地笑着说："嘿嘿，喜欢车嘛。"

那是 2023 年 5 月 2 日，云淡风轻，阳光和煦，我刚刚从马黑买老家沙一村出来，身后是连绵无尽的卡力岗丹霞，眼前是群科新区安静祥和的街景。

马刚的冷水鱼养殖

2008 年，砖厂被承包出去以后，马有忠重新回到了武汉。这里是他的"地盘"，是他引领化隆人和海东人改变命运之地，此时，众多的青海人（化隆人、循化人、民和人、平安人）和张家川人已经让这个城市的大多街巷飘浮着牛肉拉面的气味，武汉人已经习惯于早上起来吃一碗拉面去上班。更因为青海拉面人在全国的影响力，"兰州拉面"在互联网上的搜索热度甚至超过了"热干面"。

马有忠这次在武汉重新开了一个店。

而马有明父子先是来到了宁波。他们本想去上海的，但由于奥运会年的城市管理比较严格，二人在上海难以落脚，转而投奔更加友好且欣欣向荣的宁波，在宁波钢厂旁边找到一个店面，开了一个面馆。此时，父亲马有明开始做甩手掌柜了，不久之后他回到了化隆，儿子马刚已经成长起来了，而且已经结了婚。马刚承认自己并不是一个很能吃苦的人——的确，自从被带到武汉上学后，他基本成长在一个相对优渥的环境中，父亲甚至给他请过家教，这在拉面人中极为罕见——开了一年多以后，将面馆转让给一位临夏人，马刚回到了武汉，投奔叔叔马有忠。

马有忠在武汉的这个店开得很火爆，但享受过拉面红利的马刚这一代已经不似当年的创业者，他对重新开店没有上一代人热情。"拉面我干不好，干不动，简单地拉个面我会，但是和面我不会，请个面匠吧，那个时代投资做面馆的老板多了，面匠不好请了，人工也不好找。"显然，马刚所描述的并不是大多数人的观感。

2011 年，马刚回到了化隆。不久之后，叔叔马有忠也回到化隆，做起了梦寐以求的向东村清真寺教长。

马有明的回乡创业是从宁波回来后开始的。2008 年，他敏锐地捕捉到大棚种植的信息，颇为好奇，便亲自到云南和山东考察了一圈。这种被称为革命性的种植方法从 20 世纪 80 年代被引进中国，首先在中国南方兴起。90 年代初期，山东寿光率先在北方进行大棚种植的试验和推广，掀起了一场改写农业历史的"绿色革命"。马有明在考察之后极为兴奋，和村里商谈，准备把闲置土地承包下来搞大棚种植。

此时，化隆的一位县领导对他说：你别搞这个，你会不会养鱼？

马有明很快搞清楚了，县上有一个养鱼的项目正在寻求经营人。马有明当即点头：会养会养。

冷水三文鱼养殖的项目就这样意外地落到了马有明手里。

冷水鱼主要包括冷水性的鲑鳟鱼、亚冷水性的鲟鱼以及裂腹鱼等，特别是鲑鳟鱼，与鲤科鱼和罗非鱼同属于世界三大主养品种。

1985 年 8 月，青海省从甘肃省玛曲县虹鳟鱼养殖场首次引进虹鳟鱼在海晏县哈达木泉试养成功。

1989 年，在联合国粮农组织"青海渔业发展"援助项目资助下，青海从欧洲引进虹鳟鱼集约化养殖技术和工厂化育苗技术，并在互助县南门峡水库建起了全省首座虹鳟鱼工厂化繁育车间，年繁育规模达到 100 万尾。

1991 年，青海省在龙羊峡水库建立虹鳟鱼网箱养殖基地，并取得折合亩产 75.78 吨的虹鳟鱼网箱养殖的全国纪录。

1996 年，青海虹鳟鱼向省外输出鱼片、冰鲜鱼类 5 吨。龙羊峡水库成为当时全国最大、产品最集中的虹鳟鱼网箱养殖基地。

在马有明进入这个产业之时，青海省科技部门刚刚突破冷水养殖三文鱼大面积推广的技术难关，计划在黄河干流沿岸发展冷水三文鱼养殖产业。这项尝试是从化隆县开始的。

> 青海被誉为"中华水塔"，拥有丰富而充足的冷水资源，省内黄河干流龙羊峡至积石峡 300 公里间多座大中型水电站的水库因水体洁净、水质优良，水温在 2 ~ 22℃，常年不封冻，被国内外公认为网箱养殖三文鱼条件最好的地区之一。凭借得天独厚的资源优势，从 2007 年开始，青海省借鉴并引进挪威成套冷水鱼网箱养殖装备技术和生态环保的养殖装备，从美国、挪威、丹麦引进鱼种，以鲑鳟为主推品种，以深水大网箱养殖为主推技术，推广覆盖到了沿黄水库大水面，启动了陆基渔业示范试点工作。

其间，先后突破了鲑鳟鱼人工繁殖、苗种培育、人工饵料投饲、规模化养殖、鱼病防治等关键技术，获得渔业基础研究和水产养殖技术示范推广科技成果8项、省部级科技进步奖2项，全省冷水鱼养殖规模也随之不断壮大，也为清澈的黄河流域增添了更多经济价值和活力。

为了鼓励农户发展冷水鱼养殖，政府组织海东市化隆回族自治县专业养殖户到成都、青岛学习冷水鱼养殖的经验。

——综合自青海网、青海发布等

向东村就在黄河边，水温和水质条件优越，马有明的网箱养殖三文鱼场就建在黄河里。因为有省上和县上技术人员的指导，养殖过程极其简单，用马刚的话说："就是把鱼放在里面，不用管，按时投放饲料，等着它慢慢长大。"

马刚在2011年从武汉回来后就协助父亲养鱼。"当时，黄河冷水鱼在青海刚刚兴起，我们的鱼种是从荷兰进口的，一斤半重的鱼批发价是25元到30元一斤。"马刚介绍，"青海冷水鱼最大的好处是通过水运，从养殖场到餐桌只需三个小时，而当时，中国从国外进口三文鱼至少需要三天。"

马刚的养殖场每年能产鱼100吨。"这是什么概念？它的成长周期是这样的，十个月长到一斤半，此时的价格是二十几块钱一斤。养到三年就能出产，这时可以卖到40块钱一斤。"

2012年，由于黄河上游经历暴雨天气，上游水库泄洪，马刚的鱼大量死亡，遭受了惨重损失。"鱼在清水里才能进食，洪水里进不了食，吃不了食它只能活 40 天。那场洪水让我们损失了将近 100 万元，政府补偿了 60 万元。"

据报道，这一年，青海省的鳟鱼产量达 2580 吨，占全国产量的 13%。

据化隆当地媒体报道，截至 2014 年，化隆县已经在甘都镇水车村、群科镇向东村和团结一村、德恒隆乡哇加滩村、牙什尕镇牙什尕村建成了 7 个标准化冷水养殖示范场，其中最大的是甘都镇的永福养殖场，后者的年苗种生产能力达 10 万尾。

2014 年，马刚参加上海世界旅游博览会，只带了 4 条鱼参展。博览会的第三天是市民参观，马刚的展台前来了一位老人。此时，他只剩一条鱼了，其他的三条已经给参观者品尝完了。这位老人说，我给你一斤 300 元，把这条鱼全卖给我。"那条鱼我卖了 2000 多块钱，直接惊掉了。"马刚说。

2015 年，黄河上游再次发生洪灾，马刚再次损失 100 多万元。但由于这一年农业遭受的损失更为严重，政府的补偿款给了种油菜籽的农民，马刚的损失只能自己承担。

但青海的冷水鱼养殖产业越做越大，截至 2023 年，全省沿黄 6 个水库拥有 27 家网箱养殖场，网箱规模 39.3 万平方米，冷水鱼年产量达到 1.5 万吨左右，占国内鲑鳟鱼产量的 30% 以上，已成为国内最大的鲑鳟鱼网箱养殖生产基地。而在化隆县，从李家峡库区到苏志库区，168 公里的黄河流域共有 14 家水产养殖合作社。

马刚的养殖场就是其中之一。

马军海：卡什代村村主任

卡什代的意思是山梁上的老虎，而它所在的乡——德恒隆的意思是老虎居住的地方。这两个藏语名词无论其音译还是意译，都很适合寄放诗意和乡愁。事实上，整个卡力岗在第二代第三代拉面人的心里，就是一个寄放乡愁的地方。

卡什代村自从整体搬迁到 8 公里山路之外的岗蓝卡，原来的村子就完全交给牛羊、草木、阳光和传说中的老虎了。

新的村子离山下的 203 国道仅 6 公里，静卧在卡力岗群峦中一处朝阳的臂弯里，面朝黄河，平整精致。站在村道边的凉亭里，可以俯瞰高楼林立的群科新区，沿着一条盘缠山腰的水泥公路下到山底，卡什代的村民们就能轻易地拥抱绚烂的现代商业生活。

在老虎栖居的地方和流光溢彩的城镇之间，卡什代村更像是一个象征，左手传统右手现代，那些被拉面重新塑造的化隆人，身上都有这样的双重气质。

2022 年，马军海卸任了德恒隆乡卡什代村村主任。在这个职位上，他干了两届共六年，贯穿了脱贫攻坚的全过程，因此，他也是卡什代村易地搬迁工程的主要策划者和组织者。

一年之后，每有朋友造访群科新区，马军海都会不失时机地把他们接到岗蓝卡，带他们参观这个在反复平整过的土地上崛起的新村子，错落有致的村落布局，被彩色瓷砖装饰的一栋栋小楼房、小院落，平整的水泥路面，精致的人工草坪，大气庄重的村史馆、党员活动室和综合服务中心，都体现着新时代的秩序感和使命感。

"这是我在村主任的岗位上干得最大的一件事情。"马军海神采飞扬地指点着村子说。

"一个在武汉开拉面馆的村民，他基本上是一个外地人，常年不回家，他们为什么要选你当村主任？"

"因为我能干呗。"马军海玩笑的语气让在场的人发出会意的笑声。

"这人就是聪明，上学时就不安分守己。"他的同学冶金莲半带揶揄地说，"如果不是他的老师拉一把，这人不知会干出什么事。"

马军海说，他的老师就是现在的常务副县长李照本，是他人生中的贵人。

2000年，19岁的马军海一边做代课教师，一边搜寻着挣钱的机会。他所在的卡什代村正是当时"化隆造"的一个重点村，"家家都是兵工厂，"马军海不无夸张地说，"造枪贩枪的流程我清楚得不得了。"

"李老师当时已经调到县委组织部当干事，我们俩关系特别好，我是他最喜欢的学生，他当时已经感觉到了我不对劲。"马军海说，有一天晚上，他在化隆宾馆住着，李老师找上门来，和他喧了一夜。李老师说："你做这个代课老师，没什么前途，有没有出去闯一下的想法？"马军海说："有啊。"刚好卡什代村有两个人从武汉打工回来，一个是面匠，一个是跑堂。马军海跟这二人在山上放牛时深聊过，了解到武汉拉面馆的各种操作流程。

他告诉老师，他想去武汉开面馆。

"李老师认为我的想法很好，借给我了一万三千块钱，让我去闯。一万三千块，在当时可是了不得的一笔钱，一套房的首付都够了，他主动借给了我。"马军海说，其实当时他手里有一万块钱，但老师还是主动借钱给他。

"他为什么对你那么好？"

"因为他是我的班主任，三年的班主任。"

"你们之间没有亲戚关系吗？"

"没有，他是藏族人。"

"这么好的老师。他就是你生命中的第一个贵人。"

"因为我在上学的时候患有气管炎，是老师一直出钱给我治疗，当时他的工资也就 300 多块钱。还有，我学习成绩也很不错，老师对我很好。所以老师调走以后，我经常去看他，一直联系着。"

"他知道你不是省油的灯？"

"他知道我很聪明。他为什么支持我开店？因为他怕我违法。"马军海说，"所以他把买房子的钱拿出来，支持我到外面开店。我本想打个借条，但他没让打。"

2000 年 8 月，19 岁的马军海带着村里的那个面匠和跑堂去了武汉。

当时，武汉的拉面馆不过几十家，主要集中在武昌区和洪山区。马军海在华中农业大学正门口的七八家铺面中找到了一个门店，是一个张家川人的拉面馆，他花了 1.3 万元接手过来——正好花掉了老师借给他的钱。

这时的张家川"拉一代"刚刚冒出头，他们是武汉一代化隆拉面人的徒弟。

这个店面并不大，可以摆 6 张桌子，里面有个二层阁楼，用来住人。

"当时我啥都不懂，是老板娘教我，花椒两勺，胡椒两勺。哎呀，这个胡椒是什么？"当时的卡力岗人，大多数都没听说过世上还有一种调料叫胡椒，马军海这样见多识广的人也不例外。

好在他带去的面匠和跑堂什么都懂，三个人把卫生一打扫，第二天就开张了。当时面匠的工资是一个月 500 元，跑堂一个月 150 元。面馆的品类很简单，只有牛肉面和刀削面，牛肉面一碗 3 元。

当年年底，也就是四个月之后，支付了第二年的房租和第二年的员工工资后，马军海身上揣着 7 万元回到了化隆。"我拿着 7 万元，给我的老师买了一套一千多元的西装和衬衣、领带、皮鞋。"

一年之后，2001 年 9 月，武汉理工大学后勤部找到了马军海，邀请他到学校开食堂。按照教育部的有关要求，大专院校要开设清真食堂。马军海从这个店开始，尝试了一种在当时并不多见的模式，由他出资开店，找人合作经营，合作者不但能拿工资，还可以享受 50% 的利润分成。这是一种带有帮扶性质的合作模式，他的第一个面匠成为第一个帮扶对象。面匠作为半个老板，把老婆孩子接到了武汉，全家人在店里吃喝拉撒，生活费由店里支出，两口子按面匠和跑堂的待遇领取工资，孩子在武汉上学。

通过这种模式，马军海先后把自己的第一个面匠和第一个跑堂培养为面馆老板，第三个是邻村的一位藏族同胞，后者也是从他的跑堂开始的。

2008 年，马军海注册了自己的公司，湖北化隆牛肉拉面餐饮管理有限责任公司。从这一年开始，他将此前的合作开店模式确定为针对卡力岗地区的帮扶模式，名为"公司 + 农户"模式。"所谓公司就是我嘛，农户就是卡力岗的村民，比如一对夫妻。开店我投资，他经营，以两年为限。两年后做个评估，他做得好，合作继续，不好，把店交回来。在此期间，我给他发工资，他们一家人吃住在店里，不承担任何风险。结算的时候，把人员工资和所有的成本全部除掉，利润各占 50%。"

"如果开失败了，店交回来了，事实上它已经贬值了，甚至有可能开不下去了？"我说。

"是，失败由我来承担嘛，"马军海说，"就是因为风险由我100% 承担，所以他们很乐意。我这个模式就是很容易运作。"

通过这种模式，马军海先后开了 14 家店，孵化出了至少 14个老板，相当于 14 对夫妻加上村里的打工者，至少 50 人从他的店里走了出去，其中的一些打工者出去后也独立开店，成为面馆老板。

"从我店里走出去开店的，全国各地都有，长沙最多，有七八家，宝鸡、西安、郑州都有。"马军海说，最让他欣慰的是，他孵化出的老板中有 7 位藏族同胞，他们分别在果洛、玉树、拉萨、成都开店。

作为卡力岗最聪明的人之一，马军海不可能看不到牛肉配送这一块生意。在 2015 年之前，武汉的牛肉配送生意做得最大的自然是马有忠兄弟，二人主要是从青海发的冻牛肉，而马军海介入这一行当后，选中的是河南到武汉的这条鲜牛肉配送线路。

2015 年，马有忠兄弟离开武汉时，将一些牛肉的未收货款委托马军海代收，马军海提前进行了垫付。

"2012 年时，我就在西宁买了房子，在群科买了铺面。2014 年，我买了奔驰车之后，手里还有 200 万元的现金。"马海军说那时候，他自己直营的面馆就有 7 家，"一家面馆一年再不赚钱，十几万还是赚上着呢，一年也有 100 万元。"

2014 年底，卡什代村村委会换届，马军海全票当选村主任。村民选举他的理由是：你是我们村最有能力的人，也是最有钱的人，你给村里做了那么多实事，我们信任你。

村民所说的实事，不止"公司 + 农户"的帮扶模式，还包括他先后给德恒隆乡中心学校、佳加村民族寄宿制学校、培侨小学捐赠校服、床垫等价值 5 万元的物资。

一般的村子，都有一些或隐或显的"帮派"，但卡什代村在选举村主任这件事上，却出奇地一致。

2016 年，化隆县政府推出的"一村一店"精准扶贫计划在马军海这儿也得到了积极响应。和马黑买的华泰餐饮的模式相同，经村委会研究决定，卡什代村建档立卡户 17 户加一般贫困户 9 户共 21.6 万元的扶贫产业发展资金投入到湖北化隆牛肉拉面餐饮管理有限公司，马军海的公司每年拿出 10% 的利润用于分红，人均每年分红 540 元，从 2017 年到 2020 年，年户均分红 2500 元。

2016 年 11 月 23 日，国务院发布《"十三五"脱贫攻坚规划》，提出到 2020 年，稳定实现现行标准下农村贫困人口"两不愁三保障"，即不愁吃、不愁穿；义务教育、基本医疗和住房安全有保障。

2017 年 3 月，化隆县根据《青海省易地搬迁脱贫攻坚计划》出台《化隆县精准脱贫 2017 年易地搬迁项目实施方案》。方案提出，以自然村或社为单位进行整体搬迁，并采取集中安置和自主安置两种模式，计划搬迁安置贫困群众 2943 户 11787 人，其中包括卡什代村 239 户 1080 人。

在刚刚担任村主任的那两年，马军海还可以将大部分精力放在武汉的公司上，但到了整体搬迁方案开始执行的 2017 年，他不得不把主要精力收回到卡什代村的村务上。

卡什代村位于德恒隆乡的最西端，是卡力岗最穷的村子之一。"喝的水都要用牲口上山去驮，一个来回一个多钟头，因为山路崎岖，150 斤重的一桶水，到家后往往只剩下半桶。"所以村民的搬迁意愿非常强烈。按照县上的方案，要充分尊重村民的意愿，有的人想到别的乡投亲靠友，有的人愿意集中安置，"集中安置加上分散搬迁，这是我们化隆县的一个亮点。"马军海说，按照村民的意愿，一部分分散搬迁到别的乡或村，剩下不愿分散的 60 多户集中安置在岗蓝卡集中安置点。

易地搬迁费用是由政府出的，建档立卡户每人 4.5 万元，没有建档立卡的一户 3.5 万元。但围墙、大门这些集体设施还得村民出资。"当了村干部我才知道，有一些人真的很穷。当时我把群科岗蓝卡这个地点拿下了，但有几个山头需要推掉，这个钱得村民自己出，当时有的人连一万块钱都拿不出来，所以我自己垫钱把几座山头推掉了。推掉以后就建起了我们的村子，让他们搬到这儿。我跟他们开大会说了，只要你们按要求搬迁，凡是我包里掏出去的钱，不用记账。"马军海说，"前前后后六年时间，我有 100 多万元投在这个村上了。"

"你虽然是个成功的拉面人，但你不是大款，100 多万元不是小数目啊。"

"有些事是我自己要做的，你没处要钱去，就得自己掏，比如我们的党员活动室，现在是个二层楼，化隆县最大的，那个地点原来是一座山，你在山上建房子也可以啊，但是我要把它推掉，得花几万块钱，这个钱哪儿去找？没处找，只能我自己出钱把它推掉了。"

马军海站在村子边俯瞰着群科镇的步道，指着阳光照耀的小窝窝，以他惯有的漫不经心的语气说："村主任是三年一届，我当了两届，顺利完成了脱贫攻坚的任务，给省（市、县）交了一份满意的答卷。"

2021 年 6 月，作为回乡创业的一个举措，马军海注册成立了青海军海生态农业开发有限公司，计划投资 200 万元，利用老村拆旧复垦的宅基地修建一座 20 亩的牛羊养殖场。这个项目还是采用"公司 + 农户"的合作模式，马军海全额投资，农户只出人力，双方各占 50% 股份。

2023 年 8 月，当我见到马军海的时候，这个项目已经开始运营了。首批，他挑选 4 家农户，给每户建一个大棚加一间公寓，第一期先给每户投入 200 只羊，短期可以出栏。"一只羊赚 200 块钱是没问题的，200 只 4 万块钱，见效很快。"

"销售渠道由你来解决？"

"是，销售渠道我有嘛，他们只管操心养羊。接下来，我打算把牛也养起来，效益更好。"马军海信心十足地说。

但这只是第一步，作为曾经的村主任，马军海还有更长远的规划，以前他只是想把人带出去，到外面创业开饭馆，可是留下来的人怎么办？那就是发展合作社，把小规模的养殖带动起来，"下一步，我要把搬迁户的后续产业搞上去，做生态养殖，发展草膘牛羊肉，完全没有化学成分的那种牛羊肉。"马军海说，"运营起来以后，我要注册一个蓝卡农场，打造千头养殖万头养殖。"

"他这个跟韩启明的区别在哪儿？"我问马真。

"韩启明是土地流转，与军海的'公司 + 农户'完全不同，他是流转之后自己做，通过自己的生态牧场解决当地人的就业。"马真说，"韩启明的公司是重资产，投资和养殖、经营都是自己做；军海这个是轻资产，他只负责投资和销售，养殖部分完全交给农户了，是合作社制。"

"我还有第三步计划，"马军海颇为自得地笑着说，"结合国家的乡村振兴战略，卡力岗有非常好的丹霞地貌，完全可以发展乡村旅游项目，我计划申报投资 300 万元的旅游扶贫项目，搞一批农家乐，还是采用'公司 + 农户'的合作模式，把卡什代村的乡村旅游搞起来。"

"你觉得他这个怎么样？"我问马真。

"这个思路还是挺牛的，军海在村里有影响，人力资源很可靠，完全可以。"马真说。

第十一章　明星们

"江夏好人"韩索力么乃

武汉市江夏区广信万汇城一家拉面馆里，拉面师傅将一团面重重甩在案板上。然后快速地揪成小节子，摆放整齐，用保鲜膜盖好。刚刚直了直懒腰，窗口传来了吆喝声。拉面师傅拿起一条面节子，三拉两扯，手腕一抖，一把如丝面条飞进锅里。随着窗口的吆喝声接连传来，一把把面条飞进锅里，在沸水中翻卷。捞面师傅刚刚捞起一碗面，舀汤师傅接过去，手臂轻轻扬起，一勺汤注入碗中，再快速地调好细嫩的绿菜末、肉丁、辣椒油，一碗香喷喷的拉面递到窗口外。

正值中午，客流不断，老板韩索力么乃忙碌地招呼着客人。

一公里外，他的另一家拉面馆内，父母和弟弟也同样忙碌着。

在化隆县驻武汉办事处主任李永华口中，韩索力么乃是化隆的"著名企业家"。

2015年4月20日，韩索力么乃在武汉成立了自己的餐饮公司，创立了自己的品牌——"青隆十八子牛肉拉面"，旗下有8家拉面馆。

这个1996年出生的撒拉族小伙，11岁时跟着父亲坐了两天一夜的绿皮火车来到武汉时，他只想把肚子填饱。当时父亲开拉面馆，幼小的韩索力么乃就在面馆里玩耍。十多年过去了，和许多化隆人一样，在拉面这条道上，他已经脱胎换骨，如今已成为有自己拉面品牌的企业老板，年收入400万元。他还带领200多位青海老乡投身拉面行业，孵化出40多家拉面馆老板。

2020年疫情期间，韩索力么乃带领员工为一线医护人员、下沉干部送餐，筹集款物共计12万余元，被评为"江夏好人"，后被湖北省委统战部、省民宗委评为"湖北省少数民族抗疫先进典型"。

韩索力么乃的家在化隆县阿什努乡黄山新村。这是一个位于半山腰的村子，春播夏收时节，村民们得每天从山这边下到沟底再爬到对面的山上种地或者收割，来去两个小时，每次都得吆着牲口，或驮或拉。这个村的人均耕地只有一亩多，亩产也就300来斤，不下雨就绝收。

和许多化隆人一样，父亲韩哈山也曾加入过淘金潮。从老家到海西的采金地拖拉机要开一个月。

2007 年，武汉还是最诱人的拉面友好城市。韩哈山把家里的牛羊卖了，凑了 5000 元，带着 11 岁的韩索力么乃来到武汉投奔做拉面的亲戚。"那之前，我没去过老家的县城，更不知道什么是大城市。武汉的晚上特别热，没有空调，就睡在水盆里。"韩索力么乃对人说。

韩哈山的第一家店就位于现在的江夏大道上。在拉面店里，韩索力么乃从干力所能及的杂活开始，成长为一个拉面匠。

韩哈山的店和武汉大多数化隆拉面馆一样，生意令他非常满意。随后的几年中，他先后在西宁买了房，在老家盖了别墅。

2015 年，青隆十八子清真餐饮管理有限公司成立的时候，韩哈山出任董事，19 岁的韩索力么乃出任法人代表，"十八子牛肉拉面"品牌自此打上了韩索力么乃的标签。

这位年轻的企业家常常开车到江汉路、汉街，看到一家家餐饮连锁店依附着繁华商圈，人流集聚，生意兴旺。而当时的大多数化隆拉面馆却是"一张案板两口锅，四把椅子几张桌"，但这种低档次的经营模式如何改变呢？

从 2016 年开始，江夏区政府、化隆县政府多次组织拉面企业负责人外出学习参观，自知识字不多的韩索力么乃积极参与，因为他深知第一代化隆拉面人最大的缺陷便是知识不足。这些学习活动相当丰富，企业家们在上海财经大学、武汉大学、西南大学听教授们讲授企业管理课程，年轻的韩索力么乃受益匪浅。活动还组织企业家参观了海底捞、重庆小面等餐饮品牌，学习实战经验。

韩索力么乃成为这样的学习活动最大的受益者之一。化隆拉面必须提档升级。学习回来，韩索力么乃给家人开了一个长会，要求小小拉面馆也要对标海底捞，把服务做到"有求必应，无微不至"。

韩索力么乃闭店一个月，重新装修店面。与此同时，对产品提档扩容，将原先的十多个经营品种扩展到一百多个；对拉面的熬汤工艺进行了标准化的改进，"十斤牛肉，五斤牛骨，熬制一锅清汤"；定制自己的专用餐具，将"青隆十八子"的 Logo 印在青瓷大碗上。更为关键的是，根据武汉本地人的偏好，他又重新调整了调料配方，更新了口味。

这次提档升级收到了立竿见影的效果。从 2017 年开始，拉面馆的年收入从 20 多万元增长到 60 多万元。

韩索力么乃开始品牌复制模式。自 2017 年开始，他陆续在汉口学院、藏龙岛、联投广场等地新开了 8 家面馆。2021 年，广信万汇城开业招商，要求入驻商家为连锁品牌，韩索力么乃的拉面馆成功入驻。"如果还是当年的那家小店，怎么可能开进商业体？"

如今，韩索力么乃旗下的拉面馆，每家店年收入在 50 万元左右，8 家店就是 400 万元。他也因此成为化隆拉面人中的致富明星。

2018 年冬天的一个早晨，韩索力么乃在店外看到一位清扫面馆附近街道的环卫工人路过，便邀请他进店免费吃拉面，还告诉他："不用客气，饿了随时来吃，可以带同事们一起来吃。"

大约一周后，庙山清扫队的环卫工人们都知道了这家拉面馆可以提供免费早餐。当他们走进这家面馆时，发现有两张牌子：

> 青隆十八子牛肉拉面，为环卫工作人员提供早
> 点牛肉面，提供热水。
> ——青隆十八子清真餐饮管理有限公司

> 一年一度的冬至到了！亲们，不要忘了吃饺子
> 哦！不然耳朵会冻掉的哦！
> 2018年12月22日冬至，在寒冷的冬天，免费
> 给环卫工作人员提供饺子。

从这一年开始，韩索力么乃为环卫工人免费提供早餐从未间断。环卫工来店人数最少的时候也有四五个。

韩索力么乃的"爱心面馆"给武汉这座城市送去了格外的温暖和感动。武汉当地的新闻媒体也给了他应有的尊敬——

> 室外天气寒冷，室内暖意融融。1月10日是腊
> 八节，在武汉市江夏区开拉面馆的撒拉族小伙韩索
> 力么乃，请环卫工进店吃热气腾腾的牛肉饺子，这
> 已是第四年"宴请"环卫工。
> 10日，数九寒冬。来自青海的撒拉族小伙韩索
> 力么乃与店员6点多起床，开始张罗着和面、包馅。
> 8时许，正赶上环卫工清扫完毕，20多名环卫工应
> 邀进店落座。此时，饺子已经下锅，不一会儿工夫，

牛肉饺子煮熟了。

韩索力么乃见状，连忙端上热气腾腾的牛肉饺子，加上辣椒油、撒上香菜，一碗一碗端到环卫师傅们的面前，"多吃点暖和些，不够再添。"看着一大海碗的水饺，环卫工杨师傅拿起筷子开吃，"味道没变，不用说，这一碗有25个饺子。"

"我们平时在店里，可以免费吃牛肉拉面。到了冬至或腊八节，就换换口味吃饺子。"环卫班长郭全桃说，四年了，全班27个人，都到店里吃过拉面和饺子，"感谢店主对环卫工人的关心。"

——极目新闻2022年1月10日《撒拉族小伙连续4年"宴请"环卫工！每天免费提供牛肉面，冬至或腊八节换口味吃饺子》

2020年武汉疫情期间，韩索力么乃加入到志愿者队伍中，为医护人员搬运物资。而他最让武汉媒体激动的是，他每天早上做50份牛肉水饺，免费送到坚守一线的环卫工人手里。"当时，我储备了春节期间营业的大量物资，后来就想着为大家做贡献，为武汉抗疫尽绵薄之力。"韩索力么乃后来接受媒体采访时说。

2月14日，韩索力么乃和十多位化隆老乡，从江夏开车赶到位于硚口的武汉体育馆"方舱医院"，捐赠了1200包牛肉水饺（每包25个）、40箱牛奶、25箱泡面、7箱八宝粥和105箱其他饮品。

同时，他还为亚洲心脏医院、洪山区社会福利院、方舱医院以及店面周边社区等捐赠水饺等物资，为一线医护人员和居民生活提供基本保障。

来自武汉市工商联官网的一份资料说：

　　3月15日，江夏大道广信国际大酒店一楼大厅，韩索力么乃准备了80斤面、30多斤牛肉，组织7位商会会员一直忙到晚上9点，希望给入驻此酒店的124名上海援鄂医生改善生活，受到援鄂医生的普遍赞许。而他这样做的原因仅仅是因为前几天有医生路过他的店门口，希望买两碗牛肉拉面吃。他当即表态，"对于医护人员，只送不卖。"此前，他们还为附近庙山新村酒店的大连援鄂医疗队80余人做了一天拉面。

武汉市委统战部的官网在《疫情不停　供应不断——看望疫情中的撒拉族逆行者韩索力么乃》的动态报道中说：

　　疫情发生以后，韩索力么乃立即号召全体"拉面人"不回青海，留在武汉，为防疫贡献力量。早上5点半起来做拉面，放在门口免费提供给周边环卫工人和小区保安；积极组织少数民族向一线医务人员、社区等单位捐赠物资。近一个月来，韩索力么乃筹集资金5万余元，为支援武汉的医疗队、方舱医院等送去牛肉水饺、饮料等生活物资，充分发扬民族团结精神。疫情不停，他们供应不断。

2019 年 3 月，韩索力么乃荣获青海餐饮行业协会颁发的"青海拉面三十年促进发展突出贡献人物"；同年，获得武汉市民宗委颁发的"民族团结进步模范经营户"；2019 年 10 月参与军运村清真食品督导，军运村村委会为其颁发"纪念证书"；2020 年 1 月 15 日担任武汉市化隆商会会长。

2022 年 3 月，2021 年度"江夏好人"评选结果出炉，9 个先进个人和 1 个集体入选。韩索力么乃荣获"江夏好人"称号。评委会对他的评价是：

服务大局　为军运食品安全把关
守望相助　筹物资捐资金援疫情

深圳"拉面王子"杨毛沙

2017 年 9 月，杨毛沙赴德国杜塞尔多夫市受邀参加这个城市一年一度的中国节活动，并在舞台上表演中国拉面技艺。此事经新闻媒体报道后，一度成为化隆拉面圈津津乐道的一件喜事。

化隆人在国外开店早已不是什么新鲜事儿，但这件事因为与一项代表中国文化和中国形象的政府活动有关而格外受到追捧。

杜塞尔多夫市是德国北威州首府，19 世纪著名诗人海因里希·海涅的故乡。中国节最早开始于 2011 年，由杜塞尔多夫市政府组织，被形容为这个城市每年的重要节日。据媒体描述，每年的中国节都会有 3 万游客来到市政厅广场，欣赏节目、品尝美食、体验中国文化。

2017 年的中国节于 9 月 16 日开幕，美食文化节是其中的亮点之一，杨毛沙和中国拉面展台的其他美食一道被安排在活动现场最显眼的位置。杨毛沙对媒体说："我是 9 月 14 日抵达杜塞尔多夫的，当天德国中餐协会的会长胡允庆就带着我到当地的土耳其市场购买了面粉、牛肉、调味料等食材，拉面汤料是我从国内带过去的。"

开幕式当天，杨毛沙卖出了 470 碗牛肉拉面。

拉面技艺展示是活动的另一项重要内容，分别在下午 3 时和晚上 7 时举行。杨毛沙和同伴被请上舞台，展示了中国拉面功夫。媒体的报道称，当柔软的面团在他们手上被拉扯成一根根细如发丝的面条时，现场爆发出阵阵喝彩。

在工作人员的配合下，杨毛沙还展示了刀削面的技艺。

杨毛沙是甘都镇上四合生村人，出生于 1986 年。2006 年 3 月，20 岁的杨毛沙带着妻子来到深圳，在亲戚的一家拉面馆打工。和所有的新手一样，他也是从打杂干起，每天要从早上 7 点干到晚上 12 点。但他去面馆的目的并不是打工挣钱，而是尽快掌握拉面技能，实现开店的目的。

在打杂之余，杨毛沙利用下午休息的时间学习拉面。"面匠这个工作不好做，店里当时没有空调，我就在 38 度的后厨里学做拉面，每天都热得满头大汗，一天下来脚都疼。"

杨毛沙说他只用了短短一个半月的时间就掌握了拉面技能，然后凑了 5 万元开了个店，店里只能摆 6 张桌子。随后，他把父母和弟弟叫到了深圳帮忙。这是大多数化隆面馆初创时的人力构成。

2008 年的全球金融危机对杨毛沙的影响很大。化隆的官员曾对媒体表示，因为化隆拉面馆主要分布在沿海发达地区，这场危机导致大批拉面馆关闭，拉面产业因此进入了一个阶段的低潮期。杨毛沙对媒体描述的情况是，由于面馆生意每况愈下，当时全家人靠着每月几千元的收入维持生计，有好几次他都想要放弃，是父亲的鼓励让他度过了那段艰难的日子。

2013 年，杨毛沙扩大了店面，他的生意由此进入到一个良性发展期。2016 年，他成立了深圳市伊清源清真餐饮有限公司，并通过品牌许可的方式帮助族亲们陆续开办了 8 家拉面馆。

杨毛沙成为深圳拉面界的明星，缘于他在 2015 年"12·20 深圳山体滑坡"事故救援现场的义举。

2015 年 12 月 20 日 11 时 40 分，深圳市光明新区凤凰社区恒泰裕工业园发生山体滑坡。事发地原本是一个采石场，弃用后就变成了渣土受纳场，出口正对着工业园区。不断堆高的余泥渣土逐渐形成了一个不稳定体，成为"不良地质体"，从而引发滑坡。此次灾害滑坡覆盖面积约 38 万平方米，造成 33 栋建筑物被掩埋或不同程度受损。截至 2016 年 1 月 12 日晚间，现场救援指挥部发布消息称，已发现 69 名遇难者，另外还有 8 人失联。

在事故救援中，指挥部组织协调省市消防、公安、武警、卫生、应急、安监、住建、规土等 2000 多人全面开展搜救工作。

杨毛沙的面馆就在事故现场 2 公里处。得知消息后，杨毛沙第一时间为前线救援官兵送去了 300 余份水饺和 30 件矿泉水。

在随后 15 天的救援时间里，杨毛沙共送去了 7000 余份爱心餐和 200 件矿泉水。在此期间，他还动员周围的化隆面馆加入送餐行列，在整个救援期间，化隆拉面人一共送出了 1.8 万余份爱心餐和 4000 多件矿泉水。与此同时，在杨毛沙的带领下，拉面人还为安置点的受灾群众捐款 4500 元。

杨毛沙的义举经当地媒体报道后，他也成为被社会持续关注的对象。2017 年，他在德国的炫丽表现被一项叫"深圳喜典暨年度深圳大件事"活动评选为"2017 年深圳十大私家喜事"之一。

这项评选由南都传媒和南方都市报主办。主办方在一篇题为"这才是深圳最让人暖哭的私家喜事"的文案中写道："我们依据最暖、最动人、最炫、最牛等标准初评出其中 20 件喜事。随后，我们又采用网络投票方式，和有喜评选团一起，评选出了 2017 年深圳十大私家喜事。"

其中位列第五的是：

拉面王子　杨毛沙
拉面拉到欧洲去，摊位爆棚老外吃完狂点赞。

马牙古拜"感动海南"

2016 年 4 月，我见到已调任海南办事处主任的马永忠时，他从包里拿出很多资料展示给我，其中一份就是关于马牙古拜的。

不久前，2016 年 3 月 29 日，第二届"最美青海人"颁奖典礼举行，马牙古拜被评为诚实守信模范。五个月前，2015 年 11 月 27 日，马牙古拜入选第五届海南省道德模范·诚实守信模范榜。在此之前，他还入选"'感动海南'2014 十大年度人物"，进入 2014 年"中国好人榜"。

在我跟马永忠见面一年之后，2017 年 11 月，马牙古拜又获得了第六届全国道德模范提名奖。

这些属于省级和国家级的荣誉使马牙古拜成为青海拉面界最为耀眼的明星之一，也成为马永忠口中化隆人的骄傲，虽然在商业上他并不是一个成功的拉面人。

马牙古拜生于 1979 年 10 月，谢家滩乡下河滩村人。按照媒体的报道，在 16 岁时，马牙古拜的父亲离开了人世，生活的重担过早地压在了他的身上。他曾经挖过煤，修过路，蹬过三轮车，后来在拉面馆打工。

2012 年，马牙古拜在江苏昆山开了一家小小的拉面馆，但是小店的生意一直不景气。后来，经朋友介绍，2013 年 10 月来到海口，在时代广场开了一家兰州牛肉拉面馆。马牙古拜对媒体说："现在这家面馆是向亲戚和朋友借款 16 万元开起来的，以前还借了家乡的亲戚几万元，负债有 20 万元左右，这笔债像大山一样压在我身上。"据另外的媒体报道，当时他的负债达到了 28 万元。

马牙古拜在海口的这家面馆也不怎么景气，一个月的利润只有 2000 多元，在化隆拉面界，应该属于不常见的冷清。

马牙古拜所有的荣誉来自 2014 年 3 月 14 日的一项义举。

　　这天中午，62 岁的北京退休老人王振铁和一位朋友来到马牙古拜的拉面馆吃饭。当时王振铁随身携带的背包里装了 6 万多元现金和一台平板电脑，还有一些房产资料。吃饭时，王先生随手把包放在旁边的凳子上，边吃边和朋友聊天。吃完饭离开时，粗心的王先生把包落在店里。

　　马牙古拜 15 岁的女儿马忠梅发现椅子上有客人落下的背包，立即告诉父亲。马牙古拜打开背包一看，发现里面有一沓沓现金和其他物品。他赶紧拉紧拉链，告诉女儿："这是客人不小心掉的，里面的钱和东西，我们不能动。"他将背包谨慎保管，等待失主认领。

　　下午 2 点多，王振铁发现背包不见了，但他记不清背包落在了哪里，找了许多地方都没找到。最后，几乎绝望的他来到马牙古拜的拉面馆。令王振铁惊喜的是，面店老板马牙古拜拿出了他的包，核对信息后，二话不说把背包交给王先生，并请失主当场清点了包内钱数和物品。

　　马牙古拜说，如果失主不来，这个背包他会交给警方处理。

　　3 月 16 日，海南日报报业集团旗下《南岛晚报》在头版突出位置报道了"马牙古拜拾 6 万元现金而不昧的感人故事"。

　　媒体报道说，在马牙古拜的兰州牛肉面店开业仅两个月的时间里，客人丢失物品最终物归原主的事情已上演了好几回。有两位年轻男子来到面馆的 2 号桌吃饭，其中一人将一部 iPhone5S 手机忘在了板凳上，马牙古拜 15 岁的女儿马忠梅发现后，二话不说归还给失主。更早的时候，一对青年情侣来面馆吃饭时，女子把红色的坤包遗忘在店里就离开了，马牙古拜及时帮客人保管好坤包，并第一时间归还给那名女子。

媒体的报道点燃了网友的热情。17日中午，有网友在微博上倡议组团去马牙古拜的店里吃面，海南网友＠海南钢琴调律师还提出"吃一碗面付两份钱"的活动，通过仿照国外的爱心传播模式，将多付的面钱预存在店内，为真正生活困难的人提供备用面条。

3月18日的《海南日报》发表了一篇题为《走，我们都去好人面馆吃拉面！》的新闻特写，记录了3月17日一天马牙古拜一家人从早上6：30到晚上8：30的生活，其中有这样的段落——

时间 12：00

热心群众慕名前来吃面

"这家就是报纸上报道的拾金不昧面店，我们终于找到了，大家在这里吃饭支持老板的生意。"今天中午12点左右，海口一家公司的7名年轻人专门来到了马牙古拜的面店，边说边点了7份拉面和2份凉拌牛肉，共计消费了100多元。

记者在面店看到，中午12点以后，店内的6张桌子座无虚席，还不断有顾客前来。顾客张先生告诉记者，自己慕名来面店吃饭，这样讲诚信的老板我们都应该支持。

13:30，马牙古拜又赶到一家电视台接受访谈，忙活了一个多小时。刚回到店里，他又接到了青海一家媒体打来的电话，记者采访后赞扬马牙古拜是家乡人民的骄傲，让他开心不已。

时间 20:30

日营业额突破 1000 元

晚上的生意依然十分火爆，一家人紧张忙碌到20:30，终于有了闲暇的时间。马牙古拜开始清点起一天的营业收入。100、200、300……共计 1000 多元，大大超过了以前的收入。"以前周末生意还好些，周一生意相对较差，没想到今天这么红火，这是开业两个月来营业额最高的一天。而前天面店的日营业额只有 700 元左右，昨天总进账就将近 900 元，非常感谢大家的支持，生意一天天好起来啦！"马牙古拜数完钱后开心地笑了起来。

3 月 26 日，中央电视台《新闻联播》在"凡人善举"专栏中，以"拉面店主拾金不昧　市民组团送爱心"为题，用两分多钟时间播出了马牙古拜拾金不昧的事迹。

2015 年 1 月 15 日晚，"感动海南"2014 十大年度人物颁奖典礼在海南省歌舞剧院举行，现场揭晓感动海南十大人物获奖者，马牙古拜名列其中。现场宣读的颁奖词是：

马牙古拜：诚信千金　不改初心

拉面里没有贪心的味道，拾金不昧，描人性之美；窘困里没有贪念的生长，诚信千金，绘海南之美。一位普通人拾起一片温暖，把良善的信仰注入这座宝岛，点滴汇集，终成大海。

"中国好人"马成义

2016 年 3 月 29 日，和马牙古拜一道同获第二届"最美青海人"的还有马成义、马军成兄弟，二人被评为"助人为乐先进群体"。

2016 年 8 月，马成义又荣登中央文明办组织评选的"中国好人榜"。

检索一下每年的"中国好人榜"，我们不难发现，每个"国家级"好人都与上一年社会的最大关切有关。马成义恰好代表了上一年"8·12 天津特别重大安全事故"中普通人的大义和担当。

2015 年 8 月 12 日，天津滨海新区发生爆炸事故。这起事故后来被定性为特别重大安全事故。事故造成 165 人遇难，798 人受伤，304 幢建筑物、12428 辆商品汽车、7533 个集装箱受损，事故核定的直接经济损失 68.66 亿元。

按媒体和官方归纳的说法，事故发生后，马成义兄弟和他的拉面团队连续十多天为受灾群众和志愿救援队伍免费供应牛肉拉面和蛋炒饭，每天送出去的爱心早午餐达 300 多份。

8 月 14 日起，一条题为"青海化隆马军成、马成义：让爱心午餐走进天津爆炸事故区域"的微信文章在朋友圈迅速传开，短短 1 小时阅读量过万，6 小时超过 10 万次。

此后，经媒体发掘，马成义兄弟的事迹很快被传扬开来。通过不同的材料，我们可以拼凑出这样一些实料——

马成义出生于群科镇先口二村，中专毕业。2002 年随同家人在上海嘉定区开拉面馆。2004 年，在亲戚的介绍下，转往天津市开面馆。在天津事故发生之前，有海东当地的媒体曾经提到过他，称他先后经营过 8 家店，年收入达 20 余万元。

2015 年时，马成义在化隆工作，任沙连堡乡民政干事。此时，他在天津滨海新区有两家以"高原拉面王"为名的拉面馆，分别由妻子马海比拜和哥哥马军成打理。

8 月 12 日 23:30 左右，像往常一样，马海比拜闭店前抱着 3 岁的儿子给丈夫马成义打视频电话，突然一声巨响，信号中断。马成义随即拨打妻子的电话，拨了十几次才拨通。惊魂未定的妻子说，孩子、店里人员和顾客都没有伤亡，只是饭馆的窗户被震碎了。马成义一边安慰妻子，一边叮嘱妻子关好水闸和电闸，带领员工撤离现场。

一些资料回顾当时的情况时说：马成义如坐针毡，打开电视，新闻频道正在报道这次惨烈的爆炸事故。而在微信群里，全国人民都在为天津祈福，各种表达揪心、关心、担心的信息让他难以平静。"那些无家可归的人需要帮助，我们该做些什么呢？吃饭，先解决需要帮助的人吃饭。"于是他再次拨通了妻子的电话，安慰妻子说："留得青山在不愁没柴烧，比起离世的人我们是幸运的，我们是做拉面的，这个时候很多人需要我们送上一碗饭，赶紧做拉面给那些救援者和无家可归的人送去。"马成义的话感动了这个从未上过学的妻子。

接着，另一个店里的二哥三哥也接到了马成义的电话。马军成和弟弟的想法不谋而合。

马成义的拉面店距离事发地约一公里，不能正常开工。哥哥马军成的面馆虽然离事发地不到两公里，但因为附近高楼林立，挡住了巨大的冲击波，没有受到大的损坏。因此，兄弟俩商量，在哥哥马军成的店里开工，为受灾群众免费送餐。

事故发生后的凌晨，马成军召集一家人忙碌了起来。

考虑到有人不习惯吃面，兄弟俩决定再做一些蛋炒饭，后者也方便携带，这样也能满足不同人的口味。

几小时后，两辆用大字写着"免费午餐"的车开到了抢险救援一线，马军成、马成义的妻子马海比拜和店里的伙计向现场救援人员和志愿者发放拉面、蛋炒饭。这一次，他们一共送出去了300多份爱心餐。

有媒体报道称，马成义还联系了灾区的志愿者，向他们承诺，只要有需要，他的家人和员工会尽最大努力免费供应早午餐。

在接下来的十多天时间里，每天300多份免费的早午餐被送到受灾群众和救援人员的手中。马军成还在店门口立了一块牌子，上书"今日拉面免费"，为受伤的天津市民送上了一份温暖。

马成义一家人的义举被传到网上，天津市民对他们报以热情的回应。许多人专程来到店里吃饭，然后，主动放下5元、10元、50元的钞票离开。马军成就用这些钱买些水和生活用品，送到其他遭受损失的人手中。

"拉面代言人"韩玉龙

2022年11月25日,人民日报客户端发布消息:全国劳务品牌发展大会在京召开,大会宣布了劳务品牌工作全国赛获奖项目及全国劳务品牌形象代言人名单,海东市化隆牛肉拉面匠韩玉龙被评为全国劳务品牌——化隆牛肉面形象代言人。

2023年8月31日,中国互联网新闻中心《中国人物》节目《中国梦·大国工匠篇》推出纪录短片《韩玉龙:"一碗拉面"带来的荣誉和幸福》。

韩玉龙可能是化隆青海牛肉面行业迄今为止最为耀眼的公众人物。他技艺超群,荣誉等身,镜头形象憨厚朴实,正在努力刷新着世人对化隆牛肉拉面的刻板印象,同时也顺便打开了人们对这碗面的未来图景的想象。

韩玉龙,男,回族,生于1979年8月,化隆县巴燕镇庙尔沟村人。高级面点师,青海餐饮业省级注册裁判员。

2017年8月获得了青海拉面技能大赛一等奖;2018年3月获得了"化隆牛肉面杯"拉面技能大赛一等奖;2018年9月获得青海省"工商银行杯"拉面大赛金奖;2018年11月荣获"青海高原工匠"荣誉称号;2019年4月获得青海省第十五届职工技能大赛全省首届拉面行业技能竞赛创新奖、拉面成品

一等奖、制汤三等奖、水调面团三等奖；2019 年 5
月荣获全国五一劳动奖章；2019 年 5 月被青海省就
业（农民工）工作领导小组评为"优秀拉面务工人
员"，2019 年 6 月，被选为青海省饭店烹饪协会拉面
专业委员会副会长、青海耗牛肉拉面专家组专家；
2019 年 12 月，荣获 2019 年度青海饭店餐饮行业"餐
饮文化贡献传承人物"称号；2020 年 4 月，在"全
省首届拉面行业技能竞赛"中获"技术状元"和"优
秀选手"称号；2020 年 11 月，在第四届博鳌国际美
食文化论坛上获得"中华美食工匠"称号和全国烹
饪艺术大赛"特金奖名厨"称号。

这是中国劳动保障新闻网对全国劳务品牌"化隆牛肉面"形
象代言人韩玉龙介绍中的两段文字。

公众人物都有可能被媒体美颜过当，网上的资料洋洋洒洒，
却篦不出多少有价值的信息。我担心的是，我能不能真正走近一
个真实的韩玉龙。

2023 年 8 月，韩玉龙很忙。他忙着被培训，忙着彩排，每
一次都要花费很多很多的时间，以应付即将到来的会议发言或表
演，以便在即将到来的采访镜头前配合流畅。

8 月底的一天，我终于见到了真实的韩玉龙。他在众声喧哗
的场合沉默寡言，偶尔用一两句插话表现他的谦卑；他对身边
的人呵护有加，身体语言亲切随和，好像做好了准备随时为他服
务。"这是一个在努力脱去光环，回归生活常态的人。"我想。

他的憨厚朴实超过了我见过的大部分化隆人，这使我对他的好感迅速上升。后来，在西宁一家清冷的宾馆，我俩斜躺在床头的靠背上，像老朋友一样聊着他的过往，感叹时光迅疾、命运难测。

韩玉龙出生的庙尔沟村离县城七公里，毗邻冶二买所在的村子窑湾村，属于巴燕镇的北山地区，而韩录所在的卧力尕村属于南山地区。和许多同龄的孩子一样，韩玉龙读到小学三年级就辍学放羊了。这段时期，韩录、冶二买在厦门开面馆的信息不断地冲击着卡力岗和巴燕山区，许多少年的梦想中都被编织出一个富丽堂皇的叫作餐厅的地方。韩玉龙对于"餐厅"的想象来自电视，旖旎的灯光、亮可鉴人的地板、衣着华丽的服务员。

1996年，17岁的韩玉龙来到厦门时，却发现与想象中完全不同的拉面餐厅，最大最豪华的也就摆着五六张桌子，门口一个蜂窝煤炉子、两口面锅、一个面板。

但很快地，他的认知被刷新。冶二买的弟弟私下里告诉他，那个狭小到只能摆4张桌子的店，一年赚了72万元。这个数字已经超乎一个化隆少年的想象。那是1997年的光景。韩玉龙说："香港回归的那一年，72万是我听到最多最震撼的数字。"

韩玉龙也从跑堂开始做起，饭馆是一位表哥的。这个店位于厦门大学的门口，人流量很大，生意很好。他对厦门的第一印象是热，那种皮肤被涂上了一层黏稠物的令人闹心的热。从清凉的化隆山区走出来的人，很难适应这样的天气。

他的拉面技能是在打杂之余靠近面板，把玩那些面粉和面团，凭着观察、琢磨、模仿掌握的，他跨过了跑堂和面匠之间的那些台阶。在所有化隆男孩子都想迅速成为拉面师傅的那段时期，他的这一攀爬过程用了两年。

两年之后，他以面匠的身份跟着一位老板来到了福建漳州。那是一段非常艰苦的时期，面馆里只有两个雇工，另外一个打杂的。饭馆里没有床铺，两张桌子一拼，上面铺个纸板，就在上面睡觉。每天凌晨 2 点休息，清晨 6 点就得爬起来工作，日复一日，没有休假。有时候顾客走了，就趴在凳子上睡一会儿。有一天，他在工作中晕倒，被抬到医院，医生说是太累了。

事实上，那个店的生意还不错。那时候拉面一碗 5 元，店里一天能卖 1500 元左右。但老板的压力还是很大，因为稍一松懈，营业额就有可能下滑。"也不能怪老板，他和我们一样，每天工作 20 个小时，那个年代就这样。"韩玉龙说，"如果老板不要你的话，你连饭都没地方吃，饿得回不了家。"

"拉面人的苦，我们那一代人受了。"他感慨道。作为拉面人，受苦就有希望，不像在化隆老家当个农民，受苦是年复一年的循环。

在漳州打工八个月之后，他回到了化隆老家。

2000 年，他终于找到了一个合伙人，两人一起跑到了广州。当时在他观察所及的范围内，广州还没一家化隆拉面馆——这和马吾买尔的观察是一致的——韩玉龙二人在天河区找到了一个铺面，开始合作开店。但好的面匠并不一定是好的老板，由于两人都没有经营经验，这个店并没有给他们带来预期的收益。

韩玉龙的第一桶金是在东莞赚的，这次是和大哥一起开的店。此时，东莞已经有了一家拉面馆，开在光明路上。韩玉龙兄弟的店开在汽车总站，这是东莞第二家化隆拉面馆。

大概半年之后，马吾买日来到了东莞。韩玉龙说："吾买日来的时候我们都知道，他的店很小，但生意不错。"

因为汽车站人流量大，生意还算不错。但这个店开了不到两年，因为车站拆迁，周边人流骤减，再开下去已经没有必要，于是，关店走人。他再一次回到化隆老家，陪护父母。

韩玉龙说："2003年到2010年之间，我一直在广东活动，因为找店，跑遍了广东的大小城市，有时候也与人合作开店，但真正属于自己的店只有两家，第一家在东莞汽车总站，第二家在东莞长安镇。"

他再次回到东莞，是受长安镇一个亲戚的邀请。那人因为生意很好，需要人手，便叫他下去帮忙。

新世纪之初，长安镇作为中国电子信息产业重镇崛起，成为长三角的一颗明珠。目光敏锐的化隆人在到达东莞市区的同时，也来到了长安镇。一时间，长安镇汇聚了大量的化隆人。后来，化隆县驻东莞的办事处主任马永忠就是在长安镇找到了立足点。

帮忙时间不长，韩玉龙也在长安镇找到了合适的店面，开起了他在东莞的第二家店。这个店开了三年后，他回到了化隆陪护父母，店交给了大哥。那时他们兄弟尚未分家，事实上这个店也算他们全家的。

因为他是家里的老小，按照化隆人的传统，陪护父母的责任落在他的身上，所以在拉面生涯中，他总是在化隆和外地之间不停地奔波，因为家里的负担比较重，即使开过两个店，但他的手头并不宽裕。为了找店，他几乎跑遍了东南沿海的大部分城市，甚至东北和天津，因为那时的转让费很高，许多店他只能望而兴叹。

2010 年，他来到了杭州，因为有位朋友此时正缺面匠，要他过去帮忙。

在杭州期间，有一天他正在拉面，店里踱进来一个 50 岁左右的中年人。

"小伙子哪儿的？"这位操着西宁普通话的人向他搭讪。

"青海化隆的。"

"你们青海人懒得不出门，出门就能赚到钱。"这人是杭州一所大学的教授，曾在西宁的一所大学工作多年，对青海有感情。他说青海人头脑好，能吃苦，赚钱能力强。

临走时，这位中年人对他说："小伙子，你的拉面技术很好，有前途，但不要以为你是拉得最好的那一个，你把这一碗面研究透了，这就是你的财富。"

韩玉龙说，过去二十多年了，他还记得那人的话。事实上，这话对他影响很大，从那以后，他把大多的心思用来琢磨拉面技艺，慢慢地，从中享受到了特殊的乐趣。

他在杭州待了八个月，期间，为了找店，他骑着单车跑遍了杭州附近的大多数城镇。最后，是上海的朋友提供的一条信息，把他召到了上海。

上海浦东，一个安徽人开的一家"兰州拉面"店正欲转让——安徽人开"兰州拉面"店，可能是为了蹭当时炽热的品牌热点，但他们天然地缺乏一个地理标签，所以那些蹭热点的最后只能闭门歇业——韩玉龙终于又找到了理想中的店面。这是他独立开店以来的第三家。

2014 年，他再次回到了家乡，上海的店交给了二哥打理。从此以后，他告别了漂泊生涯，光鲜的人生从两家"绿洲生态园"展开。

这一年，他被著名企业家韩进录聘为海东市都市绿洲生态园开发有限公司的拉面部经理。韩进录有两家"绿洲生态园"，另一家在化隆，叫黄河绿洲生态园。韩玉龙事实上负责的是这两家公司的产品研发、产品管理和人员培训工作。

韩进录被视为海东餐饮界的标杆性人物，他的两个"绿洲生态园"是海东和化隆的标杆性企业。韩玉龙在韩进录的平台上有机会展示自己在拉面技艺上的才华，逐渐被塑造为青海拉面界的明星级工匠。

在这些荣誉中，他最看重的是 2018 年获得的青海省"十大高原工匠"称号和 2019 年的"全国五一劳动奖章"，两者都是青海拉面界的唯一。

对于能坐上青海拉面技能的第一把交椅，韩玉龙的看法是："在技能这一块儿，很多拉面师傅可能比我还优秀，只是我比较幸运。比如 2017 年获得的青海拉面技能大赛一等奖，其实同台的几位选手拉得都很好，但由于他们面对镜头太紧张，一时失手了。我幸运地成为唯一达到标准的人。"

韩玉龙记得，那场大赛他是 16 号，观众在下面喊：16 号，16 号最漂亮。

"是不是你的姿势最帅？"

"可能是吧。我记得在埃及表演的那次，拉到最后，我把面在案板上一摔，啪的一声，那个动作引来台下观众的阵阵欢呼声，我自己感觉也很帅。"

韩玉龙所说的这次埃及之行，发生在 2019 年 6 月，海东市委的一个商务代表团，先后参加在阿联酋、埃及、俄罗斯举行的2019 中国·青海拉面演示推介暨投资洽谈会。在三场推介会上，韩玉龙都被安排表演了他的拉面技艺，并以拉面穿针功夫惊艳观众。当嘉宾看到三十根细如发丝的拉面穿过同一针眼时，纷纷竖起大拇指，连连称赞。（中新网）

"拉面穿针算是你的独门绝活吗？"

"也不是，一般稍微用点心的拉面师傅都能做到，只不过是我的运气好。"韩玉龙说，那是在 2018 年的化隆杯技能大赛上，他获奖之后，新华网的记者要拍摄，现场的一位办事处主任说，拉面师傅拉的面细到可以穿针。这一说就得展示一下，就在现场随便找了一根缝衣针，他拉了一把面，连续穿过去了三根面条。后来报道说那个针眼只有 2 毫米。从此以后，这就成了他常常被安排展示的独门绝活，最多的一次，他在央视的三个机位的镜头前，连续穿过 46 根面条。

韩玉龙无疑成了青海拉面的一张金字招牌。2021 年，省总工会为他挂牌设立了一个"韩玉龙拉面创新工作室"。工作室就在他与人合作的拉面店里，位于群科新区黄河大厦。这个工作室显然是经过精心的设计，里面有照片墙、拉面文化墙，像一个小小的展览室。韩玉龙说："工作室的任务就是创新研发。比如，现在的夫妻店有一百多种产品，有的做得好，有的做得不好，不会做了就去看看周义仁的图片，这些产品二三十年都没有变过。我们搞研发，就是要做出一套标准化的产品，以利于连锁。"其中有一个产品叫翡翠面，就是将水果蔬菜汁加入拉面，以丰富拉面的形态。

接下来，韩玉龙打算在西宁开一家创新拉面体验店，把工作室发展成一个孵化中心，孵化更多的拉面工匠。

2023 年 9 月下旬，韩玉龙又开始接受培训了。10 月中旬，他将作为中国工会十八大代表到人民大会堂参加会议。这是他第二次去人民大会堂，第一次是 2019 年参加"全国五一劳动奖章"颁奖大会。

第十二章　新生代

拉面 3.0

2018 年，青海西邯餐饮管理有限公司成立之时，酸菜鱼就是其主打产品。

一年前，在接手马金龙麻辣烫的甘青宁总代理和西宁麻辣烫店的时候，马学明意识到，他和马金龙终将分道扬镳，那之后，他将与麻辣烫绝缘。

研发自己的产品，是他多年来未曾丢失的梦想。

这个用了一年时间研发出来的酸菜鱼，其标准化程度比麻辣烫还要高，配送能力可以达到 95%。"到了一个什么程度？就是跟煮方便面是一样的，小白都能做，不需要培训，小白一上手就跟厨师做的效果是一样的。"马学明说，因为在此之前，他在马金龙麻辣烫建立的模式已经走通，所以这个酸菜鱼一面市就火了。

到 2019 年底，疫情暴发前三个月，西邯酸菜鱼在甘肃、青海、新疆做到了 43 家店。

酸菜鱼只是马学明的一个小目标，他的野心还是在牛肉面上。

如果说麻辣烫和酸菜鱼都是碧波荡漾的大湖，那么，牛肉面则是浩渺无际的大海——牛肉面的市场太大了，大到你可以尽情地发挥想象。兰州人用了一百年的时间为这碗面锤炼出冠绝天下的品性，化隆人用了三十年的时间把它推广到全国每一个角落，甚至海外，如今它以如此广泛的穿透力深入到中国人的心灵。

2012 年，在天津观察到的湖南人罐罐鸡的制作流程在他的脑中从未淡去：砂锅里面放进鸡块，再放点儿生姜、胡萝卜、土豆，然后把酱包一放，鸡汤一焗，好了。

牛肉面料包怎么做？如果做粉料，当时的西北狼已经崭露头角。"我们就做汤料。"他的合作伙伴马晓勇建议。汤料显然比粉料更具有挑战性，事实上，从 1990 年代始，兰州的牛肉面人已经将粉料发展成一个独立的产业，如兰州牛肉面制作工艺的第三代传承人马学明——出身于兰州兰清阁的马学明（详见《大碗传奇：牛肉面传》），他的"本土牛肉面"就是以调料打下了一片江山。后来的马有布牛肉面，也是通过一包调料维系着加盟商——他们做的都是粉料。

汤料是一项极具科技含量的挑战。时至 2018 年，化隆人依托坚韧和勤劳培育的这个牛肉面市场充满着令人着迷的想象空间，门店的迭代升级日新月异，供应链吸附着大量的资本，中央厨房的实践者前仆后继，但都被卡在瓶颈处，找不到突破。

"为什么要做这个汤呢？"马学明说，"这是拉面人的一个痛点，是这个行业发展的瓶颈。如果要突破这个瓶颈，实现快速复制的话，这个料包一定要足够方便，品质要足够稳定，那么原汤就是必走的路。"

在研发酸菜鱼的同时，原汤料包的研发也同时启动。

与以前的工业化的东西相比，现场熬制要解决的问题都有相当的难度。马学明的食品工程师团队经过一年时间的研发，2019年下半年，第一批产品面市。当时生产了 26 吨，用大货车直接拉到了广州。马晓勇带领三个人的团队前去推销。

"我们的拉面人看到那个料包很惊奇，这是什么东西？是不是全是化学的东西？是不是全是添加剂？能不能吃？"马学明说，原汤料包对青海拉面人来说，完全是陌生的，超出了他们的经验和想象。他们无法相信，所以接受不了。

第一次出征就折戟沉沙，26 吨料包没卖出去一包，全部被扔掉了。

当时的产品还有一个缺陷，就是汤包的塑料味很重，但是在技术上难以去除，这也是整个行业的一个难点，多少食品工程师都在攻关，但一直突破不了。

就在他们重新调整之际，疫情来了，"一下子把我们打趴下了。"马学明说。

在第一批汤料包上市失败和疫情的双重打击下，马学明遭遇了一次寒冬。公司的部分股东撤资，最后只剩下马学明和马晓勇二人。"公司没钱了，再做下去也是烧钱，烧不起了，生存都是个问题，没有钱拿什么来做研发呀，就开始重新埋头拉车，把酸菜鱼做起来。"

2020 年 4 月，第一波疫情一过，整个城市还没有完全苏醒过来，这条街上就有两家店铺率行开门，其中一家就是西邯酸菜鱼。期待中的报复性消费没有令人失望，生意像不死的火苗一样再次旺盛起来。"这样一来，信心就有了。慢慢地，公司保住了，赔的也不是很多，又贷了些款，就转起来了。"

牛肉面原汤料包的调整也被列入日程。

从 2018 年年初开始到 2020 年 4 月，两年多的时间，投进去的不只是时间和资金，还有 2002 年投身牛肉面行业以来萦绕不绝的那份情怀。

海东化群生物科技有限公司于 2020 年 4 月 10 日在海东市乐都区雨润镇乐都工业园中小企业园成立，注册资金 1500 万元，马学明出任法人代表。这个公司的主打产品就是牛肉面原汤包。

七个月之后，2020 年 11 月，化群生物旗下的牛肉面原汤包正式投产。后经过两个月的调试，到 2021 年初，产品基本稳定。在接下来不到一年的时间里，化群牛肉面原汤包已经遍及山东、河南、青海等地的 1000 多家拉面店。

但是，2022 年，大面积的疫情管控之下，拉面店遭遇了一场近乎灭顶的挫败，尤其是那些具有规模的店。

马学明的原汤包的遭遇也没能例外。

2020 年下半年开始，马学明进入了最困难的时期。门店开着就有收入，门店一关就没有收入，只能通过银行贷款、民间借款过日子。到了 2022 年年底基本上山穷水尽了。按照马学明的说法，疫情期间有三分之一的门店倒掉了，还有三分之一的在生死线上，就连一些大品牌如马记永、张拉拉，关店率也非常高——这两个品牌最辉煌时门店数量有 400 家。

从 2019 年 12 月到 2021 年 3 月，马学明给员工发 80% 的工资，即使员工被困在宿舍里（他的公司是管吃管住的）。到了 2021 年 3 月，再也支撑不住了，那之后，只要停业就发 50% 的工资。"我们承诺了，也做到了，但是——"他说，"太难了。"

重振旗鼓需要时间，2023 年的时间过得很快，寻找突破的拉面人感觉到时不我待。

这一年，在化隆和西宁，在化隆人聚集的地方，人们都在谈论马学明，谈论一个叫"青谱"的牛肉拉面品牌——马学明命其名为牦牛拉面。

两年前的 10 月，天气转凉，好像是阴冷的一天，我走进西宁城西区当时的青谱牦牛拉面总店，门外的易拉宝海报和窗玻璃展示着店里的核心产品柠檬拉面、藤椒拉面，店里氤氲着橘黄色灯光的温暖，上下两层的餐厅设置有精致的桌椅，每一寸空间都显示出设计者的用心。这已经完全出离了传统面食店的风格，仿佛走进的是一家西餐厅。

正是午餐时间，好多的人，好多好多，感觉餐桌的数量刚刚好，如果吃完饭还在椅子上磨叽一会儿，你会感觉不好意思。全是年轻的面孔，代表着这个城市未来的人群主流，他们在某种程度上不是"吃饭的人",而是"消费者",他们消费的显然不只是一碗面。

马学明最大胆的创新是在产品上,柠檬拉面、藤椒拉面只是其中较为成熟的两种。到了 2022 年年底,他们已经有柠檬、酸菜、藤椒、金针菇、葱油、青红椒等 9 个拉面新产品推出——青谱事实上已经超越了以兰州牛肉面为基础的传统牛肉拉面,跳跃到了"牛肉 + 拉面"的面食新形态。

酸菜鱼研发成功之后,马学明的团队开始研发牛肉拉面的新产品。目前的这些产品基本是在疫情期间暂停营业的间隙,团队成员们头脑风暴出来的。

到 2023 年 8 月,再次见到马学明时,他告诉我,青谱现在加起来有 81 家店,遍布全国各地,其中 38 家直营。"我们的连锁真正实现了强连锁,标准化率达到了 60%~70%,除了蔬菜和部分牛肉,其他的都做到了配送。"马学明说,配送是通过设在全国各地的服务中心实现的。此时,他已经在拉面店较集中的上海、深圳、郑州等大中城市建立起了 9 个服务中心,已经实现了原汤、辣椒油、单一产品的配送,直接从工厂发货到服务中心。

这些服务中心就是央厨的基础。央厨是未来必然要走的路。

对话马学明

前几年,资本的介入让这碗面突然之间充满了

无尽的想象，但是对此我是心存怀疑的，因为平民
性是这碗面的天然属性，它满足的是人们的最基本
需求，但是现在你似乎正在重新定义这碗面？

它还是平民的，而且一定要平民。我刚去了一趟上海，我更
加坚信，这碗面是一碗非常接地气的面，是平民的面。我参观了
一些兴起的大品牌，有个品牌叫老乡鸡，全国有 2000 多家直营
店；还有南城香，在北京有 200 多家直营店。我去了他们的店，
现场的管理和环境体验、服务体验，跟我的青谱差得不是一星半
点，但他的销售额我们连个小巫都算不上，他一家店一个月可以
做到 240 万元的营收，一年 3000 万，非常吓人。他们都做对了
一件事，就是做出了小区的平民、普通的老百姓喜欢的东西，非
常接地气，早餐三块钱就可以吃好。但是我们的拉面呢？从最早
的三块钱到现在的十七八块钱，上海的甚至二十几块钱。资本的
介入，张拉拉、陈香贵把拉面的段位拔高了，但是不接地气了，
可这碗面内在的东西没太大的变化，它不值那么多钱，这就导致
消费者的信任程度在下降。

问题在哪儿？因为我们的边际成本太高了，房租高了，水电
费高了，物价高了，物流成本高了，整个边际成本上升了，他只
能卖那么高的价钱。我们没有集采集购、食品配送、加工，许多
东西都没有改变，我们还停留在二十多年前。

那么，我们就在供应链上下功夫，把我们的供应链做成熟，
打通最后一公里。类似于央厨，把边际成本降下来，把复购率增
加上去，把销量增加上去，把这碗面的竞争力做上去。我们的竞

争力的背后就是我们的供应链。

> 我觉得到目前为止，就拉面这一领域来说，供应链就是个理念大于实操的东西。以前有好多人做供应链没有做起来，是因为对这个市场有误解，这个市场还是原子化的，不是网络化的，这使得做供应链的成本极高。

疫情改变了这一切，它使得这个事变得很急迫。我们的服务中心就是这个功能，通过配送把原子化的拉面店网络化。我们知道了周边拉面门店的基数，辐射半径是多少，一个小时能配送到哪里，能配送多少家。按照区域内的门店基数，设立服务中心。现在呼和浩特有一家服务中心，上海浦东浦西各一家，深圳二家，广州一家，南通一家，西安一家，郑州一家，服务中心的功能还没有上升到央厨的功能，现在原汤的配送、辣椒油的配送、单一产品的配送已经实现了，我们从工厂把货直接发送到服务中心。

> 仓储怎么解决？自己租房子？

合作模式。跟当地拉面人合作，相当于超级拉面店，借用他原有的仓库，重新整合，我们控股，以分公司的形式。从 2022 年底到现在（2023 年 8 月），上海的两个服务中心、广州的服务中心已经赢利了，南通的刚刚赢利，其他的几个因为是后面做的，基数比较小，目前还在亏损状态。

你们和本穆的区别在哪儿？

我们是先做供应链后做品牌，他们是先做品牌再做供应链。
而且我们的这个平台是开放的，更多的产品可以搭我们的
车，牛肉啊，饺子啊，任何产品都可以通过我们的服务中心，把
最后一公里配送完成。

十年前，这种模式有许多人不断地尝试，但都
没有走通，你的成功是因为你有核心产品。

对，我们的核心产品还是有一定的黏性。据 2022 年底统计，
我们供应着 2200 多家店。如果把偶尔要一件的加上，那就有
9000 多家。

我们的出厂价是 640 元，到内蒙古、东北就是 720 元左右，
每袋 37.6 斤纯原汤。

这个的价值怎么评估？能不能把拉面店带入
下一个时代，比如 3.0 时代，把媳妇们从后厨解放
出来？

可以。现在我们研发了预制菜，两三个月可以上市。预制菜
就可以做到，有 9 个单品，炸酱面、葱油拌面，已经在门店里开

始供应了，接下来还有土豆烧牛肉、孜然炒肉、炒面等，到门店后只需加热就可以了，销量还不错。

　　你现在主要是三大板块：化群原汤包带动供应链，是前端，青谱牦牛面是品牌，属于后端？

　　对，这是实操部分，另外我现在还有一件事要做，就是引导大家做品牌。

　　通过这么多年与拉面人打交道，我发现大家抗风险的能力太弱，对市场变化的反应能力太差。原因是我们没有品牌，很多人还没有意识到品牌的重要性。作为一个青海拉面人，我是有情怀的，我们这么大的品类在市场上，我们全县（化隆县）有 11 万人在做这个行业，却没有人去做品牌，很惋惜。我们的人思想还没有跟上来，我觉得我要做这件事，从 2021 年 10 月份开始我就做培训了。

　　一开始是为了自己，为了把产品植入进去，比如我的原汤和其他产品。但是到门店后我发现我高估了，我们的拉面人的思想还停留在十五年前。市场自会教育拉面人，我能改变多少就改变多少吧，所以我就放弃植入了，因为推不动。然后通过线上报名，在报名集中的区域进行免费培训。我带着讲师、店长、现场管理、经营中心的人、做产品的人，一个团队 5 个人，先后在上海、广州、深圳、南通、呼和浩特、大连葫芦岛、牡丹江等地培训了 219 家店。

培训的内容是什么？你自己有培训大纲？

有。我们先让他们认识什么是品牌，它的价值是什么，我们把市场上做成的品牌拉出来，分析它做对了哪些事情？然后就是我们的实操经验。

做了这么多年的市场，我认为品牌有三点：一是价值的承诺，二是信任，三是情绪的共鸣。

我在做原汤的时候，许多人表示怀疑，几代人没做成的事，你能做成？但是我做成以后，还是有许多人认可了。

我想的不是把11万人的店全部做成品牌，最起码把能代表青海美食的拉面做成品牌，让更多的人做品牌。这次去上海，见到几个青海的小伙子，做得相当不错，也想做品牌，但基于文化、认识方面的限制，不知道怎么去做。

那你怎么帮助他们突破这样的限制？共享你的实操经验？

在疫情的三年中，我们走得很辛苦，市场上大浪淘沙，许多人倒下了，我们留下来了，而且根据今年的发展来看，整体业绩增长了25%。我们是怎么做到的，我的经验可以分享。比如管理机制，我们是工分制管理，对餐饮行业来说，对公司管理、生产管理、员工管理还是非常好的。

走到今天，我们的分配方式、管理机制都比较合理，我们员工的晋升通道是打开的，只要他努力，他是可以实现自己的价值的。进入中层他就变成了股东，目前就有之前洗碗的阿姨现在是我们的股东。

工分可以兑换成股份吗？

我们有 ABCD 四个等级的工分，对应不同的贡献，包括本职工作的表现和特殊的贡献，每三个月会以工分为考核指标表彰优秀员工，连续四次也就是年度优秀员工，他就可以在门店里参股。这样的话，他在工资以外还可以拿到门店的股份收入，而且他如果继续拿到年度优秀员工的话，他的股份是可以增加的。

我是 2016—2018 年在北京企业管理学院总裁班学习了三年，学的是工分制管理。2019 年组建团队的时候，他们认为我讲的这些太遥远了，一开始大家对打分数没有概念，不在乎，但在运行半年后，慢慢有感觉了，到了 2020 年下半年开始，员工对分数比较在意了。

这个月我们刚刚搞完团建，活动中我们有奖励，买车有奖励，买房有奖励。他的工分达到一定程度，公司还会给他的父母双方发工资，一人一个月 200 元，一年 2400 元，终生发放。

我们从 2019 年开始经营，2020 年就有优秀员工了，在疫情这么困难的三年里，我们一直在发奖励。到今年，优秀员工人数达到 50 多名，占公司总人数的三分之一。

昨天想到一个问题，马兰拉面最后衰落可能有一个重要原因，就是连锁达到一定规模且标准化率足够高的时候，它的味道就取平了，也意味着它没有味道。这就意味着，顾客吃的是一碗没有味道的面，它唯一的价值就是充饥。

这个问题我很早就想到了。2021年我去成都，在地铁口看到一个海报，肯德基的汉堡，它是带青花椒的，当时就把我点醒了。现在我们供应上海的汤是咖喱味，供应广州的是桂圆和红枣味，供应山东和厦门的是当归味，整个北方是兰州牛肉面的口味，偏麻，不同区域的味道是不同的。

而且每个地方配这碗面的附加品也是不一样的，比如炸酱面，在青海放的是土豆块，到了上海和杭州我就去掉了。通过我的供应链，我实现了。

现在，这碗面正变成餐饮人的拉面，而不是化隆农民的拉面，专业化程度越来越高。

对，肯定是这样的。

专业化或者说拉面3.0，可能带来难以预料的结果，将要清洗一批人，比如从后厨里获得解放的媳妇们，她们的价值体现在高强度的体力劳动中，一旦失去劳动，她们便没有价值了？

这就是变革。模式改变的时候，人也要随之改变，她不是没有价值，她会通过提升自己发挥更大的价值。比如拉一代拉二代，都是从跑堂变成老板的，这是一个成长的过程，对这碗面，对个人，都是一个成长的过程，但不会一蹴而就。

又一个拉面 3.0

2023 年，在青海拉面界，另一个被广为传诵的名字是马嘎嘎。

本穆的横空出世让山重水复疑无路的拉面人看到了柳暗花明的风景。2014 年就黯然卸下连锁经营重轭的马真说："本穆的模式现在看来是走通了，他走的路子就是我失败之后悟出的道理——扎扎实实开店，在此基础上做自己的供应链。"

位于卡力岗山区德恒隆乡德一村的马木海子是典型的 90 后，生于 1990 年。在自媒体上，他的名字叫马嘎嘎，除了在法律文书上不得不使用本名外，在拉面圈，与本穆绑定在一起的这个创始人被称作马嘎嘎。

在同龄人中，马嘎嘎可能是念书最少的人之一，"老实说，只念到小学二年级就不上了。"他说。但我还是难以置信，他的谈吐、语气、话语中所释放的知识和思考力，与他的学历和年龄很不相称。

马嘎嘎的创业是从西安开始的。2009 年，19 岁的他来到西安时，手里只有 5000 元。三年后，离开西安时，他手里有了 200

多万元。

西安并不是化隆人口中出现频次较多的城市，这个西北最大的商业都会，有其非常厚实的本土面食传统，牛肉拉面似乎并不具备明显的竞争力。马嘎嘎在西安先后开过 9 家店，但他也并不完全靠卖面赚钱。他的资本积累更大程度上靠的是转让店面。"看准一个店，投资 10 万元开起来，只要位置好，转出去就是 50 万元。"——马学明一度也是通过这种方式赚钱的，事实上，这种方式在青海拉面界非常流行，如果眼光和运气足够好，一个新手可以快速地实现资本积累。

2012 年，马嘎嘎把西安的最后一家店转了出去。那一年，奥迪 S5 刚刚面市，他买了一辆，开回化隆老家。

一个 22 岁的卡力岗青年，开着豪华的奥迪，奔驰在没有柏油铺地的水泥硬化路面上，那幅画面在想象中很是拉风，但也只是一时风光。

一年后，2013 年，马嘎嘎循着朋友发来的信息来到郑州，感觉这个城市很不错，中原第一商业都会，但拉面产业还停留在很低端的水平。于是，他决定留下来，开始他的第二次创业。

当时青海人所开的面馆大多是二三十平方米的小店，而他一出手就是一个 200 平方米的大店。之所以魄力这么大，是因为他在西安的时候认真观摩过东方宫。当时，东方宫兰州牛肉面品牌刚刚开始向全国扩张，一度给青海拉面人带了极大的冲击和挑战，甚至在一些城市引发不小的冲突（见《大碗传奇：牛肉面传》）。马嘎嘎可能是当时为数不多的主动向对手学习的青海拉面人。他到东方宫的店里面观摩、学习，发现其产品都很简单，无非是拉面和凉菜，但都规模很大，卫生很好，这两点是他最深刻的印象。"我就琢磨它，想我将来开店时也要开大点儿，卫生搞好一点儿。"东方宫给他的启示可能并不止这些。马嘎嘎在2023年10月的采访中对我说："前两天我还出了个视频，我说当年的东方宫，虽然我恨它，但也羡慕它，称赞它，现在看过来，我要感谢它。"

2014年，郑州的这家本穆第一店刚一开张就受到了热情的追捧，一天卖两三万元，创造了河南境内青海拉面店经营额的纪录。一个叫"键指财经"的自媒体账号发表过一篇随笔，署名周健，文中有几段文字可以视作某一时期的情景再现：

> 儿子喜欢吃拉面。于是就经常去正光北街上的本穆拉面。
>
> ……
>
> 正光北街上这家本穆拉面馆，生意一直很红火。中间改造过一次，也许是听信某些策划公司的缘故，店里增加了不少具有青海浓郁特色的菜品，店面面积和里面的座位也扩充了不少，米黄色的装修风格，让人感觉很温暖。马嘎嘎看来还是有经营头脑的。
>
> ……
>
> 让我有所触动的倒不是这些，而是它的外部，一整个正光北街。
>
> 不知道从哪天起，这条短短的只有数百米的街道，突然之间又接连出现了六七家类似的面馆：某

某米粉牛肉面、某某老烩面、某某牛肉拉面、某某臊子面……和本穆拉面像是亲兄弟一样，齐刷刷一字排开。

开店，商家要选择最优地点，但由于需要向"代理人"支付相关信息的获取费用，或对这些信息并不充分信任，最好的选择就是复制别人的选择，跟随别人开店。

有竞争吗？有，毕竟做拉面的多，彼此之间难免会经常搞点促销、争拉客源。但好像生意都很不错，中午或晚上，哪一家都是顾客盈门。本穆的座位照样连着翻台好几次，那情形，倒成了最热闹的一家。先入为主，只要质量和服务不差，它一直会是这一片区面店中的江湖老大。

这或许就是一起扎堆形成集群效应的结果。现在谁再提起正光北街，第一反应一定不会脱开"吃面"。

……

想想也是，最初本穆打响第一炮，吸引了不少客流，其他开面馆的一看可以低成本沾光，就一家接一家地在附近安营扎寨；发展到一定数量，面馆之间又开始打擂台，不断精进产品与服务，形成各自特色和优势，形成消费分级，越来越多地给那些喜欢吃面的人带来实惠和享受。

这种情况下，"拉面一条街"就形成了自身独特的生态和文化，魅力无限，声名远播。

这个时代，人们已经抛弃了"400米红线"的行规，一个200平方米的拉面店引起的羊群效应在周健的这篇文章中可见一斑。郑州正光北街的这条"拉面一条街"居然是本穆发动并带动起来的，而他的受益者显然不止青海拉面人。

首家店的成功显然打开了这个年轻人的想象，2015年10月，他的河南本穆餐饮服务有限公司成立，注册资金500万元。这时候，他的商业野心已经开始悄悄滋长。

但第二家店一直到2018年才开业。随后的四年时间里，他的开店速度有所加快，到2022年，第五家店开业。

周健从一个并不细致的观察者的角度描述了这样的情形：

> 一生二、二生三、三生无限，一滴水保留下来，就在于能否汇聚成大海。
>
> 这个道理，聪明的马嘎嘎，大概也是明白的。别人跟他，他也跟别人。那一天路过高铁站西的一条街，忽然发现某个知名的据说本市市长大人都曾光顾过的拉面馆旁，突然出现了一家本穆拉面的分店。生意看上去也不错。因离我家近，小儿子说，以后就可以换到这儿了。

这就是扎堆和互相帮衬的好处。可以预料，这一片的面馆会越来越多——随着消费降维，大家越来越喜欢吃那一碗面。

前四家店都是他独自投资，独自经营，到第五家店的时候，马嘎嘎说，他发现管理跟不上了。

但他自认为是个特别爱学习的人，小学二年级学历并没有妨碍他向同时代的商业精英们汲取养料——优秀的拉面人似乎都有这样的精神，马真如此，马学明亦然。

马嘎嘎说，他就到全国各地学习，上过很多的培训课。在深圳的一个类似总裁班的商业课上，他首次听说了"合伙人制"。老师给学员们分析了喜家德、半天妖、华莱士、全季酒店等合伙人模式的经典案例，一下子打开了他的脑洞。在这次培训班的后期，老师还带领他们到喜家德、半天妖参观学习。喜家德是一个专营水饺的餐饮品牌，被称为餐饮行业合伙人模式的先锋，其所实施的"把公司变成平台，把员工变成创客，采用参股合伙的模式"是当时最具影响力的商业案例；半天妖则被称为国内烤鱼第一品牌，其合伙人模式被概括为"门店众筹、员工合伙、直营管理"。马嘎嘎后来与这两个品牌的区域经理成了朋友。

这次学习参观之后，马嘎嘎从第五家店开始，在门店推行合伙人制。他的合伙对象不拘一格，大部分是年轻人，有成功的拉面人，也有部分商业小白，对于后者，他要求思想超前、有想法、有激情。不管是青海人、甘肃人，还是河南人、广州人，只要认同本穆品牌，都可以成为他的合伙人。

到 2023 年 10 月，本穆旗下已经有 50 多家店，而且全部是直营店，其中合伙店占到 80%，门店遍布全国各地，最远的在广州。2023 年年底前，还有十多家店等待开业。

马嘎嘎说，人才是企业的核心，没有强大的管理团队，企业迟早都会垮掉。"我吸引人才是不计成本的,肯德基、麦当劳、海底捞的人才我都能挖来,现在,我的管理层中来自上市公司的就有五六个人,年薪都是七八十万到一百万。同时,我的管理人员都是大学本科以上学历。"

2023年,疫情结束后经济复苏的第一年,本穆完成了他的供应链和人才团队的建设,并实现了一年新开35家店的业绩。根据有关商业网站的介绍,目前,企业由青海本穆商业管理有限公司(总部)和河南本穆餐饮服务有限公司(全资子公司)两个板块构成。河南公司设有运营中心(营运部、人力资源部、厨务部、产品研发部、品牌企划部、工程部)、财务与数据中心、中央仓储与加工中心(中央厨房)、行政事业部四大核心部门。

本穆的供应链是从2002年6月开始建设的,到2023年建成了拉面行业最完善的供应链体系,设在郑州的央厨投资1000多万元,厂房5000平方米,30多个工作人员,门店配送率达到了90%以上,实现了汤、肉、辣椒油、蔬菜等的全国配送。在目前只有50多家门店的基础上,央厨一年产生的营业额达400多万元。

马嘎嘎说,本穆的产业体系相对完善,前端有品牌,后端有供应链,中端有培训。中端这一块,他有自己的商学院,承担人才培训任务,目前60%的中层管理人员都是内部培养的。因为扩张速度太快,40%的中层还得到外面挖掘。"商学院目前是给自己培养人才,未来将给整个行业培养人才。"

对于张拉拉、马记永、陈香贵,马嘎嘎的看法和马学明相似,"他们是资本推动,而我们走得比较扎实,如果和他们PK的话,三五年后,他们不一定能PK过我。"

在本穆的品牌手册上，我惊讶地看到这样的标语：吃地道拉面，就到本穆！够辣够味！正宗兰州味。

这样的格局已经完全对接张拉拉、马记永那样的商界大咖，而且作为把"兰州拉面"推向全国的最重要的推手，化隆人更有资格解说"正宗兰州味"。

这个手册所展示的店面，内饰全部以灰、白、淡黄为基调，弧线和直线分隔出了不同的空间，室内辅以淡黄色的灯光，明显突出的高雅、简洁风格似将中式餐饮的同行甩出了好几条街。

新生代拉面人在完成自己的华丽转身之后，也把一个更具广泛性的问题抛给了时代：夫妻店怎么办？

"传统的夫妻店模式的没落可能是历史趋势，本穆模式如何带动整个青海拉面行业？"这个问题我是代表所有拉面人问的。

"我们现在打基础，做供应链，培养人才，2024 年可能推出本穆的小店，50~100 平方米的小店，统一输出产品，输出模式，原来五个人的店可能只卖五千块钱，加入本穆后，同样的五个人可能卖到六七千块钱，而且成本也降低了。大家都来加入本穆的话，所有的都能降低成本。"

"这是可能还是规划？"

"我们有这个规划，而且很快就能实现。"

2023 年，对拉面人来说，最大的好消息是，本穆在河北辛集市一个 5 万平方米的央厨厂房开始建设，这是河北省的招商引资项目。这个项目建成后，可以在全国带动两三万家拉面店。

这就意味着，3 万家青海拉面店都有机会搭上本穆的快车。

这是不是同时意味着，拉面 3.0 时代不可阻挡地到来了？

结　语

西宁在下雨。夏都大街依然繁忙。

这是东城区生活气息最浓的区域，有可触可摸的烟火人间，更有且歌且行的奔忙人影。

马学智说："这里是西宁餐饮的黄金区，我认为最好的地方。"在选择这个区域时，一条街上已经有了安泊尔、舌尖等三家牛肉面店，马学智就在其中异军突起。

在"一城一面牛肉面"旗舰店的二楼有一间马学智的办公室——在不足 200 平方米的牛肉面店单设一间办公室，很让人称奇。马学智不好意思地说："也不算办公室，就是一个休息的地方，顺便搞个接待。"

办公室面积不足 10 平方米，茶具齐全，一个大鱼缸里有几条悠游自在的观赏鱼。

2023 年 8 月 20 日下午，我坐在一城一面牛肉面总店二楼的办公室，等待这场雨的停歇。电视屏幕上播放着五个直营店的即时画面，无声地传达着静默的秩序和繁忙。

仅仅九个月时间，一城一面在西宁发展了 5 家直营店、5 家加盟店。马学智说："有这 10 家店做支撑，我就可以做任何事情了。"他所谓的任何事情是指在餐饮模式上的任何探索。

这又是一个 90 后，年仅 32 岁，神情腼腆，语气轻柔，却雄心勃勃。

马学智是湟中区大才乡人，他的朋友圈中海东人不多，化隆人几乎没有。他的第一桶金与牛肉面无关，事实上在决定做牛肉面之前，他与这个行业几乎没有交集。但有幸成为一个拉面时代的青海人，他敏锐地调整姿态，果断地搭上了这列前程确定的拉面快车。

父亲做过淘金客——在 20 世纪八九十年代一直延续到 21 世纪初的十年，如果没挖过金子或挖过虫草，青海农民都不好意思诉说沧桑与艰辛——但没赚上钱。后来做工程，主要是承包土方，苦吃了不少，钱却迟迟要不上。马学智初中毕业后就跟着父亲跑工地。

2014 年，父子二人改行做餐饮，卖牦牛壮骨汤——一种很有名的青海小吃，类似于牛杂碎。因为租的是西钢厂的临街铺面，租金很便宜，一年才 6000 元。摆着七八张桌子的小店，每天的营业额达到七八千元，纯利润最高时达到一个月 12 万元。

这时的马学智才 23 岁，就品尝到了创业成功的甜蜜。比起做工程，做餐饮的好处是过程可控，手里有现金。

在创业近十年之后，这位依然年轻的创业者说，做餐饮最核心的两个字是虔诚，对一锅汤要有足够的敬意。他的每一锅汤都要亲自熬亲自兑，每天早上的第一碗都是自己吃，日复一日。

当逐渐掌握了小店的主导权之后，马学智不再满足于做一个月入十几万元的小店主，他开始尝试做连锁，但当开到第三家店时，遭到了父亲的阻拦，没有继续下去。后来转行做牛肉面，父亲没有阻拦。

在 30 岁之前，这位贸然闯到牛肉面行业的年轻人首先加盟了青海本地的一个品牌，先后开过两家店，分别位于门源路和西山。西山的店后来被转了出去，16 万元接的店，经营一年后转了 130 万元，原因是他把每天 4000 元的经营额做到了每天 1.6 万元——这个故事是马学智的父亲讲述的，这个不到 50 岁的中年人说起他的"尕娃"，眉宇间都是光亮。但尕娃在餐饮上的天分还是出乎他的意料。

那时的西宁已经有多个出自兰州的牛肉面品牌加盟店，其中引人注目的有牛肉面大王、鼎盛、九鼎、西关和马子禄。马学智仔细研究了这些加盟店，发现那种加盟模式不是自己想要的。品牌并不是指牌子的大小，而是指一套通透的模式和与其对应的系统。"如果我要做连锁，后端的管理一定要先做起来，所以我要先成立公司，把法务做起来，把财务做起来。"初期，他可以把财务外包给第三方。

2022 年 3 月，他到兰州，与正在崛起的牛肉面品牌"一城一面"的创始人王明道签下了青海总代的合同，随后成立了青海一城一面餐饮管理有限公司。

　　在合同签订的当月，他在夏都大街的店面也租了下来。装修材料是从广州发来的，整个过程还算顺利。但是，店面刚刚装修完成之时，又一波疫情来袭，物流中断，桌椅发到兰州后受阻。接下来就是漫长的等待。

　　2022 年 12 月 7 日，国家卫健委发布公告，调整疫情防控政策，西宁和全国众多城市一道迎来了一片欢腾的景象。马学智急忙召集团队人员赶到店里，筹备开业。可是，没几天，他就第一个"阳"了，嗓子像刀割一样。他给团队发出指示：你们抓紧开业，已经白交了一年房租，实在熬不住了，开业典礼取消，一切简化。

　　可是，接下来的几天，店里的员工一个一个倒下了。"那时我绝望了，都想放弃了。朋友们打电话问我啥时候开，我是一点兴趣都没有了。"马学智后来说，经过一系列的思想斗争后，他认为事情还没坏到放弃的程度，毕竟店面还在，团队还在，失去的只是几天时间。

　　12 月中旬，事先没有张扬，没有举行开业典礼，只有几个朋友送来了几个花篮，马学智的"兰州一城一面牛肉面"西宁店悄然开张了。

　　第一天就卖了将近 3 万元。这个数字太惊艳了。而在此前一天，马学智还忐忑不安：如果开业之后没人来，那就只能关门了。

　　接下来，他的生意一天比一天好，全天客流不断，午餐和晚餐时分更是排起了长队，店面的营业额也是节节攀高。传说中的报复性消费至少在马学智这一块儿，是真的。

　　因为仓促开业，没有做宣传，没有做引流，省下来的钱用来提高服务档次。因为店面有二楼，有些顾客不愿爬楼，"我就给你端餐。牛肉面馆没有端餐的习惯，我给你端，让你吃一碗9块钱的牛肉面，能享受上百块钱中餐的服务。"马学智说，为了最大限度地简化服务，他花2万元上了一套定位跟踪系统，顾客无须报号，"你随便坐哪儿，我能准确地端到你桌上。"

三个月之后，他的第一家分店开张了。惊喜同样如期而至，这家店一个月能卖五六十万元。这就意味着，仅这一家新店赚的钱，就可以很轻松地养活下一个新店。

2023年8月，当我慕名来到"一城一面"西宁总店时，马学智正在另一个地方为第五家直营店的装修而忙碌着。他的合伙人，总店店长马新伟同样是一个腼腆的小伙子，年纪比马学智更小。我说："你们一城一面的合伙人都是这么年轻的小伙子吗？"他低着头羞涩地一笑："差不多吧。"不知不觉间，青海拉面已经来到了90后、00后引领的时代。

截至我探店的这一天，马学智已经有了5家直营店和5家加盟店。他说，接下来，他要培养一个有能力肯实干的团队，给其他店输出人才，同时把中央厨房做起来。做成功之后，再做一批零元加盟店，计划放出去10个到15个名额。

按照马真和马嘎嘎们的经验，二十多家店足以支持一个中央厨房的运营。马学智显然是经过严格测算的。

2023年10月，看到他的朋友圈晒出又一家新店开业的消息，我给马学智打电话：这是第几家店了？他说：这是第八家加盟店，以后就专注地做加盟连锁这一块儿了。

马学智的创业故事还在进行中，他似乎正在揭示一个新的现象：青海拉面与兰州牛肉面两大支系在经过三十三年的独立发展之后，将逐渐融合成一个更大更新的、令人想象无限的、更具活力的商业共同体。

从沙连堡乡关巴湾村继续深入卡力岗山区，翻过四层新楼标示的中心小学所在的山头，开车下行在一条硬化村道上，路的尽头就是阴坡村。这是一片广大而陡峭的阴山坡地，退耕还草之后长出的柠条丛茂盛地遍布山坡，只有零星的几块片状耕地告诉我们，这个村子还有人居住。

马路太是阴坡村的一位普通放羊娃。

2023 年 5 月 6 日中午时分，他正赶着一群羊走在硬化的村道上。他要将它们赶到阴坡对面的山坡上放牧，两面山坡之间是一道宽深的长沟。

可能是因为接受过太多紫外线的照射，他的面孔黝黑，呈现出一种健康明亮的光泽。他的目光向我们两个外来人投射来友好的问候。

"你这是要放羊去吗？"我和同伴在 10 米开外向他打招呼。

"是啊，赶到对面的山上去放，晚上再赶回来。"

"你这是多少只羊？"

"200 多只吧。"

"全是你自己的吗？"

"是，全是我自己的。村里其他人的不让带放了，就只放自己的。"

"你这 200 只羊挺发麻（厉害）的，得值 20 多万吧？"

"一只 1000 块钱吧。今年的价格下来了，也就八九百块钱。"

"那你一年能出栏多少只？"

"好的话一年出七八十只。"

"那就是七八万的收入。"

"现在不想养羊了。"

"为啥？"

"想开牛肉面馆。"他说这话时，眯缝着眼睛，望着邈远的山头。

此时，距离他最后一次离开拉面馆过去三年了。

马路太出生于 1988 年。2004 年 16 岁的时候，和卡力岗大多数孩子一样，他选择了出走，被家在群科新区的姑父带到了天津。姑父开着一个烤肉店，马路太在店里打工，一个月能挣 400 块钱。

干了两年多之后，他身上揣着一万多块钱回到家，然后结了婚。婚后不久，他便带着媳妇去了广州，在亲戚的拉面馆打工。在经过了一段时间的实习后，他学会了拉面，便做起了面匠，媳妇负责炒菜，小两口一个月工资加起来有 7000 元，比在烤肉店的收入高多了。

这样的打工生涯持续了好多年。等他攒够了钱，便去了湖南邵东县（2019 年改为邵东市）。在那个小县城里有一个化隆拉面馆正待转让，转让费只有 8 万元。于是，他转下来这个面馆，做起了老板。这是在 2018 年，他 30 岁之时。

但这个面馆并没有给他带来好运。刚接手时，一天的营业额还有一千多元，但半年之后，门前开始修路，面馆的生意急转直下，等马路修好了，生意却没有恢复起来。因为所在位置偏僻，人气一旦流失，很难重新聚集。

坚持了两年多之后，他选择了退出。

其时，父亲生病了，需要专人陪护。而他自己的身体也出了状况，胸口长了一个很大的包。这些理由已足够充分，他不再坚持苦熬。

回到家之后，他便接手了父亲的羊鞭。接下来，是寂寞无聊的时光，村子越来越小，人越来越少，许多颓圮的庄窠在无声地坍塌，虽然这几年村里修了路，盖个庄窠、盖个房子也会有几万元的补贴，养羊人家只要办个手续就有一定的补贴，但原来七八十户人家的村子现在只剩下 7 户了。

经过三年的陪护，父亲的病也基本好了，可以放心地托付给大哥了，马路太开始琢磨着重新踏进拉面行业。

前一年，他已经在南方多地跑了一圈。他欣喜地发现，拉面行业正在向他这种资本薄弱的人释放出善意，由于政府管理部门的强力干预，以前令人畏怯的"500 米红线"已经不复存在，拉面馆之间的竞争不再冷酷，随便在什么位置开店都不会有人捣乱，大家都习惯于在新的秩序中各得其所。与之相随的是，饭馆的转让价格也降下来了，以前日营业额千元的饭馆，转让费要十几万元，营业额两千元的就得四五十万元，而现在，这个价格要低得多。

在告别马路太的时候，忘了留他的电话，不知他的拉面馆开起来了没有。

如果说韩录与牛肉面的相遇只是一种偶然，到了马路太这一代，拉面似乎成了他们基因的一部分。千回百转，卡力岗人都绕不开拉面，也只有在拉面之路上才走得踏实、欢畅。

卡力岗的大山在春日的阳光下静默无声，阴坡对面广阔的山坡上有连片的次生林正在绵延扩展，近处山坡上的柠条丛正在释放着绿意，裸露的黄土下似乎涌动着超越季节的生机。

而在卡力岗之外，在广袤无垠的大地之上，在有人聚居的任何地方，一碗拉面的故事还在继续，化隆人——海东人——青海人在接受着时代洗礼的同时，也在继续接受着这碗面的滋养和塑造。

2023 年 10 月 20 日下午，我第一次踏上乐都的街道。以前都是路过，要么在火车上，要么在汽车上，很多次看着车窗外新崛起的建筑、寥廓的天空和水墨似的远山，以及近处茂密的林木，我就会在心里默念几遍这个名字：乐都，乐都，快乐之都。被湟水滋养的土地，她的快乐应该是安静的，不形于色，不言于表，因为不曾被外部的喧嚣烦扰，那来自五千年前彩陶时期的浅吟低唱，如此清晰地传到今天。

她的古老就在地下，张承志说：这里的彩陶流成了河。她的新颖就在地上，短短几年时间，这里由一个小县城成长为一个地级市的首府。这一定是个十分干净的城市，因为太过年轻，岁月还没有为她蒙上太多的风尘，时间还没打磨掉她的棱角，她的每一个毛孔里都应该洋溢着灿烂的甜蜜。

在我的想象中，乐都可能是湟水河谷最宜居的小城，有遥远的传说，有旖旎的街景，有流成河的彩陶映照下的山光水色，有甜蜜空气和从容安详的人们。

在电子地图上，这个不久前还叫乐都的地方已经被更新为海东市，一个更具未来感的名字，其内涵已经扩大到更辽阔的山河大地。路面干净如洗，草木纤尘不染，每一幢建筑都像是刚刚扯去了的幕布，尽显青春年少的模样。街上彩旗飘飘，随处可见的广告牌宣示着城市的喜庆："提升技能水平，发展拉面产业——祝贺首届全国拉面技能大赛圆满成功"。

是的，第二天，这个城市要举办一次全国性的拉面技能大赛，这更像是对正在兴起的"拉面之都"的命名仪式。所有人想必都注意到了宣传册上的这样一段内容：由中华全国总工会、青海省政府指导，中国财贸轻纺烟草工会、中国烹饪协会主办，青海省总工会、海东市政府承办。

这与上一次在化隆县举办的青海省拉面技能大赛相距五个月。

与上次不同的是，这一次的宣传文案中特别强调了一个背景：为推动拉面产业提档升级、转型增效，青海省总工会积极协调中华全国总工会，将拉面行业技能大赛纳入全国职工职业技能大赛范围，制定竞赛规则和评分标准，旨在充分发挥技能大赛示范引领作用，努力培育一批知识型、技能型、创新型高素质拉面产业技术人才，提升拉面产业整体形象，助力拉面产业开启高质量发展新征程。

这一事件无疑会被拉面人记住，也会被青海的社会发展史记录。从化隆到海东，从"拉面之乡"到"拉面之都"，青海人将这一碗面的故事讲到了更加宽阔的空间，声音也越来越洪亮。

河湟东流，岁月不腐，历史也必将深深记住韩录和他以后的一代代拉面人，为我们这个时代贡献出的这部充满精神张力的创业史诗。

后　记

首先感谢马真。

从 2014 年相识以来，他陪我走过了两本书（前一本是《大碗传奇：牛肉面传》）采访期间的大半旅程。他也是我认识的第一个青海拉面人，其时，他正在杭州经营着青海拉面行业的第一个连锁品牌——伊滋味。当年，在我于兰州策划出版的一本书的首发式上，他不期然出现，然后成为朋友。他的激情和热忱很有感染力，他的知识和经验给了我极大的帮助，使我不但很快地走进了化隆拉面人群体，更让我很轻易地走进了他们的心灵世界。我的关于商业模式的很大一部分知识来自马真的讲授，那些知识增加了我思想的厚度，而他本人的创业和生活经验给我展示了现实生活的丰富性。没有他，这本书的内容将会单薄很多。

还要感谢这本书中所有的主角，他们中的大部分都属于沉默的大多数，完全没有被人书写的意愿，其中的许多人甚至都不希望被人记住，但他们都毫不犹豫地接受了我的采访，毫不保留地为我贡献了自己的见证和对逝去岁月的思考。还有一些人，对我不厌其烦的叨扰报以极大的宽容，为了一些细节，不惜动员力所能及的资源为我提供校对。作为一个宏大叙事的一个个具体建构者，他们的经历都很朴素，其中不乏挫折和失败，但他们从不质疑我采访和写作这本书的意义，就像他们从不质疑生活本身的意义一样。有心的读者可能会发现，这本书的叙述一直尽可能地贴着人物的生活行进，这得益于故事主角的真诚和坦率。

还有一些没有被写进书里的人物和故事，他们的贡献同样重要，比如兰州的韩国军，他也是化隆人，通过他，我得以从更宽广的角度理解了拉面人以及他们所处的风土人情。比如兰州的田卫海，他从另一个通道带我走进了拉面人群体，他的见识和思想拓展了我的胸襟。还有被誉为鹿王的王忠武，他给我提供了拉面人在海外的行迹，更加坚定了我使用"史诗"这个词语的信心。还要感谢中国拉面网的马丽萍女士和青海省作协副主席李成虎先生，邀我分别走进两次拉面技能大赛的现场，让我更深切地体会到了"青海拉面"这个词语的分量。李成虎先生的著作《嗨！化隆人》给我提供了一些有价值的线索，为我采访的漏洞打上了很好的补丁。

当然，必须感谢青海人民出版社的副总编辑戴发望先生，他给我的鼓励和指导从《大碗传奇：牛肉面传》的出版时期就开始了。他是一个优秀的出版人，他对这本书的采写建议使我一开始就找准了方向。曹永虎副总编辑的信任对我非常重要，他笑语盈盈地对我说：“你写成什么样就什么样。”谈笑间，我知道他所期望的是怎么样的一部书稿。特别感谢责任编辑赵姣姣女士，她是这本书的举意者和策划者。她在前期就构想了这本书成形的样貌，以及未来的种种可能。她有无数的作者可以选择，但她选择了我，并给予了极大的信任和宽容。她重复了曹永虎先生的话"你写成什么样就什么样"，这使我一开始便知道，她所期待的可能超出了我的能力，我能做的只有竭尽所能。

希望我没有辜负你们的期望！